百节·沁园春

马昌发　著

中国文联出版社
http://www.clapnet.cn

图书在版编目（ＣＩＰ）数据

百节·沁园春 / 马昌发著 . -- 北京：中国文联出版社，2023.10

ISBN 978-7-5190-5350-5

Ⅰ．①百… Ⅱ．①马… Ⅲ．①诗词－作品集－中国－当代 Ⅳ．·① I227

中国国家版本馆CIP数据核字（2023）第 196517 号

著　　者　马昌发
责任编辑　王　斐
责任校对　胡世勋
装帧设计　李宏伟

出版发行　中国文联出版社有限公司
社　　址　北京市朝阳区农展馆南里10号　　　邮编　100125
电　　话　010-85923025（发行部）　　010-85923091（总编室）
经　　销　全国新华书店等
印　　刷　天津和萱印刷有限公司

开　　本　710毫米×1000毫米　　1/16
印　　张　20.25
字　　数　33千字
版　　次　2023年10月第1版第1次印刷
定　　价　88.00元

百节沁园春

谭仲池先生　题字

　　作者马昌发，男，1951年出生，籍贯武冈市，童年迁居新宁县。湖南中医药大学附一院口腔科教授，主任医师。从事口腔临床，教学和科研工作四十余年。自幼爱好文学，尤其钟爱诗词，满怀创作激情，常年笔耕不辍。退休后，结合自身的人生阅历和医学专长，创新性地将中外节日、医疗等题材与沁园春诗词创作相结合，形成了自身作品独特的知识性、趣味性和大众性风格特点。现为湖南省诗词协会、湖南省老干诗词协会、长沙市诗词协会会员。多年来，共计在诗刊杂志、网络媒体发表诗词600余首，其中中国传统节日和咏医咏牙词作各100余首，网络浏览和转发量高达数十万次。

仁者诗心出妙词

——读《百节·沁园春》词集有感

谭仲池

今天是大雪节气。窗外寒风吹拂，树木花草在月亮洒下的清辉里轻轻摇曳，斑斓的星光点缀天幕，把夜空装点得妩媚璀璨，如梦如幻。

我站在窗前，尽情欣赏冬夜的宁静、天穹的深邃，感受着城市灯火勾画出的山水洲城景观的绚烂和岁月的温暖。

这时，我想起白天马昌发教授给我送来他写的《百节·沁园春》词稿。转身关上窗门，坐到书案前，乘兴翻开书稿。

冬月潇湘，胜景久驻，雪舞江天。听渔歌唱晚，庙神烛闪；古今名士，兴赋佳篇。十里洲延，孤帆影远，橘果金黄月满船。只惆怅，驾扁舟横浪，多少心悬。

昔年愁客长滩，喜今日化成仙境般。看飞虹直下，地龙连贯；古亭雅苑，树碧花鲜。焰火迷津，霓灯映岸，万众惊呼展笑颜。苍茫地，慰润之垂念，换了人间。

——《沁园春·大雪》

这首吟咏大雪节气的词，不正是眼前的现实写照吗？除了没有雪花在天空飞舞。而此刻夜最深处所蕴含的潇湘胜景、幻化成仙境，"换了人间"，却是这般真切、动人，让我读出了长沙古城与橘子洲

的历史旧踪、文脉风华、物丰人杰和浪遏飞舟的红色记忆；润之当年书剑在胸，敢问大地沉浮的书生意气和立志改造中国与世界的万丈豪情。

万物回苏，百鸟争鸣，应时育林。看吊枝提苑，移樟入函，扎根渣砾，风雨街临。送氧飘香，影垂和爽，绿叶朝阳忽闪金。宛如盖，乃星城名片，钟爱何深。

春归逗引灵禽，吹碧草欢游生态寻。赞宜居都邑，小区佳境；江湖水净，柳岸连阴。锯齿狰狞，利刀滥伐，昔岁洪荒牢记心。他年后，看青山绿水，遍地藏金。

——《沁园春·中国植树节》

以植树节为题，这首词揭示了城市植树、绿色发展的重大主题。淋漓尽致地表达了词家对习近平总书记"绿水青山就是金山银山"理念的深刻理解，对当下环境治理、生态文明建设的深情赞美。在这里，作者在词中坦露的"锯齿狰狞，利刀滥伐，昔岁洪荒牢记心"的现实主义批判精神，愈加增添了词意的深刻，使得过去的滥伐现象成为历史的警醒，如此才能"青山绿水""遍地藏金"。

文章合时而著、诗歌应时而生。从以上两首词，可以看到作者的笔格气韵、精致文采、人生理想、灵魂皈依、家国情怀与仁者诗心。

我认识马昌发教授近30年，他原是湖南中医药大学附一医院口腔科教授、主任医师。他从事口腔临床教育与科研工作40余年。起先，我并不知道他酷爱诗词，而且一直坚持创作。直到他退休后，我有幸看到他写的诗词，方才知晓他已是一名很成熟的词家。他告诉我，他自幼爱好文学，尤其钟爱诗词，在行医科研之余，不弃初心，始终坚持诗词创作，近10余年，在各类诗词刊物和网络发表诗词600余首。其中《百节·沁园春》就收集他写中外传统节日的词作100首。

细读《百节·沁园春》词集100首作品，皆以"沁园春"为词牌名，均参照苏轼《沁园春·孤馆灯青》正体词格式，写作的内容囊括古今中外各类节日、节庆、节令和重大纪念日。其范围涉及政治、经济、人文、地理，是一本独具传统性、文学性、审美性的大众化诗词读物，主要特点体现在以下几个方面：

一是它的独创性。就我所知，以各类节日、节庆、节气为题材，又都以"沁园春"为词牌创作，《百节·沁园春》共100首，在国内应是首创。可见作者是何等的专心致志、匠心独运、非同凡响。

二是它的包容性。在这100首"百节词"中，他有意加入了《世界湿地日》《国际消费者权益日》《世界地球日》《世界无烟日》《世界文化自然遗产日》《世界人口日》《人类月球日》《世界粮食日》等内容。这就让我们看到了作者的胸襟风范，诗歌远方。

三是它的严谨性。所作100首沁园春词，均按照词的要求，强调格律声韵工整规范，并尽可能地赋予诗词古典、灵动、飘逸、俊朗的气韵。

四是它的可读性。尤其是对于中国的传统节日、节气，诗人都在注释中予以详尽说明，标明其具有广泛的传承、纪念庆典特色。长期以来，为民间所喜闻乐见，恒久相传，已经成为中华传统文化的一部分。因此，他乐意充当中华传统优秀文化的接力手，通过自己身体力行的努力，一步一步不断升华，始终保持旺盛的创作状态，做到创作出的词作品，能真正起到抒志提神、针砭时弊、立言启智、润泽心灵、春风化雨、行稳致远的作用，赋之以词，让诗词真正为人民大众所喜爱、传诵。

且看以下两首词：

其一：

举国扶贫，不忘初心，亘古无先。赞英明决策，措施精准；助推特色，志智双援。高山搬迁，华楼联片，上学求医里寨间。炊烟起，看门连路转，带舞翩跹。

而今幸福家园，十八洞攻坚改旧颜。遣吏才百万，别家

行简；走村入户，笑脸亲攀。引进资金，广开项目，疲倦形单子夜眠。终圆梦，惠兆民伟业，功德无边。

——《沁园春·扶贫日》

其二：

　　六合朦胧，盘古苏醒，斧辟乾坤。望云中桂影，天涯羿汉，长圆团聚，从未成真。智慧阿波，始留脚印，且喜吴刚作近邻。太空异，探资源居地，蝶梦星辰。

　　苍穹奥秘牵魂，引千古奇才勇试身。叹飞车万户，焚躬矢志；伟人豪壮，揽月游巡。华夏神舟，自由回落，期约蟾宫迎远亲。待来日，跨银河往返，两岸和婚。

——《沁园春·人类月球日》

　　从《扶贫日》到《人类月球日》，看似两个不相关联的纪念日，却在作者的笔下尽言心底感慨、百姓期待，巧描现实未来盛状，展示人类梦想、世界大同与命运的幸福光明。

　　一个年过七旬，仍然看不出半点暮气的名医诗人，能有如此牵肠民生、国运、人生前途的赤子情怀，写出如此精美的词章，该是怎样的"登高望远""碧海青天""桃花依旧""一片冰心"！

　　吾亦爱诗、写词，坚守60余载，虽乐此不疲，终无所成，也无怨无悔。但每每见诗友写出的锦绣文章、妙语丽韵，总是胜过于己之欢，而生敬慕之情。说是读作品，其实是在读其人之人品、文品、道品和心品。

　　马教授告诉我，他写诗词是一生的追求和快乐，他会一直写下去。我想，他的这种执着和坦然、从容与怡然，必然催放更瑰丽的诗花。我当然更期待读到他让我又一次激动的好诗词。

　　愿马昌发教授的晚年生活，像他的诗词一样清澈、雅致、丰富、平静和朝气勃发、年轻潇洒！

是可谓：

风雨医途慕楚辞，

惠人醒悟百般慈，

声韵平仄无穷乐，

仁者诗心出妙词。

2022 年 12 月 11 日于长沙

谭仲池，湖南省政协原副主席、湖南省文联原主席、国家一级作家。

005

匠心见证　化及无穷

杨北辰

马昌发教授不简单，明明是口腔医科翘楚，写诗填词犹是一样令人瞩目，这跨界不是一般般的大哦。

最近，他已着手将自己一百首有关节气、节日的《沁园春》结集，准备出版，其书稿我得以先睹为快，颇有幸焉。

我和马教授相识于玉壶诗座，将近八年了。他2015年试水诗词写作，短短几年，已创作各体诗词六百多首，多方刊载，吟友钦叹不已。

马教授的诗词读来，顿自耳目一新，受益匪浅：一是结合专业有特色，二是口语入词有生活。这次再读他的结集新词，更觉得他的创作，传承文化有用心。

他这一百首《沁园春》，我们首先感觉到的是他飞扬的文采，横溢的才情。上到天文气象、社会盛典，下到农事土风、民俗舆情，无论春种秋收，寒暑易节，无论宏阔声势，浪漫风情，这一切皆能着墨斗色，笔下生辉，或褒或贬，鼓动警策，形象精选凝练，格调明快开朗，呈现于我们眼前一幅幅风俗图、众生相。

同时，我们更不难体会到他深长的意蕴，别具的匠心。他的词作，配合节气节日，总不忘祖训，切入家教，"古今来多少世家无非积福，人世间第一人品还是读书"，从树立榜样，把握方向，到循循善诱，进贤兴功，将三观的演绎，文明的倡导，联系日常，化入无

形，收效自然。

马教授这本节气节日词结集，在编写体例上，特别可见其以上用心。他跟我说过，刊印自己的这本词集，不仅仅是要以自己笔下的文学艺术形象，体现其创造力和进取心，让自己后人看到，自己到老不懈，老亦有为，起到告诫和启迪之用，还特地不吝篇幅，在每首词作后面列出"节日简介"和"词文注释"，前后三者浑然一体，卓异于他人修文学艺的读物，其意就在，以诗书道德传于子孙，齐家立世，信不亚于黄白珠玉，锦绣华珍。

哦，我豁然开朗了。此集也，匠心独运，化及后人。

写下以上感受，作为我对马昌发教授新集付梓的祝贺，并借此致以诗友的由衷敬礼。

癸卯立春日

杨北辰，长沙市一中语文特级教师，中国诗协会员，湖南省、长沙市诗词协会会员，湖南省老干诗协理事。

前　言

沁园春·梦

　　白驹人生，凤愿萦绕，志趣难消。忆少年爱好，连环小说；昏灯蜡照，书海游遨。辞赋诗词，中西名著，最喜毛公咏雪飘。今朝了，编东仙①百节，专集呈交。

　　蜂儿采蜜微毫，握拙笔砚田寸土刨。写四时节令，天文民俗；律条假日，中外含包。孝善恭勤，子孙榜样，胜却珠黄锦绣袍。姊妹篇，又沁园百疾②，各领风骚。

注：①东仙，即"沁园春"词牌的别称。

　　②沁园百疾，即《百节·沁园春》的姊妹篇《百疾·沁园春》。

　　节日，是指生活中值得纪念的重要日子，是世界人民为适应生产和生活的需要而共同创造的一种民族文化，是世界民俗文化的重要组成部分。

　　各民族和地区都有自己的节日。一些节日源于民间信仰，如中国的春节、中秋节、清明节、重阳节等。有的节日源于宗教，比如基督教国家的圣诞节。有的节口源于对某人或某件事情的纪念，如国庆节、青年节等。另有国际组织提倡、指定的日子，如劳动节、

母亲节。还有各行业的节日，如世界电信日、世界粮食日、3.15 国际消费者权益日，等等。

中国是个有悠久历史和灿烂文化的文明古国，有着深厚的文化底蕴。在历史发展的长河中，农耕文化、游牧文化和海洋文化相互碰撞，相互融合，使中华民族形成了丰富多彩的节日文化。

中国的节气文化源于数千年的农耕文明和农业生产，在古代农业社会，农耕作物的播种、培育、生长、成熟，都依赖阳光、雨水等气候条件，靠天吃饭的人们，对物候、天象的变化的认识不断加深，逐渐形成了四时八节的时令系统，汉代以后，四时八节又进一步细分为二十四节气，唐宋元明清时期继承发展并一直延续至今。

中国传统节日作为传承与展现中华文化的重要载体，记载着中华民族特有的精神与信仰，寄托着民族情感中最温情的呵护与最虔诚的敬意。不同地域、不同年龄、不同社会身份的人们，在庆祝相同传统节日的过程中，实现了关于民族情感、人文情怀、生活情志的殊途同归，正乃"每逢佳节倍思亲"。

中国的传统节日历经数千年的演变，即使朝代更迭，却依旧得以延续。其所记录的是古人敬畏自然、生动曼妙的生活图景，同时承载着他们坚韧不拔、向往美好的精神世界。其所蕴含的原始信仰、祭祀文化、天文、地理、历法等人文与自然知识，堪称中华民族智慧的结晶。

本作品创作灵感来自毛主席著名词作《沁园春·长沙》和《沁园春·雪》。全书"沁园春"词牌名参照苏轼的《沁园春·孤馆灯青》正体词格式，写作内容囊括古今中外各类节日、节庆、节令、节气和重大纪念日，内容涵盖政治、经济、人文、地理、军事、科技、娱乐等各个领域，具有门类范围广、时间跨度大、知识丰度高等特点，每首词作后均分别列出"节日简介"和"词文注释"，细说节日来龙去脉与其背后的故事，是一本兼具文学性、历史性、知识性、大众性、趣味性、赏析性的综合词作读物。

本书创作特色体现为五个方面：

1. 通书以"沁园春"为词牌名，将古今中外各种类型节日作为对象，整体创作一百首，此在国内外尚属首例。

2. 写作按《词林正韵》平韵一十四部，每部均有词作六首以上，创作正统，行文规范。

3. 词作百节全篇按公历全年十二个月分月创作，每月均有词作六首以上，跨度完整，时令均衡。

4. 本书词作对象将古代节日和现代节日相结合，将中国传统文化与西方节庆文化相融合，融会贯通中西方文明，互映成趣，中西合璧。

5. 词作百节创作严谨，用词精准，词作正文少有重字。

创作本书的目的，是为抛砖引玉，让读者了解更多、更优秀的中华传统节日文化，推及世界节日文化，深层次展现人类追求真善美的精神世界，丰富知识、提升自信，传播正能量。

本书创作历时四年，是一次艰难的跋涉，虽然它不够完美，甚至略显粗糙，但我对它用尽百分之百的心力和智力，常常在一个细节、一个文字上都要反复修改推敲多次，甚至几十次。因为越写下去，就越不敢妄言，了解得越多，就越发现自己知识的浅薄。总感到自己的粗陋与肤浅，感到思维的不严密和语言的贫乏无力。

现在，这本拙著即将出版，这是一件令人兴奋的事情，我的心里有一种如释重负的感觉，它让我收获了许多。尽管我并不感到它的圆满，但我十分享受这份喜悦之情。"一书问世了心愿，留与他人当食粮"。

在拙书即将出版之际，我要感谢长沙市一中特级语文教师杨北辰老师。八年前，我和杨老师相识于玉壶诗座，他诲人不倦，不吝赐教，把我引进诗词的殿堂，让我受益终身，并亲自为该书修改、作序。要特别感谢湖南省政协原副主席、湖南省文联原主席、国家一级作家谭仲池先生，他不仅为本书拨冗作序，还亲自修改并提出宝贵的指导意见，并且为本书题写书名。还要感谢给我提供各种机会，给予帮助的领导、师长、同人、朋友。拙作付梓之际，感谢中国文联出版社的支持和帮助。《百节·沁园春》虽不遗余力，细琢精雕，但缺点、错误在所难免，还望读者不吝赐教，批评指正。正乃："手奉苹蘩喜盛门，心知礼义感君恩。"

笔者《百节·沁园春》的姊妹篇《百疾·沁园春》(百疾，一百种常见疾病)，即将进入创作尾声，该作将以"诗、医、药、养生"的独特视角与熔炼手法呈现世人身心健康，"青青子衿，悠悠我心"，敬请期待。

马昌发
2023 年 4 月于长沙市砂子塘梨子山

目 录

1. 沁园春·元旦

　　天地循环，四季更换，始复一元。忆旧年鄙事，诗书忘倦；窗前觅句，笔路登攀。家国新闻，关河节令，夜半冥思总迟眠。媪嗔怨，每侧身鼠胆，悄记灵源。

　　求知莫畏辛艰，但快乐怡情心自闲。把目标列表，拙词群见；良师指教，渴饮甘泉。白发渐稀，初衷不变，冬去苔花便得还。学孟德，逐吾生夙愿，岁旦开篇。

节日简介

节日日期：每年公历 1 月 1 日。

元旦：公历的 1 月 1 日，是世界多数国家的"新年"。元，谓"始"，凡数字之始称为"元"；旦，谓"日"。"元旦"即"初始之日"的意思。

　　中国的"元旦"这一概念，历来指的是夏历正月一日。在汉武帝时期以前，也是很不统一的，历代的元旦月、日也并不一致。从汉武帝起，规定春一月为正月，把一月的第一天称为元旦，一直沿用到清朝末年。

　　辛亥革命后，为了"行夏正，所以顺农时；从西历，所以便统计”，民国元年（1911）决定使用公历（实际使用是1912年），并规定阳历1月1日为"新年"，但并不叫元旦。

1949年中华人民共和国以公历1月1日为元旦。因此"元旦"在中国也称为"阳历年""新历年"或"公历年"。

为区别夏历和公历两个新年，又鉴于夏历正月初一恰在二十四节气中的"立春"的前后，因此便把夏历正月初一改为"春节"，公历1月1日标志着新一年的到来，将这一天称为"元旦"并列入法定假日，成为全国人民的节日。一般机关、企业会举行集会庆祝活动，但民间活动很少。

词文注释

1. 鄙事：鄙人之事，旧多指各种技艺与耕种等体力劳动。指鄙俗琐细之事。

2. 笔路：写作的思路。明瞿佑《〈剪灯新话〉序》："所惜者笔路荒芜，词源浅狭，无嵬目鸿耳之论以发扬之耳。"

3. 关河：关山河川，关塞，关防，泛指山河之意。

4. 节令：节气时令的意思，指某个节气的气候和物候，亦指节日。

5. 媪嗔怨：老伴儿抱怨、不满、指责。

6. 侧身鼠胆，悄记灵源：侧身起床记下灵感，如老鼠般小心谨慎。

7. 目标列表：把写作诗词的任务计划，安排到具体时间，即每日、每周、每月、每季。

8. 群见：在朋友圈群内发表切磋，共享。

9. 苔：苔藓。植物中较低等的类群，多生于阴暗潮湿之处。可它也有自己的生命本能和生活意向，并不因环境恶劣而丧失生发的勇气。清代诗人袁枚曾作诗赞美《苔》：

白日不到处，

青春恰自来。

苔花如米小

也学牡丹开。

虽然花朵如米粒一样小，不引人注目，可仍有自己的梦想、自己的追求，也会像牡丹一样花开遍地，芳香四溢。

10.孟德：魏武帝曹操，字孟德。中国古代杰出的政治家、军事家、文学家、书法家、诗人。东汉末年宰相，曹魏政权的奠基者。

曹操喜欢用诗歌、散文抒发政治抱负，反映民生疾苦，是东汉文学的代表人物。被鲁迅称赞为"改造文章的祖师"。擅长书法，被唐朝张怀瓘《书断》评为"妙品"。其代表作《龟虽寿》：

神龟虽寿，犹有竟时。

螣蛇乘雾，终为土灰。

老骥伏枥，志在千里。

烈士暮年，壮心不已。

盈缩之期，不但在天。

养怡之福，可得永年。

幸甚至哉，歌以咏志。

其时，曹操已五十三岁，此诗表现了曹操蔑视天命、老当益壮、志在千里的积极进取精神。诗人认识到了人的生老病死，却不消极，他要用建功立业来弥补人生这一憾事。

2. 沁园春·小寒

　　天道常恒，朔风漫浸，三九寒凝。望山峦裹素，银鞭挂柳；鸟音声绝，路杳人行。庐舍烟升，门堂语笑，酒肉炉熏香满庭。枯篱处，有梅开数点，先报春声。

　　浮生若梦嗟惊，窥镜影两鬓白发增。感残年悄近，穷忙未集；薄薪逆顺，忧喜持平。七秩今来，寸旬岁尽，烦恼随钟皆化零。身心健，胜锦衣珍宝，乐寿双赢。

节气简介

节气日期： 2022 年农历腊月初三，公历 2023 为 1 月 5 日。

小寒： 二十四节气中的第二十三个节气。斗指子，太阳黄经为285 度；于每年公历 1 月 5—7 日交节。小寒节气的特点就是冷气积久而寒，但是却没有冷到极致。它与大寒、小暑、大暑及处暑一样，都是表示气温冷暖变化的节气。民谚有："小寒时处二三九，天寒地冻冷到抖。"这说明了小寒节气的寒冷程度。根据我国长期以来的气象记录，在北方地区小寒节气比大寒节气更冷，有"小寒胜大寒"一说，但对南方部分地区而言，全年最低气温仍出现在大寒节气内。

小寒三候： 中国古代将"小寒"分为三候。古人认为：一候雁

北乡。乡是趋向之意，大雁感受到阳气的萌动，开始向北迁移。二候
鹊始巢。此时北方到处可见到喜鹊，感觉到阳气而开始筑巢，准备繁
衍后代。三候雉始雊。雉是野鸡，雊为求偶的鸣声，雉鸠开始发出鸣
声，寻找爱情的春天。

传统习俗：过腊八节，喝腊八粥，吃糯米饭，数九过寒冬。

起居养生：冬练三九，"春夏养阳，秋冬养阴"，以润五脏，养肾
防寒，顺时进补。

词文注释

1. 天道常恒：天的运动变化规律，永久不变。

2. 朔风漫浸：冬天的寒风弥漫。

3. 三九：从一九数到第三个九。数九是中国民间一种计算寒天
与春暖花开日期的方法。数九即从冬至开始，每九天算一"九"，依
此类推。所谓"热在三伏，冷在四九"，一年中最寒冷的时期便在
"三九、四九天"。数九一直数到"九九"八十一天，"九尽桃花开"，
此时寒气已尽，天气暖和了。

4. 山峦裹素：远近的山峦被白色的冰雪覆盖，像被丝绢裹上
一样。

5. 银鞭挂柳：瘦长干枯的柳枝被晶莹剔透的冰凌包裹像条条银鞭
一样挂在树枝上。

6. 鸟音声绝，路杳人行：意为山林寂静。见唐柳宗元《江雪》
"千山鸟飞绝，万径人踪灭。孤舟蓑笠翁，独钓寒江雪。"

7. 浮生若梦：短暂空虚的人生。出处为苏轼《鹧鸪天·林断山明
竹隐墙》："翻空白鸟时时见，照水红蕖细细香。村舍外，古城旁，杖
藜徐步转斜阳。殷勤昨夜三更雨，又得浮生一日凉。"

8. 镜影：镜，镜子。镜影指镜子中的影子，诗人看到了两鬓白发

又增添了许多。

9.残年：一年将尽，亦指人到了晚年。

10.穷忙：为生计而奔忙，亦泛谓忙碌。宋杨万里："一世穷忙为阿谁，终日逢人皱两眉。"

11.未集：未能完成。唐司空曙："静向懒相偶，年将衰共催。前途欢未集，往事恨空来。"

12.七秩：秩，代表十年的意思；七秩，就是七十大寿的意思。

13.寸旬：短暂的时间。

14.随钟：随，随着、跟着；钟，钟点、钟声、时间。这里指随着午夜新年钟声的敲响，一切烦恼不愉快的事情皆化除为零，清零。

15.锦衣：精美华丽、纹饰华贵的衣服，旧指显贵者的服饰。

3. 沁园春·腊八节

岁暮冬残，三九严寒，腊节喜迎。始先秦习俗，五神祭祀；又言佛祖，悟道通灵。敬奉轻吟，禳灾丰廪，万户千门宝粥烹。仰先哲，喝稠羹纪颂，赓续文明。

世间百味人生，岁将尽忧欢别样情。急采寻年货，炉熏酒肉；计薪追债，笑脸低声。探访家亲，旅游筹划，抢票疯狂十指拼。翁心静，任春秋更迭，笔不休停。

节日简介

节日日期：每年农历腊月初八。

腊八节：节期在每年农历十二月初八日。

节日习俗：腊八节的主要习俗是"喝腊八粥"。腊八节是佛教盛大的节日之一。按佛教记载，释迦牟尼成道之前曾修苦行多年，形销骨立，遂发现苦行不是究竟解脱之道，决定放弃苦行。此时遇见一牧女呈献乳糜，食后体力恢复，端坐菩提树下沉思，于十二月八日悟道成佛。为纪念此事，佛教徒们于此日举行法会，以米和果物煮粥供佛。南宋吴自牧《梦粱录》载："此月八日，寺院谓之腊八。大刹等寺，俱设五味粥，名曰腊八粥。"自佛教从古印度传入中国后，各寺院都以香米和果物煮粥来赠送给门徒和善男信女们。传说喝了这种粥以后，就可以得到佛祖的保佑，消灾、五谷丰登。因此，腊八粥也叫"福寿粥""福德粥"和"佛粥"。

"腊八"本为佛教节日，后经历代演变，逐渐成为家喻户晓的民间节日。

词文注释

1.三九：冬至后的第三个"九天"，即冬至后的第十九天到二十七天。一般三九时最冷，所以称为"三九严寒"。腊八节正值三九之际。

2.先秦：旧石器时期到公元前221年秦朝建立之前的历史时代，包括夏、商、西周、春秋战国等历史阶段。那时期我国一些地方已有与"腊"相关的腊祭习俗，被后人视作"腊八节"的来源之一。

3.五神：五神属于家神，其中最知名的就是灶神，农村叫做灶王爷，其他分别是宅神、户神、门神、井神，以祈求来年丰收、吉祥、消灾、平安。

4.禳灾：禳，原为古代祭祀名，谓禳除灾祸，解除面临的灾难。

5.丰廪：意思是有丰富的储粮，形容富足。宋杨万里《雨霁幽兴寄张钦夫》："大官有重荷，丰廪无薄忧。草茹我岂腴，饱亦与彼侔。"

6.宝粥：腊八粥，又称"七宝五味粥""佛粥"等，是一种由多样食材熬制而成的粥，包括大米、小米、糯米、薏米等谷类，黄豆、红豆、芸豆等豆类，红枣、花生、莲子、枸杞、核桃、葡萄干等干果。

7.先哲：先世的贤人。汉张衡《思玄赋》："仰先哲之玄训兮，虽弥高而弗违。"

8.百味人生：人的生存和生活，五味杂陈的人生，酸甜苦辣都有。

9.采寻年货：在春节置办年货是中国寻常百姓家不可或缺的头等大事，年货包括鸡鸭鱼肉，茶酒油酱，南北炒货，糖饵果品，都要提前采买充足，还有走亲访友时赠送的礼品，小孩要添置新衣新帽，准备过年时穿。

10.讨薪：讨取劳动报酬，尤其是指农民工讨薪艰难。常强装笑脸，低声下气，委曲求全。

11.十指拼：网上抢票，争分夺秒，十指齐上，键盘拼抢。

4. 沁园春·中国人民警察节

　　大帽圆盔，银带蓝装，神武逸飘。主匡扶正
义，扫除邪恶；警灯闪烁，威震凶嚣。枕甲惊眠，
舍家忘节，岁月峥嵘壮志豪。赴汤火，把盾牌铸就，
击斩魔妖。

　　星花橄榄枝骄，引多少精英重担挑。赞铿锵手
势，车通路畅；刀尖缉毒，卧底枭巢。索隐穷形，
追逃反诈，何惧艰辛万里遥。遇危难，拨幺幺零号，
百姓愁消。

节日简介

　　节日日期：每年 1 月 10 日。

　　节日来历：2020 年 7 月 21 日，国务院将每年 1 月 10 日设立为"中国人民警察节"。"中国人民警察节"是在国家层面专门为人民警察队伍设立的节日，是对人民警察队伍为党和人民利益英勇奋斗的充分肯定。

　　节庆活动：每年这一天全国都要举行庆祝活动：

　　（1）召开庆祝中国人民警察节电视电话会议。

　　（2）1 月 10 日当天，在公安部机关举行升（挂）警旗仪式。在京部属各局级单位主要负责同志、机关干部代表向警旗敬礼，并重温

《公安机关人民警察入警誓词》。

（3）举办公安先进典型系列学习宣传发布活动，包括集中宣传、大力弘扬坚持以人民为中心、做"人民的保护神"的新时代漳州110精神。

（4）开展表彰奖励活动，集中表彰一批公安英模和先进集体。

（5）举办"忠诚铸伟业　阔步新征程"活动。

（6）举办美术书法摄影集邮主题展览和公安题材电影、音乐剧展播展映展演活动。

（7）组织开展"我和我的祖国""公安机关110""我和警察的故事"等主题征文活动。

（8）配合国家邮政局发行庆祝设立"中国人民警察节"纪念邮票。

词文注释

1. 大帽圆盔：中国警察帽子，目前分为7种，分别是大檐帽、卷檐帽、作训帽、栽绒帽、贝雷帽、交警大檐帽、交警卷檐帽。大檐帽的帽墙绣有银灰色的橄榄枝图案。帽徽的图案由中华人民共和国国徽、盾牌、长城、松枝、飘带组成。

2. 银带：警帽墙上绣有的银灰丝带图案。

3. 蓝装：警服采用藏青色模式。

4. 舍家忘节：舍弃，顾不上家庭，且常常忘记节假日而忘我地工作。

5. 岁月峥嵘：不平凡的年月。宋王珪《谢赐生日礼物表》："岁月峥嵘，而屡更精力勤劳。"

6. 盾牌：盾牌是古代作战时一种手持格挡，用以掩蔽身体，抵御敌方兵刃、矢石等兵器进攻的防御性兵械，呈长方形或圆形，其尺寸不等。

7. 星花橄榄：警服肩章上的四角星花，花的样子是橄榄花，花瓣向四个方向伸出小剑，寓意震慑四方；肩章自外向内由宽变窄，最内侧为尖状，寓意为利剑出鞘；肩章总体寓意保四方平安。帽墙绣有银灰色橄榄枝图案，象征和平。

8. 铿锵手势：交警指挥交通的有力手势。

9. 刀尖缉毒：缉毒警察也称为禁毒警察，是行走在刀尖上的人。因为他们的对手——毒贩，是最危险的罪犯。因此要成为一名出色的禁毒警察除了要有拳拳的报国之心，还必须智勇双全，能够冷静应对突发状况。

10. 卧底枭巢：埋伏到毒贩内部做内应。

11. 索隐穷形：探索事物隐含的道理或意义，彻底寻根探究。

12. 幺幺零：谐音我国公安报警电话 110。由福建漳州市公安局民警郭韶翔率先将 110 电话扩展报警求助警用范围。1986 年 1 月 10 日，广州市公安局建立了我国第一个 110 报警服务台。1987 年 6 月公安部要求各大中城市公安局普遍建立 110 报警服务台。

5. 沁园春·大寒

中华遗珍，廿四节令，收官今逢。赞先贤睿智，遥观黄道；风云四季，天地玄通。息养依时，亏盈轮转，顺应含灵生物钟。指南引，惠苍民繁盛，匡建奇功。

经旬历月年终，今嗟叹时光去太匆。想岁初夙愿，百词体健；庸愚筚路，折半双空。微志重申，稀龄旧梦，甘做书房一蠹虫。痴心定，揽洞庭春色，勤学奔蜂。

节气简介

节气日期：2022 年农历腊月十八，公历为 2023 年 1 月 20 日。

大寒：是二十四节气中的最后一个节气。斗指丑，太阳黄经达 300 度；于每年公历 1 月 20—21 日交节。大寒同小寒一样，也是表示大气寒冷程度的节气，大寒是天气寒冷到极致的意思。

根据我国长期以来的气象记录，在北方地区大寒节气是没有小寒冷的，但对于南方大部分地区来说，最冷是在大寒节气。大寒在岁终，冬去春来，大寒一过，又开始一个新的轮回。大寒节气恰在春节前后，大寒一到，年味渐浓。节气期间充满了喜悦与欢乐的气氛，近年，人们开始除旧饰新，腌制腊味年肴，准备年货，因为中国人最重要的节日——春节就要到了。

作为年尾最后一个节气的大寒，虽是农闲时节，但家家都在"忙"——忙过年，民间会有一系列的活动，归纳起来至少有十大风俗，如"食糯""纵饮""做牙""扫尘""糊窗""腊味""赶婚""趁墟""洗浴""贴年红"等。"大寒迎年"的风俗还有不少，各地也不相同，但主题基本上是围绕"祭祀"展开的，其中一些风俗至今尚存。

 词文注释

1. 中华遗珍：这里指我国的世界非物质文化遗产二十四节气。

春雨惊春清谷天，夏满芒夏暑相连。

秋处露秋寒霜降，冬雪雪冬小大寒……

这首仅56个字的《二十四节气歌》蕴含了中华民族千百年的智慧浓缩。2016年"二十四节气"入选联合国教科文组织非物质文化遗产代表作名录。在国际气象界，这一已有千年历史的时间认知体系被誉为"中国第五大发明"。

2. 收官：围棋用语，表示到了最后阶段，已接近结束。在这里指二十四节气最后一个节气。

3. 玄通：玄，天也，谓与天相通。

4. 息养依时：大寒是一个由冬到春的过渡性时期，宜安心养性，怡神敛气。饮食起居应随之"转轨"。宜减咸增苦，以养心气，宜热食，防止损伤脾胃阳气。

5. 生物钟：生物体的生理反应大多遵循以24小时为周期的节律行为，这个周期长度一般对温度不敏感，但可受环境自然光明暗信号的约束，研究者们将这种"昼夜节律"称为生物钟。

6. 指南：指南针。

7.经旬：旬，十天为一旬，意为再经历十多天后，一年即将结束。

8.百词体健：百词，指余之拙作《百节·沁园春》词。体健，指余身体康健。

9.蠹虫：蛀虫，这里借指爱书或爱读书的人。徐迟《三峡记·宜昌导游》："我记得三十年前，在北京给我导游的是个蠹虫，他让我陪他跑遍了古城中几乎所有的旧书铺。"

10.洞庭春色：词牌名，即《沁园春》，又名"东仙""寿星明"等。

11.奔蜂：小蜂，也叫土蜂，《庄子·庚桑楚》："奔蜂不能化藿蠋，越鸡不能伏鹄卵。"成玄英疏："奔蜂，细腰土蜂也。"

6. 沁园春·除夕

斗转星移，岁月如轮，元日将迎。贴春联福字，窗堂扫净；佳肴珍果，熬煮调烹。欢聚团圆，开怀畅饮，麻将棋牌看彩屏。今宵话，尽吉祥如意，句句温馨。

神州子夜钟声，震耳响霄时爆竹鸣。喜叮咚手快，红包抢进；地球村近，微信传情。幸遇尧年，欣逢瑞旦，万户千门灯火明。普天下，只中华年大，举世欢腾。

节日简介

节日日期： 2021 年农历腊月二十九日，公历为 2022 年 1 月 31 日。

除夕： 又称过年。百节年为首，过年，在中国人心中是具有特殊意义的、最重要的日子。漂泊再远的游子也要赶着回家去和家人团聚，在爆竹声中辞旧岁，烟火满天迎新春。受中华文化的影响，东南亚周边的国家也会过年迎新春，一共有 12 个国家：中国、越南、日本、朝鲜、韩国、蒙古、新加坡、泰国、印尼、文莱、菲律宾、苏里南。

典故传说： 太古时期，有一种凶猛的怪兽，人们管它叫"年"。它的形貌狰狞，生性凶残，专食飞禽走兽、鳞介虫豸，一天换一种口味，从磕头虫一直吃到大活人，让人们谈"年"变色。后来人们慢慢掌握了"年"的活动规律，它是每隔365天窜到人群聚居的地方尝一次口鲜，而且出没的时间都是在天黑以后，等到鸡鸣破晓，它便返回山林去了。算准了"年"肆虐的日期，百姓们便把这可怕的一夜视为关口熬，称作"年关"。

传统习俗：年夜饭。除夕这一天对华人来说是极为重要的。在这一天人们准备辞旧迎新吃年夜饭，是家家户户最热闹愉快的时候。丰盛的年菜摆满一桌，阖家团聚，围坐桌旁，共享团圆饭桌上的佳肴美酒。

词文注释

1. 元日：初始之日或吉日，现一般指农历正月初一。

2. 将迎：即将迎来中国传统节日春节。

3. 春联福字：贴年红，挂灯笼。年红，是春联、门神、窗花、年画、福字等过年时所贴的红色喜庆元素的统称。

4. 子夜：大年三十晚上，它与新岁首尾相连，谓之"一夜连双岁，五更分二年"，是新一年的前夕除旧迎新的重要时间交界点。

5. 钟声：除夕跨年夜的钟声。

6. 爆竹鸣：在新的一年到来之际，家家户户燃放爆竹礼炮，如雷鸣电闪，创造出喜庆热闹的气氛，给人们带来欢娱和吉利。

7. 叮咚：手机铃声。

8. 红包：一是指压岁钱，年饭后，长辈要将准备好的压岁钱分发给晚辈，表示压祟，包含着长辈对晚辈的关切和祝福；二是晚辈给老人的，这个压岁钱的"岁"指的是年岁，意在期盼老人长寿；三是指亲朋好友在朋友圈发微信红包，快手点开抢进，增加欢乐气氛。

9. 微信传情：微信拜年祝福，问候致意。

10. 尧年：古史传说，尧时天下太平，因以"尧年"比喻盛世。

11. 瑞旦：瑞，指好的兆头，安康、幸福、美好等意思。旦，指农历的初一。瑞旦，即好日子。

12. 灯火明：合家守岁，欢聚畅谈，把所有的房间都点亮岁火，终夜不眠，迎接新年的到来。

13. 中华年大：根据我国 2021 年 5 月 11 日第七次全国人口普查结果公布，全国人口为 14 亿 4300 万，加上东亚各国及世界各地的华人，全世界至少约有四分之一以上的人在过中国传统农历年。

7. 沁园春·春节

子夜钟声，旧岁清零，旦日始初。刹神州遍响，烟花璀璨；语音微信，掌上传图。快手红包，举杯慢饮，麻将香茶围暖炉。寅卯破，放碎红满地，敬祖吟呼。

百节唯此魁殊，引游子迢迢赶夕除。纵挤车抢票，携家饥苦；越洋辗转，怀向园庐。血脉同根，亲情凝聚，文化基因孔孟儒。时光短，惜依依离别，踏晓归途。

节日简介

春节：农历正月初一，是中华民族全年最重要、最隆重的传统佳节。正所谓：百节年为首，是除旧布新、拜神祭祖、祈福辟邪、亲朋团聚、欢庆娱乐和饮食为一体的民俗大节。

受中华文化的影响，世界上有近 20 个国家和地区，把中国春节整体或所辖部分城市定为法定节假日。

春节与清明节、端午节、中秋节并称为中国四大传统节日。

经国务院批准，春节民俗被列入第一批国家级非物质文化遗产名录。

节日由来：春节历史悠久，由上古时代岁首祈岁祭祀演变而来。

古时俗称"新春""新岁""岁旦"。经历代发展，人们在早期历法基础上逐渐完善为当今使用的夏历（农历）。

辛亥革命后，便把农历一月一日改称为"春节"，公历一月一日改称"元旦"。自此，农历岁首就由以往的"过年"改成了"春节"。礼仪上，把以前跪拜或者作揖等礼节全部废除，改成脱帽、鞠躬、握手、鼓掌等新礼节，逐渐成为中国人际交往的文明仪式。

民间习俗：春节（年节）是中国一个古老的节日，在历史的发展中形成了一些较为固定的风俗习惯，主要有以下几个方面：奉祀神，以应天时；崇宗敬祖，维护亲情；驱邪祛恶，以求平安；休闲娱乐，放松心情。

元日子时交年时刻，鞭炮齐鸣，烟花满天，辞旧岁，迎新年等各种庆贺新春活动达于高潮。春节早晨开门大吉，先放开门"炮仗"，碎红满地，灿若云锦，称为"满堂红"。各家焚香致礼，祭祀列祖，然后依次给尊长拜年，继而同族亲友互致祝贺。元日以后，走亲访友，聚餐游玩，各种丰富多彩的娱乐活动竞相开展，有舞狮、舞龙、逛庙会等，直要闹到正月十五元宵节过后，春节才算真正结束。

词文注释

1. 子夜钟声：除夕夜跨年时敲钟的声音。大年三十的晚上叫"除夕"，它与新岁首尾相连，是新一岁的前夕，是除旧迎新重要时间交界点。有诗曰："一夜连双岁，五更分二年。"

2. 旦日：①太阳初出时，天亮时。②明天，第二天。例：沛公旦日从百余骑来见项王。③特指农历初一日。宋赵彦卫《云麓漫钞》卷八："正月旦日，世俗皆饮屠苏酒。"

3. 寅卯：寅时指的是 3 时到 5 时，卯时指 5 时到 7 时，故寅卯时指 3 时到 7 时。

4.碎红满地：春节早晨开门大吉，先烧爆竹，叫"开门炮仗"。爆竹声后，碎红满地，灿若云锦，称"满堂红"。

5.敬祖吟呼：正月初一新岁、拜岁，早上各家焚香致礼，敬天地，祭列祖，拜岁神。

6.百节唯此魁殊：在所有的节日里，年排在首位。年在文化气息、影响力、喜庆气氛、持续时间、节日规模、受重视程度热闹盛大，都达到登峰造极的地步。

百节年为首，过年的习俗非常多，虽然各地有所不同，但人们都是在以除旧布新、驱邪祈福、祭祖拜神为主要目的。

百节年为首，年是所有节日里持续时间最长的节日，从进入腊月就有了年的气氛，一直延续到正月十五元宵节，才算结束。

百节年为首，年浓缩了对家最真挚的感情。即使你在天涯海角、异国他乡，到了过年的时候，心底油然而生，对故乡和祖国深深的依恋和怀念。每逢佳节倍思亲，过年尤甚。

百节年为首，散落在世界各地的华人，把过年的习俗，带到了世界各个角落，年的影响力，胜过世界上任何一个节日。

7.园庐：田园与庐舍。唐杜甫《无家别》诗："寂寞天宝后，园庐但蒿藜。"

8.孔孟儒：孔子、孟子儒家思想。儒家思想自产生以来的两千多年中，占据了中国传统社会意识形态的主导地位。孔孟儒学讲的是修身齐家、治国平天下、礼义仁智信。它的哲学贡献主要体现在《易传》、中庸、教育、仁德等几个方面。

中庸是孔子哲学思想的精髓，看待事物一分为二，中正平和，解决矛盾，动之以情，晓之以理，刚柔并济，一笑解恩仇。孔子的中庸哲学思想对后世的为人处世，有着很大的影响。

8. 沁园春·世界湿地日

时序回春，草木根萌，百鸟繁忙。看峰峦叠翠，雁鸣雀跃；洲滩鸠戏，芦荡鸳鸯。湖海川溪，泥塘沼泽，绿水清泉湿地藏。地之肾，若透支亏损，万类遭殃。

荣施母爱慈祥，胸宽广包容生态良。叹毁林采矿，疮痍似挤；围田开垦，土瘦沙扬。沉陷灾横，频逢洪涝，竭涸而渔哀国殇。悉呵护，享坤灵恩惠，锦绣风光。

湿地日简介

世界湿地日日期：每年2月2日。

湿地日：1971年2月2日，来自18个国家的代表在伊朗南部海滨小城拉姆萨尔签署了《湿地公约》。1996年《湿地公约》常务委员会决定，从1997年起，将每年的2月2日定为世界湿地日。这一天世界各国将举办各种活动来宣传提高民众对湿地价值和效益的认识。至2014年共有168个成员国参加。

湿地是全球价值最高的生态系统。据联合国环境署的研究数据表明，一公顷湿地生态系统每年创造的价值高达1.4万美元，是热带雨林的7倍，是农田生态系统的160倍。

湿地通常指长久或暂时性沼泽地、泥炭地或水域地带，或为淡水、半咸水、咸水体，包括低潮时不超过6米的水域。湿地具有很强的调节地下水的功能，它可以有效蓄水，抵抗洪峰；它能够净化污水，调节区域小气候。湿地还是水生动物、两栖动物、鸟类和其他野生生物的栖息地。

湿地与森林、海洋并称为全球三大生态系统，孕育和丰富了地球的生物多样性，被人们比喻为"地球之肾"。

词文注释

1. 时序回春：2月2日，恰逢中国农历二十四节气之首"立春"前后，立春标志万物闭藏的冬季已过去，开始进入风和日丽，万物复苏，根芽萌动的春季。

2. 洲滩鸠戏：语出先秦《关雎》"关关雎鸠，在河之洲"。

3. 鸳鸯：水鸟，雄鸟为鸳，雌鸟为鸯。常栖息于山地森林、河流、湖泊、水塘、芦苇沼泽地中，喜群居。鸳鸯在人们的心目中是永恒爱情的象征，是一夫一妻、相亲相爱、白头偕老的表率。唐代诗人卢照邻诗有"愿作鸳鸯不羡仙"诗句，赞美了美好的爱情。其实鸳鸯是一夫多妻制，人们常用鸳鸯比喻男女之间的爱情，是因为鸳鸯经常成双入对地在一起。

4. 湿地：被称为"地球之肾"，与森林、海洋并列为全球三大生态系统。它是湿地植物、动物、微生物组成的统一整体。湿地具有多种功能：保护生物多样性、调节径流，净化污水，改善水质，调节小气候。

5. 疮痍：疮痍满目，比喻满山皆是遭受破坏或遭受灾害后的景象。

6. 疥：疥疮，俗称癞子，一种皮肤病。一般是由真菌感染而引起的头癣，局部呈溃烂、疙瘩状。意指大地受到创伤，留下斑驳破旧的疤痕。

7. 沉陷灾横：沉陷，一是指过度抽取开采地下水致地圻、塌陷下沉。二是指地面或构筑物下面的土层受到压缩或发生移动而引起构筑物的下沉，而遭受意外的灾祸。

8. 竭泽而渔：排尽湖水捉鱼。比喻只图眼前利益，不作长远打算。

9. 坤灵：古人对大地的美称，大地的灵秀之气。汉扬雄《司空箴》"普彼坤灵，侔天作则"，意为共享大地之恩赐。

9. 沁园春·立春

甲子轮回，生肖迭运，庚节从新。正疫情险恶，胞亲罹难；白衣披胄，鏖战瘟神。镇魔三山，匡持净瓶，冠冕魔妖尽内吞。中枢令，召同舟九域，天祐斯民。

斗星依序今分，历厄劫江城夜向晨。看龟蛇两岸，枝萌玉蕊；晴川送暖，胜日迎春。迈步从头，通衢如愿，三月樱花谢国恩。纵些小，岂情甘其后，奋与时奔。

🔲 节气简介

节气日期：此处指 2020 年农历正月十一，公历为 2020 年 2 月 4 日。

立春：为二十四节气之首。立，是"开始"之意；春，代表着温暖、生长。二十四节气最初是依据"斗转星移"制定，当北斗七星的斗柄指向寅位时，太阳到达黄经 315 度为立春，于每年公历 2 月 3 日到 5 日交节。立春乃万物起始、一切更生之义也，意味着新的一个轮回已开启。在传统观念中，立春有吉祥的含义。它标志着万物闭藏的冬季已过去，开始进入风和日丽、万物生长的春季。我国位于北半球，北回归线及其以南一带，可明显感受到早春的气息。由于我国幅员辽阔，南北跨度大，各地自然节律不一，"立春"对于很多地区来讲只是进入春天的前奏，万物尚未复苏，还处于闭藏的冬天。

立春三候：中国古代将立春的十五天分为三候："一候东风解冻，二候蛰虫始振，三候鱼陟负冰。"

传统民俗：古人非常重视立春，各地形式不一，有迎春、糊春牛、鞭春牛和咬春、踏春等习俗。

起居养生：春季气候变化较大，天气乍寒乍暖，年老体弱者换装尤应审慎，尤要预防呼吸道疾病，以及花粉过敏。俗话说："百草回芽，百病引发。"

词文注释

1. 甲子：一甲子表示六十年，是中国古代的纪年法，取天干、地支组合成六十甲子，周而复始，用以纪年。其始于西汉，一直沿用至今。

2. 庚节：庚子年，是农历一甲子中的一个，比如1780、1840、1900、1960、2020、2080……（60年一周期）所谓农历的干支纪年，也就是干支就字面意义来说，就相当于树干和枝叶。我国古代以天为主，以地为从，天和干相连叫天干，地和支相连叫地支，合起来叫天干地支，简称干支。2020年是庚子鼠年，在六十甲子中的顺序排第37个。

3. 疫情：2019年12月下旬武汉暴发的新型冠状病毒肺炎。

4. 白衣：白衣天使，医务工作者。

5. 披胄：胄，盔，古代战士戴的帽子；意思指头上戴着头盔，身上披着盔甲，形容全副武装，戒备森严。

6. 三山：武汉的火神山医院、雷神山医院和中国工程院钟南山院士。

7. 净瓶：以陶或金属等制造，用以容水的器具，为比丘十八物之一。在这里借指观音菩萨降妖伏魔的净瓶。

8. 冠冕：古代帝王、官员戴的帽子。这里指病毒呈皇冠状。

9. 中枢：党中央、国务院。

10. 江城：武汉的别称。

11. 龟蛇：武汉长江两岸的龟山、蛇山。

12. 晴川：白日照耀下的汉江，出自唐崔颢的《黄鹤楼》"晴川历历汉阳树，芳草萋萋鹦鹉洲。"

13. 通衢：形容交通便利的大道，和道路"四通八达"类似。《清史稿》，湖北为长江上游要害，武汉尤九省通衢，自来东南有事必争之地。

14. 樱花：这里指东湖的樱花绽放时，云散日出，抗击疫情就会取得全面胜利。

10. 沁园春·北京冬奥会

　　古都燕京，冬夏奥运，独得双开。赞水冰智变，宛如初见；山城塞外，旷野漼澹。博敞真心，诚迎宾客，圣火相传向未来。墩憨态，看五洲选手，各展奇才。

　　五环猎猎旗排，三千甲激情逐凤怀。叹屈伸转体，轻灵橇板；仙姿燕舞，脚踏刀鞋。百米高台，飞腾掠影，惊惹雄鹰驻目呆。同快乐，引斯民喜爱，强健身材。

北京冬奥会简介

北京冬奥会日期： 2022 年 2 月 4 日开幕。

冬季奥林匹克运动会： 简称冬奥会，是世界规模最大的冬季综合性运动会。1986 年，国际奥委会决定把冬季奥运会和夏季奥运会从 1994 年起分开，每两年间隔举行，1992 年冬季奥运会是最后一届与夏季奥运会同年举行的冬奥会。冬奥会由国际奥委会主办，每四年一届，按实际举行次数计算届数。自 1924 年开始第一届，截至 2018 年共举办 23 届。

2013 年 11 月 3 日，中国奥委会正式致函国际奥委会提交北京为第 24 届冬奥会申办城市。2015 年 7 月 31 日，在马来西亚首都吉隆坡举行第 128 届国际奥委会全体会议上，北京以 44 票（哈萨克斯坦首都阿拉木图为 40 票）获得举办权。

北京冬奥会是第 24 届冬季奥林匹克运动会，简称 2022 北京冬奥会。于 2022 年 2 月 4 日开幕，2 月 20 日闭幕。北京冬奥会分三个赛区进行，即北京赛区、延庆赛区、河北张家口赛区。

北京冬奥会共设 7 个大项，15 个分项，109 个小项。中国参加了北京冬奥会的 6 大项目，获 9 金 4 银 2 铜共 15 块奖牌，位列金牌榜第三，取得了较好的成绩。

词文注释

1. 燕京：北京，古时称燕京、北平，是我国的首都，总面积 16410 平方千米，截至 2021 年年末，常住人口为 2188.6 万。北京是一座有着三千多年历史的古都。公元前 1045 年，周武王灭商后，在燕封召公，因燕国都城而得名。

2. 双开："双奥之城"是指既举办过夏季奥运会又举办过冬季奥运会的城市。继 2008 年夏奥会之后，2022 年冬奥会再度相逢，花落北京。北京成为世界上首座"双奥之城"。

3. 水冰智变：2008 年国家游泳中心"水立方"作为北京奥运会水上比赛项目的比赛场馆，利用科技、智能、创新手段，实现"水冰互换"，华丽变身，成为 2022 年北京冬奥会的比赛场馆。这一创举树立了奥运场馆可持续建设的"中国经验"典范。

4. 山城：张家口又称塞外山城、塞外明珠。古时，是扼守京都的北大门，雄伟的大境门是万里长城四大关口的第一门，建于清顺治元年（1644），苍劲有力的"大好河山"匾额是 1927 年时任察哈尔特别行政区都统高维岳书写的，现已成为张家口的城市名片。

张家口是 2022 年北京冬奥会的三大赛区之一。

5. 向未来："一起向未来"，是 2022 北京冬奥会和冬残奥会主题口号。"一起向未来"体现了团结和集体的力量，体现了奥林匹克运动的核心价值观和愿景，以及追求世界统一、和平与进步的目标。与 2008 年北京奥运会的口号"同一个世界，同一个梦想"，一脉相承。

6. 墩憨态：冰墩墩，是 2022 北京冬奥会的吉祥物。将熊猫憨态形象与富有超能量的冰晶外壳相结合，头部外壳造型取自冰雪运动头盔，装饰彩色光环，整体造型酷似航天员。

7. 三千甲：参加 2022 北京冬奥会的近 3000 名运动员（共有 2871 名），有 91 个国家和地区参加。

8. 百米高台：首钢滑雪大跳台，别名"雪飞天"，位于北京市首钢老工业园北区，是北京 2022 冬奥会自由式滑雪和单板滑雪比赛的场地，首钢滑雪大跳台由赛道、裁判台和看台区域三部分组成，赛道长 164 米、最宽处 34 米、最高点 60 米。取意敦煌壁画中的"飞天"飘带。

11. 沁园春·情人节

冷月寒灯，霓虹闪烁，靓妹帅哥。看公交地铁，玫瑰艳约；酒吧影院，偎拥亲和。荷尔蒙升，灵犀与共，怀抱佳人醉爱她。春宵后，问缘能许久，作戏磨跎。

瓦伦纯洁传歌，叹今日情场花样多。有寻欢网上，觅新玩乐；藏娇金屋，似兔二窝。贪恋方兄，虚荣诱惑，枕卧干爹无耻多。赞牛女，守别离一诺，岁岁银河。

节日简介

节日日期：每年 2 月 14 日。

情人节：又称圣瓦伦丁节，日期在每年公历的 2 月 14 日，是西方国家的传统节日之一，起源于基督教。现在已经成为欧美各国青年人喜爱的著名的浪漫节日，其他国家也开始流行。

公元 3 世纪罗马帝国出现全国危机，经济凋敝，统治阶级腐败，社会动荡不安，人民纷纷反抗。贵族阶级为维护其统治，残暴镇压民众和基督教徒。时有一位教徒瓦伦丁因反抗贵族而被捕入狱。在狱中他以坦诚之心打动了典狱长的女儿，他们互相爱慕，统治阶级下令将他执行死刑。在临刑前，他给典狱长的女儿写了一封长长的遗书，表明自己是无罪的，表明他光明磊落的心迹和对典狱长女儿深深的眷恋。

公元270年2月14日，他被处以绞刑。后来基督教为了纪念瓦伦丁为正义、为纯洁的爱而牺牲自己，将临刑的这一天定为"圣瓦伦丁节"，后人又改称"情人节"。

情人节是一个关于爱、浪漫以及花、巧克力、贺卡的节日。在这一天，男女互送礼物用以表达爱意或友好。情人节的晚餐约会通常代表了情侣关系的发展关键。

词文注释

1. 冷月：冷冷清清的月亮。

2. 寒灯：寒夜里的孤灯。

3. 霓虹：霓虹灯。

4. 玫瑰：玫瑰花象征着浪漫和爱情，情人节送玫瑰，代表着深深的爱。

5. 荷尔蒙：就是平常所说的"激素"，它是我们生命的重要物质，包括生长激素、雌激素、雄激素及哺乳激素，能对机体生长、生理代谢、性欲及性别等起到重要的调节作用。

6. 灵犀：古时候传说犀牛角有白纹，感应灵敏，所以称犀牛角为"灵犀"。意思比喻两人在思想上或感情上心灵相通，心领神会，感情共鸣。唐李商隐《无题》诗："身无彩凤双飞翼，心有灵犀一点通。"

7. 春宵：春夜，宋苏轼"春宵一刻值千金，花有清香月有阴"。

8. 作戏：作戏法，做游戏，作耍，开玩笑。

9. 磨跎：逍遥自在，蹉跎时光。元无名氏《蓝采和》第三节："遇饮酒时须饮酒，得磨跎处且磨跎。"

10. 藏娇：金屋藏娇，原指汉武帝幼时喜爱阿娇，并欲建金屋让

她居住一事。后以"金屋藏娇"称娶妻或纳妾。

11. 三窟：狡兔三窟。窟，洞穴，即狡猾的兔子有三个洞穴，原比喻藏身的地方很多，用来躲避灾祸。现多比喻为了防身避祸预先做好多手准备。成语典故《战国策》的《冯谖客孟尝君》。冯谖说："狡兔三窟，仅得免其死耳。今有一窟，未得高枕而卧也。"此即成语"狡兔三窟"和"高枕无忧"的来历。

12. 方兄：铜钱的半两钱，圆形中有方孔。源自晋朝鲁褒《钱神论》："亲爱如兄，字曰孔方。失之则贫弱，得此则富强。"因此后世就以"孔方""孔方兄"作为钱的代称。

13. 牛女：牛郎织女，中国的情人节，我国一般把七夕称作"中国的情人节"，寄托了人们对牛郎织女爱情忠贞不渝的赞美。

12. 沁园春·元宵节

佳节频频，才过新年，又闹元宵。昔橘洲两岸，霓虹彩焰；千街万巷，狮舞灯高。今岁逢庚，夕阳残照，车少人稀市静悄。裂魔盒，祸洞庭荆楚，魅影浮飘。

广场绝耳喧嚣，城空荡扶窗百物凋。感全民防控，宅家上好；健康首要，切莫低烧。天使无眠，毒冠围歼，捷报频传灾难消。待旬日，看杜鹃花绽，岳麓妖娆。

节日简介

节日日期： 2020 年农历正月十五，公历为 2 月 8 日。

元宵节： 中国的传统节日之一，又称上元节、元夕或灯节，为每年正月十五日。正月为农历的元月，古人称"夜"为"宵"，所以称正月十五为"元宵节"。根据道教"三元"的说法，正月十五又称为"上元节"。东汉佛教文化传入中国，汉明帝为弘扬佛法，令正月十五夜在宫中和寺院"燃灯表佛"，后来随着道教文化的加入逐渐在中国扩展开来。从此，正月十五便成了一个普天同庆的节日——"闹元宵"。

元宵节这一天晚上，天子与吏民同乐，热闹非凡，主要有赏花灯、吃汤圆、吃元宵、猜灯谜、放烟花等一系列传统民俗活动。

在中国古代，元宵节是一个充满浪漫色彩的节日，平日里足不出户的女子可在这天出门赏灯，这也为青年男女提供相遇机会，为人们创造了一个传情达意的好机会，也是中国古代的情人节。2008年6月，元宵节选入第二批国家级非物质文化遗产。

词文注释

1. 橘洲：又名水陆洲，位于长沙市岳麓区的湘江中心，洲因水堆沙土而成，南北长6公里，最宽处300米。被誉为"中国第一洲"。潇湘八景之一的"江天暮雪"即在此。

2. 逢庚：2020农历庚子鼠年，这年年初发生的新冠肺炎疫情，后引起全国，全球迅速暴发。时值春节，全国多地封城，长沙亦随之封城，为严防严控，居家隔离，故"车少人稀寂静悄"。传说每逢六十年一遇的庚子年，必有大乱，是灾难之年。如2020年，新冠疫情暴发，全球肆虐。

1960年，三年困难时期。

1900年，八国联军进犯北京，庚子灾难，庚子赔款。

1840年，第一次鸦片战争……余此下推，均有灾难事件发生。这也许是一种巧合吧。

3. 魔盒：潘多拉魔盒，是古希腊神话故事，传说盒子里面装有贪婪、杀戮、恐惧、痛苦、疾病、欲望。这里指新冠病毒。

4. 祸洞庭荆楚：湖南湖北洞庭相连，山水相依。新冠病毒祸害，殃及荆楚大地。

5. 魅影：魅，传说中的鬼怪。影，影子。魅影的意思就是传说中鬼怪的影子，这里指新冠病毒。

6. 宅家：居家隔离抗疫，不出门、不串门、不聚会。

7. 低烧：新冠肺炎典型症状，持续低烧，干咳。

8. 天使：白衣天使，医务工作者。

9. 待旬日：半月为一旬，即很短的时间内。

10. 鹃：杜鹃花，又名映山红，山石榴。野生分布于中国、日本、东南亚，亦可栽培，一般春季开花，具有较高的观赏价值。我国江西、安徽、贵州以杜鹃花为省花，定为市花的城市多达七、八个。长沙市 1985 年 11 月 30 日，通过决议，将杜鹃花定为市花。

13. 沁园春·雨水

天运蓝星，四季斗分，节贯古今。喜青阳冰解，根芽萌动；风轻云远，雨贵如金。桃李萧疏，燕莺依约，振翅双双旧屋寻。春潮涌，盼天君守信，祈降甘霖。

时来百草欢吟，耸耳听枝头奏凤音。看山冈嵌绿，柳堤烟霁；渐濛丝坠，珠闪银针。水孕新生，笔精百练，更夜书巢酌字斟。东仙子，惹朽翁钟爱，慕恋情深。

节气简介

节气日期： 2022 年农历正月十九，公历为 2 月 19 日。

雨水： 雨水是二十四节气之第二个节气。斗指壬，太阳到达黄经 330 度，每年公历 2 月 18—20 日交节。古代将雨水分为三候："一候獭祭鱼；二候鸿雁来；三候草木萌动。"说的是雨水节气来临，水面冰块融化，水獭开始捕鱼了。水獭喜欢把鱼咬死后放到岸边依次排列，像是祭祀一般，所以有了"獭祭鱼"之说。雨水五日后，大雁开始从南方飞回北方。再过五日，草木随着地中阳气的上腾而开始抽出嫩芽。从此，大地渐渐开始一派欣欣向荣的景象。

唐诗圣杜甫《春夜喜雨》诗：

好雨知时节，当春乃发生。

随风潜入夜，润物细无声。

节气含义：雨水节气的含义是降雨开始，以小雨或毛毛细雨为主。同时，天气变化不定，是全年寒潮过程出现最多的时节之一，忽冷忽热，乍暖还寒。雨水后，春风送暖，致病的细菌病毒易随风传播，故易发生流感，由于人体皮肤腠理已变疏松，所以此时还应该注意"春捂"。地湿之气渐升，要注意健脾、利湿、养肝。

词文注释

1. 天运：天体的运转，即宇宙各种自然现象无心运动而自动。唐韩愈《君子法天运》诗："君子法天运，四时可前知。"

2. 蓝星：太阳系八大行星之一——第三行星地球。它是已知唯一孕育和支持生命的天体。地球表面71%是海洋，剩下的被分为洲和岛屿。在太空中地球呈蓝色，所以称为蓝色星球。

3. 斗分：北斗七星是北半球的重要星象，斗转星移时北半球相应地区的自然节律亦在渐变。北斗星的斗柄循环旋转，从正东偏北的"寅位"开始，依次指向十二辰。顺时针旋转一圈，岁末十二月指丑方，正月又复还寅位，斗指寅为立春、斗指壬为雨水、斗指丁为惊蛰……斗指丑为大寒，终而复始，万象更新。

4. 贯：本义为古代穿钱的绳索（把方孔钱穿在绳子上，每一千个为一贯）。引申为"穿，通，连"。

5. 青阳：青阳即春天，春天的别称。

6. 雨贵如金：春雨贵如油，春天的细雨像油一样可贵，形容春雨宝贵难得。

7. 燕：燕子，候鸟，每年都要相约来一次秋去春来南北大迁徙，燕子也就成了鸟类家族中"游牧民族"了。

8. 柳堤烟霁：雨后转晴，柳堤春日美景，烟雨蒙蒙。

9. 东仙：词牌名，即《沁园春》，又名《东仙》《洞庭春色》《寿星明》《念离群》。

10. 书巢：陆游的书房。陆游爱书如命，读书如痴，他的书房既是书房，也是他的卧室，不管哪里都是他的书，不管他怎样都能随手拿起一本书。故陆游把自己的书房称"书巢"。

14. 沁园春·学习雷锋纪念日

三月东风，吹拂尘封，又学兵哥。忆脸圆韶稚，助人为乐；忠于党国，紧握金戈。爱憎分明，无私奉献，甘做机身一颗螺。最崇敬，乃人皆称叔，世代讴歌。

广场雕像巍峨，永不朽任凭岁月磨。感光辉名字，斯民榜样；崇高理想，美事繁多。纪念传承，题词铭记，引得春潮万浪波。激昂曲，又神州高唱，史载长河。

纪念日简介

纪念日日期： 每年 3 月 5 日。

纪念日由来： 1963 年 3 月 5 日，毛主席题词"向雷锋同志学习"在《人民日报》发表。此后，全国广泛开展学习雷锋的活动。

雷锋： 原名雷正兴，1940 年出生于湖南省长沙雷锋镇一贫困农民家庭。七岁那年，父母贫病而亡，从此沦为孤儿。解放后 1956 年雷锋参加了工作。后响应号召，到辽宁鞍山做了一名推土机手。1960 年参军入伍，同年 11 月入党，曾任中国人民解放军某部运输连战士，班长。雷锋曾荣立二等功一次，三等功两次，被评为节约标兵，荣获"模范共青团员"，被选为抚顺市人民代表。

1962 年 8 月 15 日，在辽宁省抚顺市望花区不幸因公殉职，时年22 岁。

雷锋精神：雷锋对后世影响最大的是以其名字命名的"雷锋精神"。雷锋精神是为共产主义而奋斗的无私奉献的精神；忠于党和人民、舍己为公、大公无私的奉献精神；立足本职、在平凡的工作中创造出不平凡业绩的"螺丝钉精神"；苦干实干、不计报酬、争做贡献的艰苦奋斗精神；归根结底就是全心全意为人民服务的精神。

词文注释

1.兵哥：对军人的爱称、爱慕和对军营生活的向往，这里特指雷锋。

2.乃人皆称叔：

（1）雷锋是 40 后，雷锋精神的诞生可以追溯到"雷锋小时候"，但是雷锋精神真正深入人心的年代是 1960 年之后，所以 60 后直到现在这几代人叫他叔叔是最适合的。

（2）雷锋对于我们来说很伟大，但是他自己从不以英雄自居，反而他更追求和一般人融入，所以他给人民群众的形象就是一位"好叔叔"。尤其是像现在这样很少以同志相称的年代里，雷锋叔叔这样的称呼显得格外亲切。

3.题词：1963 年毛主席的题词"向雷锋同志学习"。还有刘少奇、周恩来、朱德等老一辈无产阶级革命家为雷锋的题词，进一步推动了学习雷锋活动的广泛深入开展，同时也为我们留下了宝贵的精神财富。

4.激昂曲：《学习雷锋好榜样》歌曲。"学习雷锋好榜样，忠于革命忠于党……"这首雄壮高亢、气势浩荡、朗朗上口的歌曲，创作于1963 年，几十年过去了，直到现在，仍然在许多场合被播放、传唱，成为了一种民族情结。歌词反复强调："立场坚定斗志强。"这句话既是在褒奖雷锋坚定为人民做好事的精神，又是在激励不同年代的青年人不断追求理想、追求中国梦，这也是学雷锋最重要的意义所在。

雷锋精神影响了一代一代的中国人。

15. 沁园春·二月二吟怀

苍龙抬头，草木绽放，芸庶奔忙。看阿翁衰晚，尚然向上；劳生坎坷，素志扶伤。补拙劬勤，撰文传道，德艺微名业内扬。聊心慰，树儿孙榜样，耀祖荣光。

法常早播声香，儿不惑双丁宽肺肠。盼举纲弘远，功名造就；把家教子，莫恋车房。七尺夫男，寸心肝胆，觉醒担当奋激昂。但厚积，越险关飞障，家国衡梁。

节日简介

节日日期： 2020 年农历二月初二，公历为 2 月 24 日。

农历二月二： 又称龙抬头、春耕节、社日节、春龙节等，是中国民间的传统节日。

龙抬头日在仲春卯月初，表示龙离开了潜伏的状态，已出现于地表上，崭露头角，在农耕文化中，"龙抬头"标志着阳气生发，雨水增多，万物生机盎然，春耕由此开始。

风俗和禁忌：

风俗：

（1）剃龙头：二月初二剃龙头，一年都有精神头。所以无论乡村都市，都会看到一道亮丽的风景线——许多人都在排队理发。

（2）采龙气：早上卯时，出门面向东方深吸气，此为一吉。

（3）吃龙食：这天人们用猪头代替龙头，有吃猪头肉、啃猪蹄、咬猪耳朵的习俗。

（4）开笔礼：二月初三为文昌诞辰日，文昌是主宰功名之神。儿童在二月二这天行开笔礼，主要有拜孔子像、讲授人生最基本的道理，赠文房四宝等形式内容。

禁忌：

（1）出嫁女儿，忌在娘家过二月二。

（2）不动针线，不用剪刀。以防伤害苍龙，影响全年运气。

（3）照房梁：妇女起床前，先念"二月二，龙抬头，龙不抬头我抬头"。还要打灯笼照房梁，边照边念"二月二，照房梁，蝎子蜈蚣无处藏"。

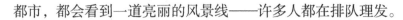 **词文注释**

1.苍龙抬头："龙"指的是二十八宿中的东方苍龙七宿星象。每岁仲春卯月之初"龙角星"就从东方地平线上升起，故称"龙抬头"。

2.草木绽放：仲春二月，谓"草长莺飞二月天，拂堤杨柳醉春烟"，"春风如贵客，一到便繁华"，万物竞生，又是一年春好时。

3.芸庶：百姓。清林则徐："凡尔间芸庶，岂宜负此盛怀？"

4.素志扶伤：平生怀有的志愿宿心素志，矢志不移。这里指吾人从事医疗救死扶伤工作四十余年，历经无数坎坷。

5.传道：向听众讲授解释道义、道行。师者，所以传道，授业，解惑也。这里指朽翁从事大学教学工作数十年。

6.法常：道法自然，遵循常规；宇宙中有四"大"——人法地、地法天、天法道、道法自然。人也是其中之一，要遵循常规，遵守常规，才能成功。

7. 不惑：这里指不惑之年，四十岁的代称。意思是遇到事情能明辨不疑。出自孔子《论语·为政》："四十而不惑。"

8. 肺肠：比喻内心，心思。

9. 举纲：举纲提领，提起网的总绳，网眼就张开了，提起皮衣领子，衣上的毛就都顺了。比喻办事要抓关键部分。《北史·源怀传》："为政贵当举纲，何必须太仔细也。"这里指要抓根本环节，切莫捡了芝麻，丢了西瓜。弃本求末，只在枝节问题上下功夫。

10. 弘远：广大深远。《汉书·高帝纪下》："虽日不暇给，规摹弘远矣。"

11. 把家：管理家务，把家，成家立业。例：一生操持，把家做活。

12. 车房：车，汽车、豪车；房，泛指房间、房屋、房子、别墅。

16. 沁园春·惊蛰

斗柄朝丁，卯月阳升，冰融开河。听蛰雷乍动，百虫纷出；云天回暖，绿草弥坡。农父东耕，工倕早作，商学兵民逐快梭。新生命，急时来恐后，一路童歌。

枯荣逝水随波，古稀近凡躯累积疴。笑位卑薪薄，三高错配；寒衣粗粝，陋室神和。醉眼春光，心怀韵趣，智短词穷愁几多。蛙声醒，又三更伏案，苦索吟哦。

 节气简介

节气日期： 2020年农历二月十二，公历为3月5日。

惊蛰： 是二十四节气中的第三个节气。斗指丁，太阳到达黄经345度，于公历3月5—6日交节。"惊蛰"，在历史上也曾被称为"启蛰"，日本至今仍然使用"启蛰"这个名称。

惊蛰时节春气萌动，大自然有了新的活力，所谓"春雷惊百虫"。按照一般气候规律，惊蛰前后各地天气已开始转暖，雨水渐多，我国大部分地区都已进入春耕时节。因此，惊蛰节气在农耕上有着相当重要的意义，它是古代农耕文化对自然节令的反映。

惊蛰三候： "一候桃始华；二候仓庚（黄鹂）鸣；三候鹰化鸠。"

描述已是进入仲春，桃花红、梨花白、黄莺鸣叫、燕飞来的时节。

起居养牛：

（1）吃梨：惊蛰有吃梨的习俗，惊蛰时节，天气乍暖还寒，气候比较干燥，容易使人感到口干舌燥，身体不舒服。因此在民间素有惊蛰吃梨的风俗习惯。

（2）惊蛰过后万物复苏，是春暖花开的季节，同时也是各种病毒和细菌活跃的季节，要预防感冒等季节性疾病的发生。

（3）养肝：中医认为，春季人体肝阳之气旺盛，阴血相对不足，所以就要重视对肝脏的保养，使自身的精神、情志、气血也如春日一样舒展畅达，生机盎然。

词文注释

1.斗柄朝丁：仲春二月惊蛰节气，北斗斗柄指向东方丁位，太阳黄经为 345 度。

2.卯月：卯，仲春之月，"卯"冒也，万物冒地而出，代表着生机，所以卯月也是万物能量迸发的月份，一年春耕自此开始。

3.冰融开河：惊蛰是数九的最后一个九，此时冰雪消融，大河解冻，春回大地，有"九九艳阳天"之美称。

4.蛰雷：惊醒蛰虫之雷，谓初发的春雷。是云与地面之间发生的强烈雷电现象。

5.云天：高空，天空高处，云层上面，直上云天。唐岑参诗："黄沙碛里客行迷，四望云天直下低。"

6.回暖：在我国的春天里，尤其是在惊蛰时节，东南风压倒西北风，由东南海面吹来的暖气流使大地的温度渐渐上升。

7.东耕：

（1）春耕。

（2）古代称天子籍田。

（3）称天子耕于籍田。

8.工倕：倕，古巧匠名。相传尧时被召，主理百工，故称工倕。唐韩愈诗："黄金涂物象，雕镂妙工倕。"

9.三高：人们俗称高收入、高职位、高学历。这里指的是三高疾病，分别是高血压、高血脂和高血糖。三高病是动脉硬化的主要危险因素，而且相互影响，如果得不到有效控制，可能会导致多种并发症，对身体健康危害较大，应积极预防和治疗。

10.陋室：简陋的居室，语出唐刘禹锡《陋室铭》："山不在高，有仙则名。水不在深，有龙则灵。斯是陋室，惟吾德馨。"陋室是刘禹锡担任和州（今安徽省马鞍山市和县）刺史时建造的居室，因刘禹锡所作的《陋室铭》而闻名于世。

17. 沁园春·国际妇女节

丽日韶光，芽苞微绽，触景凝思。感娲皇造物，捏泥繁衍；流芳今古，辈出英雌。孟母三迁，媚娘御殿，穆帅西征妇幼知。最钦佩，数霞姑江姐，更胜西施。

笃行懿德娇姿，悉平等建功逢盛时。看刘洋揽月，女排勇搏；戎装匡国，方阵威仪。巾帼贤良，儿男咏赞，敬业持家不皱眉。撑天下，乃与君风雨，并驾奔驰。

节日简介

节日日期：每年 3 月 8 日。

国际妇女节：为每年的 3 月 8 日。是全世界妇女的节日，同时也被很多国家确定为法定假日。

节日来历：1908 年 5 月，美国社会党在芝加哥召开全国代表大会，左翼女权家们号召女工们到会场外抗议，要求社会党成立全国妇女委员会，专门负责女性运动的组织与宣传工作。尽管多数男性代表对此极为不屑，但最后迫于压力采纳了这一提案。

法国革命时期，巴黎妇女走向凡尔赛街头争取选举权，高呼"自由、平等、友爱"。

1917年俄国妇女号召在2月23日罢工，千人要求"面包与和平"，抗议恶劣的工作环境和食物短缺。这天转换成欧洲广泛使用的格里高历（公历）正好是3月8日。

1949年12月，我国中央人民政府作出决定，将每年的3月8日定为妇女节，全国妇女放假半天。

1977年2月联合国发表声明，将国际妇女节定为每年3月8日。

妇女定义：妇女，在官方的辞典中，其定义是成年女子的通称，不单纯指已婚妇女。司法上规定年满14周岁的女子就成为妇女。因此，只要是年满14周岁的女性都可以过妇女节。

词文注释

1.娲皇：女娲，中华民族的共同人文始神。相传女娲造人，一日中七十化变，以黄泥仿照自己抟土造人，创造人类社会并建立婚姻制度。因世间天塌地陷，于是熔彩石以补苍天，斩鳖足以立四极，留下了女娲补天的神话。

2.孟母三迁：孟母，孟子的母亲。孟子小时候居住的地方离墓地很近，孟子学了些祭拜之类的事，玩起了办理丧事的游戏。他的母亲说："这个地方不适合孩子居住。"于是将家搬到集市旁边，孟子学了些做买卖和屠杀的东西。孟母又想："这个地方还是不适合孩子居住。"又将家搬到学宫旁边。孟子开始变得守秩序、懂礼貌、喜欢读书。孟母说："这才是我孩子居住的地方。"

3.媚娘：武则天别名，唐武周开国君主，是中国历史上唯一的正统女皇帝、即位年龄最大（67岁）及寿命最长的皇帝之一（82岁）。

4.穆帅：穆桂英，穆桂英是小说《杨家将传》中的人物。传说因阵前与杨宗保交战并将其生擒，与他成亲归于杨家将之列，穆桂英与杨家一起征战沙场，屡建战功。佘太君百岁挂帅，率十二寡妇出征西夏，穆桂英挂先锋印，力战番将，大获全胜，是中国家喻户晓的巾帼英雄形象。

5.霞姑：杨开慧乳名，湖南长沙板仓人，杨昌济之女。1920年冬杨开慧和毛泽东结婚，1921年加入中国共产党。

大革命失败后，毛泽东去领导秋收起义，开展井冈山根据地斗争，杨开慧则独自带着孩子，参与组织和领导长沙、平江、湘阴等地武装斗争，发展党组织，坚持革命。1930年10月，杨开慧被捕，她拒绝退党并坚决反对声明与毛泽东脱离关系，随之被害。

6.西施：春秋时期越国美女，后人尊其"西子"。西施与王昭君、貂蝉、杨玉环并称为"中国古代四大美女"，享有"沉鱼落雁之容，闭月羞花之貌"之美誉。其中的"沉鱼"一词，讲述的就是"西施浣纱"的故事。

7.刘洋：中国特级航天员。2012年6月16日18时37分随着"神九"成功发射升空，刘洋成为我国第一位飞天的女航天员。和景海鹏、刘旺组成的"神九"飞行乘组，在太空翱翔13入，成功完成了中国首次载人交会对接任务。

18. 沁园春·中国植树节

万物回苏，百鸟争鸣，应时育林。看吊枝提苑，移樟入函；扎根沙砾，风雨街临。送氧飘香，影垂和爽，绿叶朝阳忽闪金。宛如盖，乃星城名片，钟爱何深。

春归逗引灵禽，吹碧草欢游生态寻。赞宜居都邑，小区佳境；江湖水净，柳岸连阴。锯齿狰狞，利刀滥伐，昔岁洪荒牢记心。他年后，看青山绿水，遍地藏金。

节日简介

节日日期： 每年 3 月 12 日。

中国植树节： 为每年的 3 月 12 日。早在 1915 年，我国曾规定清明节为植树节。而后在 1928 年将植树节改为孙中山逝世的 3 月 12 日，以纪念革命先驱的植树造林愿望。这一设立被中国大陆和中国台湾沿用至今。

我国从古到今历来重视植树造林。《礼记》："孟春之月，盛德在木。"五帝时代，舜便设立了九官之一的"虞官"，处理全国的林业事务。

秦始皇统一中国后，便下令在道旁植树作荫蔽之用。

隋炀帝下令开河挖渠，诏令民间种植柳树，种活一棵，赏细绢一匹。

宋太祖下令凡是垦荒植桑枣者，不缴田租，植树有功的官吏，可晋升一级。

元世祖颁令，规定每名男子每年要种桑枣二十株。

明太祖朱元璋规定"凡民田五亩至十亩者"，实行免税。

孙中山是中国近代史上最早意识到森林的重要性和植树造林的倡导人，以每年清明节为植树节。

新中国成立后的1979年，第五届全国人大第六次会议决定将每年的3月12日定为植树节。

词文注释

1. 应时：适于季节或时代的需要，这里指春季即3月12日植树节。

2. 吊枝提蔸：移栽樟树用吊车把树干枝和树蔸提起放入预先开挖好的函坑中。香樟扎根沙砾，立于街道两旁，冬春遮风雨，夏秋送阴凉。

3. 送氧飘香：樟树会散发出一些有香味的物质，如松油二环烃、樟脑烯、柠檬烃、丁香油酚等化学物质，这些物质有净化有毒空气的能力，有抗癌功效，过滤出清新干净的空气，沁人心脾。

4. 星城名片：樟树在1985年被确定为长沙市的市树。长沙现有329条道路的行道树为香樟，占所有树种的76%，长沙市雨花区还有一条以香樟树命名的道路叫香樟路。香樟树枝繁叶茂，树冠高大雄伟，适应性强，象征长沙人艰苦奋斗、坚韧不拔的精神情操，因此深为长沙市民所钟爱。

5. 宜居都邑：长沙是一个宜居城市。2007年，长沙首次获评中国最具幸福感宜居省会城市，至今已连续14年获得此项殊荣。长沙是首批国家历史文化名城，有"屈贾之乡""楚汉名城""潇湘洙泗"之称，有马王堆汉墓、四羊方尊、三国吴简、岳麓书院、铜官窑等历史遗迹，并且气候温和、降水充沛、四季分明。无论从文化底蕴还是气候特征来看，长沙都很宜居宜业。

6.昔岁洪荒：1998年6月中旬洞庭湖和鄱阳湖地区发生了特大洪水。当时的洪水直接导致长江流域超警戒水位线，严重威胁、影响湖北武汉、荆江，湖南岳阳、益阳等地几千万人民的生命安全。

此后，在党和国家的大力推动下，加强了长江防护林和三峡大坝工程的建设，极大地提升了抵御自然灾害的能力，使得洪灾从根本上得到解决。

19. 沁园春·315 国际消费者权益日

　　朗朗乾坤，正义弘典，作恶必诛。恨黑心厂店，乱真迷眼；貔貅癖爱，污吏贪图。靓女时男，荧屏助纣，假药谋财害老躯。失诚信，耍昧心手段，蒙骗无辜。

　　小民升斗东厨，七件事何年不再呼。盼地沟油绝，肉鲜酒美；公平市易，和气亲如。黎庶维权，府衙秉法，奸贾龙头铡斩除。愿来岁，啖粗粮茶饭，身健神舒。

```
节日简介
```

节日日期：每年 3 月 15 日。

315 国际消费者权益日：由国际消费者联盟组织于 1983 年确定。1985 年 4 月 9 日，联合国大会一致通过了《保护消费者准则》，督促各国采取切实措施，维护消费者的利益。

315 国际消费者权益日的由来：1962 年 3 月 15 日美国前总统肯尼迪在美国国会发表了《关于保护消费者权益的总统特别咨文》，首次提出了著名的消费者的"四项权益"，即有权获得安全保障、有权获得正确资料、有权自由选择、有权提出消费意见。肯尼迪提出的这四项权利，以后逐渐为世界各国消费者组织所公认。

1984 年 12 月 26 日，中国消费者协会成立，并于 1987 年加入国际消费者协会。1991 年 3 月 15 日，中国中央电视台推出现场直播"315"国际消费者权益日消费之友专题晚会。此后，每年 3 月 15 日都要举行专题活动。

而今，"315"晚会，已成为一个符号，315 也从一个简单的数字变成了维护消费者权益的代名词。

词文注释

1. 朗朗乾坤：朗朗，明亮，清亮；乾坤，指天地、世界等。形容政治清明，天下太平。

2. 正义弘典：弘，扩大、光大、发扬；典，标准、法则，如典范性书籍、典故、典礼。正义弘典，即弘扬正义法典。

3. 貔貅：中国古代神话中形象。俗称"貔大虎"，与龙、凤、龟、麒麟并称五大灵兽。貔貅有嘴无肛，能吞万物而不泄，纳食四方只进不出，可招财聚宝。这里喻比貔貅来者不拒，贪婪无度。

4. 荧屏助纣：电视、媒体、网络、手机上的虚假广告。

5. 小民升斗：比喻贫穷的老百姓。《胡雪岩全传·红顶商人》："升斗小民，却立刻就感到了威胁，米店在闭城之前，就已歇业。"

6. 七件事：日常生活中的七种必需品。宋吴自牧："盖人家每日不可阙者，柴、米、油、盐、酱、醋、茶。"

7. 地沟油：来源于城市饭店下水道的隔油池。不良商贩对其进行打捞加工，让这些散发着恶臭的垃圾变身为清亮的"食用油"，最终通过低价销售，重返人们的餐桌。长期食用地沟油，会破坏人们的白血球和消化道黏膜，引起食物中毒，甚至可能会引发癌症，对人体危害极大。

8. 龙头铡："龙头铡"与"虎头铡""狗头铡"在民间传说中并称

包青天三铡。这三种行刑用具都拥有御赐的"先斩后奏"的"尚方特权"。这三种刑具分别应用于不同权力等级的犯罪人物：

龙头铡：为犯法的皇亲国戚准备。它的意义在于"天子犯法与庶民同罪"的"律前平等"思想，尽管古代并无"天子倒在龙头铡下"的故事，但"法律至上"的思想是值得肯定的。

虎头铡：意义在于"刑不上大夫"并惩治各个层级的贪官污吏。

狗头铡：意义在于惩治横行民间市井的犯罪分子。

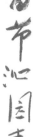

20. 沁园春·春分

　　三月熏风，原野飘香，绿蔓藤枝。叹赤黄叠道，妙玄蛋立；百禽鸣唱，相约佳期。蜂觅花丛，童追彩蝶，举手嚓嚓留玉姿。平分日，望春姑欲去，难舍谁知。

　　芳菲迷醉如痴，莫虚度时光当所思。庆冠魔消遁，欢颜老骥；健身少疾，苟利于斯。雅志怡情，护肝解困，心似韶龄入古稀。东君唤，学衔泥梁燕，时不宜迟。

🐉 节气简介

节气日期：2023 年农历二月三十日，公历为 3 月 21 日。

春分：二十四节气之一，春季的第四个节气，斗指壬，太阳黄经 0 度，于每年公历 3 月 19—22 日交节。春分这天南北半球昼夜平分，此后，北半球各地白昼开始长于黑夜，南半球则与此相反，黑夜长于白昼。

春分的意义：一天时间的白天黑夜平分，各为 12 个小时；春分后，气候温和，雨量充沛，阳光明媚。春分时节，民间有踏青、放风筝、吃春菜、立蛋等风俗。

春分三候：一候玄鸟至，玄鸟就是燕子，属于季节性候鸟，春分时节，北方天气变暖，在南方越冬的燕子又飞回北方，结伴衔草含泥筑巢居住，又开始新一年的生活。二候雷乃发声：雷鸣之后，再过五日，看见闪电。这个时候天气转暖，雨水增多，空气潮湿，于是"雷乃发声"。三候始电：由于雨量渐多，伴随着的是雷声和闪电。

农事活动：俗语讲，"春分麦起身，肥水要紧跟"。春季大忙季开始，春管、春种、春耕即将进入繁忙阶段，要注意"倒春寒"，加强田间管理。

起居养生：饮食方面要遵循阴阳平衡原则，"调其阴阳，不足则补，有余则泻"。

词文注释

1.赤黄叠道：春分这一天，太阳到达黄经0度，直射地球赤道，白天黑夜各为十二个小时。黄道，是从地球上来看太阳一年"走"过的路线，是由于地球绕太阳公转而产生的。它和赤道面相交于春分点和秋分点。

2.蛋立：在每年春分这一天，各地民间流行"竖蛋游戏"。早在4000多年前，中国就有春分立蛋的传统，以庆祝春天的到来。"春分到，蛋儿俏"的说法开始流传。后来中国这个习俗传到国外，成为"世界游戏"。

春分竖蛋的原理：

（1）春分是南北半球昼夜均等的日子，地球地轴与地球绕太阳公转的轨道平面刚好处于一种力的相对平衡状态，同时地球的磁场也相对平衡，很有利于竖蛋。

（2）春分正值春季中间，不冷不热，人心舒畅，思维敏捷，动作利索，也易于竖蛋成功。

（3）蛋壳上有许多高0.03毫米左右的突起，三个突起可构成一个三角形的平面，如果使鸡蛋的重心线通过这个三角形，就可以实现"竖蛋"了。

（4）竖蛋的方法：一是挑一头大一头小的新鲜鸡蛋，二是寻找支持面，三是手要稳，让蛋黄沉淀到鸡蛋的下部，这样重心就能足够低，使鸡蛋保持平衡。

3.嚓嚓：春天里人们结伴到公园、郊外踏春赏景，用相机、手机拍照留影时发出的声音。

4.春姑：春天的拟人写法，把春天的美丽景色当作美丽的姑娘来描写、赞美。

5.护肝解困：在五行中，肝属木，肝脏对应的季节就是春天，春主生发。春季肝阳上亢，肝气旺盛，是肝病的高发季节，养生重在养肝，协调肝的阴阳平衡，尤应重视精神调养，切勿暴怒伤肝。此外，由于春困乏力，切勿采取久眠多卧，因为久睡会造成新陈代谢迟缓，气血循环不畅，筋骨僵硬。

6.东君唤：东君，词牌名，又名《沁园春》，即未完成的"沁园春"词作任务、目标在呼唤、催促。

21. 沁园春・愚人节

世事繁纷，幻惑迷真，娱戏傻瓜。叹西洋异俗，离奇荒诞；巧思谐趣，捉弄伊家。假相遮藏，疑人耳目，谜底穿时竖指夸。共欢乐，获开心一笑，胜饮甘茶。

芸生德慧参差，切莫作聪明吞象蛇。赞板桥狂怪，糊涂难得；江郎还笔，安享幽遐。愚者痴憨，贾商趋利，物变盈亏冷眼斜。半装傻，学穗垂稻黍，透熟无华。

节日简介

节日日期：每年 4 月 1 日。

愚人节的来历：愚人节是一个西方的传统节日，也称万愚节，幽默节，时间是每年的 4 月 1 日。它起源于法国。1582 年，罗马教皇格列高利十三世决定采用新改革的纪年法：格里历，即通用的公历，以 1 月 1 日为一年之始。法国守旧派反对这种改革，依然按照旧的历法在 4 月 1 日这天过新年。而聪明滑稽的人则在这一天就送假礼品，邀请他们参加假招待会，并把上当受骗的人称为四月傻瓜。

该节在 18 世纪流传到英国，后来又被英国早期移民带到了美国，并随着英国的殖民运动和移民活动被带到美洲大陆，于是成为了欧美流行的节日。

愚人节这天的玩笑只能开到中午 12 点之前，这是约定俗成的严格规矩。

愚人节的意义：愚人节的意义其实很简单，就是为无聊的生活带来一些乐趣，在这天不管是谁都可以开小玩笑，可以调解一下平淡的生活，是一个增加感情的节日。

词文注释

1. "难得糊涂"：郑板桥的传世名言。郑板桥，乾隆元年（1736）进士，官山东范县潍县县令，政绩显著。后因厌恶官场，弃官客居扬州，以卖画为生，为扬州八怪重要代表人物。

据说郑板桥在山东潍县任职，有一天到云峰山游玩，天晚到一茅屋借宿，遇一鹤发童颜、长须飘飘的长者，自称"糊涂老人"。老人请名满天下的郑板桥赐一幅墨宝，郑板桥便信手写下"难得糊涂"四个神采飞扬的字，并在落款处盖了写有"康熙秀才，雍正举人，乾隆进士"的方章，显摆一番。老人抚了一下长须，便提笔写了一个跋："得美石难，得顽石犹难，由美石转入顽石更难。美于中，顽于外，藏野人之庐，不入富贵之门也。"并且也盖上一方章。郑板桥一看，那章写的是"院试第一，乡试第二，殿试第三"，不由得一惊，知道老人是一位隐居的官员，便提笔补写道："聪明难，糊涂难，由聪明转入糊涂更难。放一着，退一步，当下心安，非图后来福报也。"

2. 江郎：南朝文学家江淹。他年轻的时候写出了许多精彩的文章和诗篇。传说有一天夜里他做了一个奇怪的梦，一个自称张景阳的人走来对他说："我把匹锦缎寄在你怀里，到如今已有很长时间了，请你还给我吧。"江淹摸摸怀里，果然有一匹光彩绚丽的锦缎，他不由自主地拿出来，还给了那个人。醒来后，江淹感到腹中空空，拿起笔来，总也写不出好文章。

还有人说，江淹在冶亭住宿，半夜走来一位俊秀的男人，笑着对他说："我是晋朝的文学家郭璞，当初我把一支笔留给了你，今天我是来要笔的，现在应该可以还给我了吧。"江淹向怀中一摸，果然有一支笔，取出来一看，竟然是一支五色笔。江淹就把笔还给了那个人。从此，江淹的文采便每况愈下，尔后为诗，不复成语，故世传江郎才尽。

3.洛克菲勒：石油大王，全球首富。他在写给儿子的信中说："越是聪明的人，越有装傻的必要，越是成熟的稻子，越垂下稻穗。"

22. 沁园春·清明

　　每岁清明，萦系祖茔，何惧遥途。化美元冥币，仿真祭品；墓前叩拜，追念碑趺。教诲儿时，远游获益，待报亲恩殒病躯。添新土，脱衣衫汗出，挥举刀锄。

　　千年万里邀呼，连血脉寻根翻谱书。读黄金家训，伏波革裹；开坛经学，绛帐名儒。多少青山，古今忠骨，烈士陵园最丈夫。长江浪，有宗英辈出，驰志伊吾。

节气简介

节气日期：2022 年农历三月初五，公历为 4 月 5 日。

清明与清明节：清明是二十四节气之一，清明节是中国传统节日。清明，太阳到达黄经 15 度，斗指丁，公历 4 月 4—6 日交节。清明，万物皆洁齐而清明，盖时气清景明，万物皆显，因此得名。

清明节，是根据二十四节气中的"清明"这一节气而定的，是中国民间重要传统节日。清明节与春节、端午节、中秋节并称为中国四大传统节日。

清明和清明节严格意义来说不是一天。清明节气是一段时间，一般指 15 天左右，而清明节只是一天。

清明节气有祭祀、扫墓的传统习俗。

清明三候：　候，桐始华·桐，是指白桐花。意为清明来到，白桐花开，清芬怡人。春来万物复苏，阳气旺盛，各种各样的花竞相开放。二候，田鼠化为鹌：鹌，是指鹌鹑类的小鸟。田鼠因烈阳之气渐盛而躲回洞穴，喜爱阳气的鸟儿则开始出来活动了。三候，虹始见：虹，就是天上的彩虹，说明清明节多雨，故而彩虹出现。

词文注释

1.祖莹：祖辈的坟地。

2.美元冥币：又称阴司纸、冥钞，是民间传统祭拜鬼神或祖先时火化的祭祀品之一，意为供逝者在阴间使用的钱。化，焚化，焚烧，是将仿真美元、信用卡和纸人、纸马、纸房屋等，通过神圣的焚烧，在亲人心目中转化为冥冥世界中享用的钱财。

3.谱书：族谱，又称家谱、宗谱。是一种以表谱形式记载一家族的世系繁衍及重要人物事迹的书。家谱是一种特殊的文献，就其内容而言，是中华文明史中具有平民特色的文献，记载的是同宗共祖血缘集团世系人物和事迹等方面情况的历史图籍。

家谱通过姓氏原始、迁徙轨迹、世系渊源的展现，起着追溯宗、联宗收族，维系和强化作为社会群体的宗族和家庭的作用。

4.黄金家训：《马氏家训》"黄金非宅书为宝，万事皆空善不空"。

5.马援：扶风郡茂陵县人，汉族。新朝末年，马援归顺光武帝刘秀，东汉建立后，马援仍领兵征战，西破陇羌，南征交趾，北击乌桓，官至伏波将军，封新息侯，世称"马伏波"。其"老当益壮""马革裹尸"的气概，深受后人的崇敬。

据《姓谱》："马氏，出自嬴姓，伯益之后，赵王子奢为惠文王将，有功赐爵为马服君。"马援是马服君赵奢的后裔，本姓马服氏，后简化单姓马。

6. 绛帐：师门，讲席之敬称。这里指东汉名儒马融在扶风讲经授学的地方，现称绛帐镇。

东汉名儒"融，才高博洽，为世通儒，教养诸生，常有千数……"性情放达，常坐高堂，设绛纱帐，前授生徒，后列女乐。后因以"绛帐"为讲学授徒的典故。

7. 驰志伊吾：伊吾，今新疆哈密，是隋唐以前哈密的古地名，称伊吾卢，伊吾县，伊吾郡。驰志伊吾，喻励志，意思是向往在边塞建功立业。

23. 沁园春·谷雨

暖日残春，叶茂花衰，百谷播栽。听杜鹃啼唤，氤氲溪涧；游鱼吮絮，吹浪成排。垄上忙耕，客堂新茗，愁滴佳人伞满街。待旬日，展芳姿锦帽，喜笑颜开。

东风吹擂苍苔，沐旭日生机拂面来。看扬花落尽，樱桃红熟；野塘荷色，吐绿天涯。稚幼欢声，少年激愤，十载寒窗壮志怀。韶华迫，洒汗珠酬愿，入画麟台。

节气简介

节气日期：2022 年农历三月二十，公历为 4 月 20 日。

谷雨：二十四节气第六个节气，春季的最后一个节气。斗指辰，太阳黄经为 30 度，于每年公历 4 月 19—21 日交节。谷雨取自"雨生百谷"之意，此时降水明显增加，田中的秧苗初插、作物新种，最需要雨水的滋润，降水量充足而及时。

谷雨三候："第一候萍始生；第二候鸣鸠拂其羽；第三候戴胜降于桑。"是说谷雨后降雨量增多，浮萍开始生长，接着布谷鸟便开始提醒人们播种了，然后是桑树上开始见到戴胜鸟。

传统习俗：喝谷雨茶，传说喝了谷雨这天采的鲜茶，会清水、辟邪、明目等。

赏牡丹："谷雨三朝看牡丹"，牡丹花被称为国花、富贵花、谷雨花。谷雨赏牡丹已绵延千年。至今山东菏泽、河南洛阳都会在谷雨时节举行牡丹花会，供人们观赏游玩。

祭仓颉：清明祭黄帝，谷雨祭仓颉，是自汉代以来流传千年的民间传统。据《淮南子》记载，黄帝于春末夏初发布诏令，宣布仓颉造字成功，当天下了一场谷子雨。仓颉死后，人们把他安葬在他的家乡——白水县史官镇北。至今，每年的谷雨，"仓颉庙会"都会在陕西白水县如期举行。

词文注释

1. 暖日残春：谷雨是春季的最后一个节气，故称残春、暮春。此时阴化尽，春将尽，夏将至。寒潮天气基本结束，气温回升加快，空气温润，鲜花凋零，枝叶茂盛。此时播种，有利于各类作物的生长发育，正是庄稼生长的最佳时节。

2. 杜鹃啼唤：杜鹃即布谷鸟，也称子规、杜宇等。春末夏初，几乎昼夜都能听到它那宏亮而多少有点凄凉的叫声，叫声的特点是四声一度，每度反复相隔2—3秒钟，即"布谷布谷，布谷布谷"。

成语典故：望帝啼鹃。相传战国时蜀，杜宇称帝，号望帝。因蜀治水有功，后禅位臣子，退隐西山，死后化为杜鹃鸟，到春天时昼夜不停地悲鸣，其啼声非常凄切，直到口中吐血为止。

3. 稚幼少年：雨生百谷，谷雨润万物，万物都生发。寓指人生，从幼小到青少年，是读书学习的最佳、最好时光，也是充满激情、希望、向上的时期。

4. 入画麟台：

（1）麟台，唐代官署名，武则天天授年间曾改秘书省为麟台。唐韩愈《唐故中散大夫少府监胡良公墓神道碑》：大父讳秀，武后时，以文材征为麟台正字。唐白居易："世家标甲地，官职滞麟台。"

（2）麒麟阁的别称，唐颜真卿《赠裴将军》诗："功成报天子，可以画麟台。"《敦煌曲子词·菩萨蛮》："效节望龙庭，麟台早有名。"宋李九龄《代边将》诗："据鞍遥指长安路，须刻麟台第一功。"

（3）泛指绘有功臣画像的楼阁。

24. 沁园春·世界地球日

神秘蓝星，万物共存，慈母胸怀。赞东西轮转，天恩均等；凡灵之首，繁衍蝗来。索要随心，取之无度，百孔千疮大地衰。杞人怯，敬自然法则，或少遭灾。

碳酸污浊倾排，渔竭泽贪婪更不该。叹冰川融化，山林颓废；土枯水涸，满目灰霾。珍爱资源，出行绿色，植树防沙积富财。共命运，把家园呵护，不愧孙孩。

节日简介

节日日期：每年 4 月 22 日。

节日来历：2009 年，第 63 届联合国大会通过决议将每年的 4 月 22 日定为"世界地球日"。2022 年 4 月 22 日是第 53 个世界地球日。世界地球日是一个专为世界环境保护而设立的节日。旨在提高民众对于现有的环境问题的认识，并动员民众参与到环保运动中，通过绿色低碳生活改善地球的整体环境。

地球日由美国人"地球日之父"丹尼斯·海斯于 1970 年发起。现今，地球节的庆祝活动已发展至全球 192 个国家，每年有超过 10 亿人参与其中，使其成为世界上最大的民间环保节日。

中国从 20 世纪 90 年代起，每年都会在 4 月 22 日举办世界地球日活动。1990 年 4 月 21 日，当时的李鹏总理通过电视发表了环境问题讲话，中央电视台还播放了"只有一个地球"的专题报道。2021 年 4 月 22 日，是第 52 个世界地球日，当天，中国国家主席习近平应邀出席世界气候峰会，并发表了题为《共同构建人与自然生命共同体》的重要讲话，有力地推动、宣传了世界环境保护事业的发展。

词文注释

1. 蓝星：地球的别称，地球表面积 5.1 亿平方公里，其中 71% 为海洋，29% 为陆地。在太空上看地球呈蓝色，所以被称为蓝色星球。地球是距离太阳的第三颗行星，也是目前已知的唯一孕育和支持生命的天体。

2. 杞人怯：杞，古国名，在今河南杞县。"杞人忧天"，是由一则寓言故事演化而来的成语，出自《列子·天瑞》，比喻缺乏根据和不必要的忧虑，庸人自扰、杞人之忧。但这里借用的意思是，要敬重自然规律、自然法则，取之有度，才能减少、避免自然灾难的发生。

3. 碳酸污浊：碳酸在高温条件下会分解，生成二氧化碳和水。过多的二氧化碳会导致温室效应。温室效应使全球温度升高，会让南北极冰川融化，海平面上升，继而引发一系列人类不可承受的天灾。近几年全球气候变暖，导致频频出现几十年难遇、百年难遇的洪涝、干旱、暴风、冰雪、极寒、酷热天气。

如我国 2008 年南方雪灾，2012 年北京大暴雨，2018 年超强台风"山竹"，2021 年河南大暴雨，等等。

国际上更是灾难频繁：仅 2021 年就有日本最强暴雨、北极出现 48 度高温、巴西罕见降雪、加拿大利顿高温，等等。

全球极端天气轮番上阵，每一次都对人类生存环境造成巨大的破坏。人类工业活动若不加以限制，地球将一直被加热，最终迎接人类的将是灭顶之灾。

　　好在人类已经充分认识到这些危害并且正在采取行动。因此减碳排、碳达峰、碳中和等诸如此类有关二氧化碳的术语频繁出现在我们眼前。

　　4. 竭泽：竭泽而渔，是一个成语，指排尽湖水或池水捉鱼。比喻只图眼前利益，不作长远打算，应该考虑长远，不能竭泽而渔。

　　出处《吕氏春秋·义赏》，"竭泽而渔，岂不获得，而来年无鱼"。

25. 沁园春·世界读书日

人类文明，吾祖源渊，耕读传家。赞陶符甲骨，技能施展；四书五典，智慧殊嘉。映雪萤囊，悬梁刺股，凿壁求知千古夸。常开卷，览乾坤万象，学海无涯。

苦寒孕育梅花，千钟粟香醇励少娃。吸攀登力量，苗根培壮；潜修素养，明辨忠邪。更夜孤灯，笃勤术业，探月巡洋奥秘查。今呼唤，立周公志向，崛起中华。

节日简介

节日日期：每年 4 月 23 日。

节日来历：1995 年联合国教科文组织确定每年 4 月 23 日为世界读书日。设立目的是推动更多的人去阅读和写作，都能享受阅读的乐趣。每年的这一天，世界 100 多个国家都会举办各种各样的庆祝和图书宣传活动。

阅读对人的成长的影响是巨大的，一本好书往往能改变人的一生，而一个民族的精神境界，在很大程度上取决于全民族的阅读水平。世界上人均阅读量前四名的国家是：

以色列，60 本；

日本，40本；

法国，20本；

韩国，11本；

在我国，2021年人均纸阅读为4.76本，电子阅读为3.30本。

为共建和谐社会，进一步激发全民读书的热情，让我们认真读一本好书吧。

读书格言：

读万卷书，行万里路。（明）董其昌

书山有路勤为径，学海无涯苦作舟。（唐）韩愈

读书破万卷，下笔如有神。（唐）杜甫

少壮不努力，老大徒伤悲。（明）张岱

宝剑锋从磨砺出，梅花香自苦寒来。

玉不琢、不成器，人不学、不知义。

 词文注释

1.陶符甲骨：我国的先民从早期的"结绳记事"到后来的陶文、刻符到甲骨文，从小篆、隶书到楷书，经历一步步发展和完善，直到近代以来的简化，才形成了我们目前常用的汉字。以陶文甲骨为代表的中国古汉字体系，历经数千年的演变而承续至今，书写了一部博大精深的中华文明史。

2.四书五典：四书五经的合称，泛指儒家经典著作。四书指的是《大学》《中庸》《论语》《孟子》。五经指《诗经》《尚书》《礼记》《周易》《春秋》五部。

3.映雪萤囊：映雪，晋代孙康家贫无灯，冬天利用雪地的反光来读书。萤囊：晋代车胤家贫，苦学不倦，夏天用练囊装萤火虫数十只来照明读书。

4.悬梁刺股：悬梁，东汉孙晋好学，晨夕不休，及至眠睡疲寝，以绳系头悬屋梁。刺股，西汉苏秦好学，"读书欲睡，引锥自刺其股，血流至足"。

5.凿壁：西汉匡衡凿穿墙壁，引邻舍之烛光读书。

6.千钟粟：意思是五谷丰登，良田千顷，粮食蒲仓。古时常用来代指书籍。句出宋真宗赵恒《劝学诗》：

富家不用买良田，书中自有千钟粟；

安居不用架高堂，书中自有黄金屋；

出门莫恨无人随，书中车马多如簇；

娶妻莫恨无良媒，书中自有颜如玉；

男儿若遂平生志，六经勤向窗前读。

古人讲，"学而优则仕"，踏入仕途是当时读书人的理想。做了官才能拥有美女、金钱，其实就是鼓励子弟好好读书，今后有个好前程。

7.周公：周恩来总理，在少年时代立下宏伟志向："为中华之崛起而读书。"

26. 沁园春·中国海军节

戌海雄师，与国同庚，泰州发源。忆渡江决战，鱼船舢舨；卧薪七秩，五大齐全。航母飞潜，核常导弹，挺向深蓝问哪湾。传友谊，作和平使者，威震瀛寰。

今朝佳节腾欢，莫忘了辽东甲午年。叹世昌壮烈，北洋覆灭；马关屈辱，清帝危颠。往事回肠，忠魂激荡，尧舜儿郎血脉延。逢盛世，胜朱明三保，捍护平安。

节日简介

节日日期：每年 4 月 23 日。

海军节的来历：一座小楼：1949 年 3 月 30 日，曾在泰州书写"苏中七战七捷"传奇的粟裕，决定将渡江战役东线指挥部设在远离泰州城区的白马庙一栋无人居住的二层小楼。

一场起义：1949 年 4 月 23 日凌晨，渡江战役的第四天即解放南京的同一天，国民党的江防舰队司令林遵带着南京、镇江这一段江边 40 多艘舰艇宣布起义。中央军委急电，命令三野立即组建华东海军，预备接管国民党海军起义、投诚的军舰。当天，解放军华东军区海军在泰州白马庙成立。张爱萍任司令员兼政委，人民海军从此诞生。泰州也因此成为海军诞生地，水兵母亲城。

一纸批复：1989年海军成立40周年之际，中央军委批复确定1949年4月23日为中国人民解放军海军成立日，泰州白马庙为海军诞生地。

词文注释

1. 与国同庚：1949年海军成立与新中国成立同为一年，谓年龄相同。

2. 五大齐全：我国人民海军从零到有，从弱到强。海军的五大兵种，分别是：

（1）海军潜艇部队：以潜艇为基本装备，主要在水下遂行作战任务的兵种。装备战略导弹核潜艇、攻击核潜艇和常规动力潜艇。

（2）海军水面舰艇部队：以水面舰艇为基础，主要在水面遂行作战任务的兵种。可执行对海、对空、反潜、对陆上目标作战任务的兵种。

（3）海军航空兵部队：以飞机为基本装备，主要是夺取在海洋和濒海战区的控制权，从海空掩护、支援己方舰艇的战斗行动等。

（4）海军岸防部队：以岸炮和岸舰导弹为基本装备，部署在沿海重要地段，主要遂行海岸防御作战任务的海军兵种。

（5）海军陆战部队：以两栖作战武器为基本装备，主要遂行登陆作战任务的海军兵种。可单独或配合其他兵种实施登陆作战。

3. 辽东甲午：1894年甲午年，日本侵略中国和朝鲜的战争，史称甲午战争。这场战争以北洋水师全军覆没、中国战败告终。中国清朝政府迫于日本军国主义的军事压力，于1895年4月17日签订丧权辱国的《马关条约》。

4. 世昌：邓世昌，广东省番禺人，清末北洋水师名将，民族英雄。1894年中日甲午战争时为致远号巡洋舰管带（舰长）。同年9月17月，在黄海海战中壮烈牺牲，时年45岁。光绪帝挽联如此写道：此日漫挥天下泪，有公足壮海军威。

5.朱明三保：朱明，大明王朝，因皇室姓朱，又称朱明；三保，即郑和，回族，祖籍乌兹别克斯坦，后迁居云南昆明。明朝太监，原姓马名和，明成祖朱棣赐他姓郑，小名三保。中国明朝的航海家，外交家。这里指郑和七下西洋。

27. 沁园春·五一国际劳动节

风起芝城，历越百年，佳节舒怀。望旌旗招展，摩肩潮涌；江山胜景，七彩长街。百族欢颜，寰球同庆，五月扬眉奋斗来。诸君看，那层层百合，团结花开。

神州辈出雄才，乃唯有人民创阜财。叹能工巧匠，发明功盖；墙垣大漠，万里横排。育稻隆平，稼先核弹，铁汉油田惊九垓。最伟大，引车轮前进，尧舜凡胎。

节日简介

节日日期：每年 5 月 1 日。

五一国际劳动节：世界上 80 多个国家的全国性节日，是全世界劳动人民共同拥有的节日，定在每年的 5 月 1 日。

节日由来：1886 年 5 月 1 日，美国芝加哥举行了约 35 万人参加的大规模罢工和示威游行，要求改善劳动条件，实行八小时工作制。

1889 年 7 月，在恩格斯组织召开的第二国际成立大会上，宣布将每年的 5 月 1 日定为国际劳动节。

中国人民庆祝劳动节的活动可追溯到 1918 年。新中国成立后，中央人民政府政务院于 1949 年 12 月将 5 月 1 日定为法定的劳动节，全国放假一天。每年的这一天，举国欢庆，举行集会或文娱活动，并对有突出贡献的劳动者进行表彰。

1999年9月18日，国务院发布通知，将每年的春节、"五一"和国庆节法定节日加上调休，全国放假7天，形成了三个"黄金周"。2007年12月国务院修订，将"五一"由7天调整为3天。2019年11月21日，国务院发布放假调休通知，将2020年、2021年、2022年五一放假调休为5天。

词文注释

1. 芝城：美国芝加哥城。1886年5月1日，芝加哥几十万工人举行罢工，争取八小时工作制，取得了巨大胜利，五一国际劳动节即起源于此，距今已有130多年了。

2. 七彩长街：节日里大街上车水马龙，人流如潮，有穿着各式服饰的，有撑着各式花伞的，有叫卖各种颜色、式样气球的，人群像蚂蚁一样在蠕动，像河水一样流淌，到处洋溢着欢乐的气氛。

3. 百合：雅称"云裳仙子""吉祥之花"。它的鳞茎球形由许多白色肉质鳞片层层环抱而成，状如莲花。这里寓意工人阶级团结一致，紧密合作，积极向上就会取得胜利。

4. 巧匠功盖：历代能工巧匠们留下的各种发明成就。

如我国最为人熟知的四大发明：造纸术，印刷术，指南针，火药。不仅对我国经济、军事、文化方面发挥了较大作用，尤其是对欧洲产生了巨大影响，以至没有一个帝国、一个学派、一个如何有名的人物能够比这些发明在人类事业中产生更大的作用和影响。

由此可见，中国的四大发明，对推动世界的历史进程做出了巨大的贡献。

5. 墙垣万里：万里长城。长城，修建始于春秋战国，直到清朝，历2000多年，共2万多公里。它是中国古代的军事防御工事。万里长城这一凝结着中华民族几千年智慧与力量的宏伟建筑，于1987年被联合国正式列为世界文化遗产。

6. 隆平：袁隆平院士，被誉为"杂交水稻之父"。

7. 稼先：邓稼先院士，著名核物理学家，中国核武器研制工作的开拓者和奠基者，被称为"两弹元勋"。

8. 铁汉：大庆油田工人王进喜。2009年9月当选"100位新中国成立以来感动中国人物"之一。

28. 沁园春·五四青年节

五四风雷，席卷神州，撒播火花。忆首都学子，申城工友；拒签和约，怒怼官衙。声讨曹章，驱除篡贼，撕破崇洋傀儡纱。列强恶，护主权危弱，英特萌芽。

切扶大厦欹斜，豪雄会移船砸锁枷。似晨星指引，举旗聚义；三山摧灭，光复中华。问鼎寰球，传情丝路，万客朝京笑饮茶。国运旺，又儿郎接力，旭日朝霞。

节日简介

节日日期：每年5月4日。

五四青年节：源于1919年5月4日发生在北京以青年学生为主的一场学生运动。

节日来历：1919年1月，第一次世界大战战胜国在巴黎召开所谓的"和平会议"，中国作为战胜国参加了会议，并提出废除外国在中国的势力范围、撤退外国军队、取消"二十一条"等正义要求，但巴黎和会拒绝了中国提出的要求，竟然决定将德国在中国山东的权益转让给日本。此消息传到中国后，北京学生群情激愤，于5月4日在天安门举行示威游行，并转向外交总长曹汝霖赵家楼住宅，痛打了正在曹宅的驻日公使章宗祥，并怒烧其宅。随后，北洋政府出动军警抓捕大量学生。1919 年 6 月 5 日，全国各大城市罢课、罢工、罢市，声援北京学生的爱国行动。北洋政府被迫释放被捕的 800 多名学生，罢免曹汝霖等卖国贼的职务，拒绝在《凡尔赛和约》上签字。

五四运动是一次彻底的反对帝国主义和封建主义的爱国运动，也是新民主主义革命的开始。

1939 年，陕甘宁边区西北青年救国联合会，规定 5 月 4 日为中国青年节。1949 年中央人民政府政务院正式宣布 5 月 4 日为中国青年节，规定 14 到 28 岁青年可放假半天。

词文注释

1. 五四风雷：1919 年 5 月 4 日发生在北京，继而引发全国各大城市罢工、罢市、罢课的反对帝国主义和封建主义的爱国运会，即五四运动。"五四"精神的核心内容为"爱国、进步、民主、科学"，也是中国新民主主义的开始。

2. 申城：上海的别称，中华人民共和国直辖市，国家中心城市。约 6000 年前，现在的上海西部即已成陆。春秋战国时上海是楚国春申君黄歇的封邑，故别称申。1292 年元朝把上海镇从华亭县划出，批准设立上海县，标志着上海建城之始。

3. 声讨曹章：曹章，即曹汝霖、章宗祥。曹汝霖，北洋政府外交总长；章宗祥，驻日本大使。五四运动的导火索就是我国在"巴黎和会"外交上的失败。由于列强将我国山东青岛的权益转让给日本，便引起我国人民的强烈不满。作为巴黎和会签字的北洋政府代表，曹汝霖、章宗祥成为了全国人民声讨的对象，他们甚至被国人骂为卖国贼，并永远地钉在了历史的耻辱柱上。

4. 英特：英文"英特纳雄耐尔"的中文简称，源于法文的音译。

本意是国际或国际主义；瞿秋白翻译时译作"英特纳雄耐尔"，在《国际歌》中代指国际共产主义的理想。

5.豪雄会：中国共产党1921年7月23日至8月初在上海法租界和浙江嘉兴南湖游船上召开的第一次全国代表大会。

6.三山：旧中国压迫在中国人民头上的"三座大山"，即帝国主义、封建主义、官僚资本主义。

7.问鼎：鼎，指古代夏禹铸造的九鼎，代表九州，作为国家权力的象征，为得天下者所据有，出自《左传》。这里指复兴中华，国力强盛，可以在许多方面取胜而雄立全球。

29. 沁园春·立夏

暮春晨辞，九夏随踵，葱茂清佳。看山岭苍翠，蝶蜂翩舞；荷塘尖角，蜓立鸣蛙。野陌槐香，田畴麦浪，醉眼倾城尽落花。越三五，待果浆灌满，更惹人夸。

赤黄皆运无差，几十亿轮回造物华。任横斜轴转，暑寒复往；纵观云雨，俯瞰星霞。废黜王朝，激昂年代，蝼蝈声呼时不赊。风雷急，趁青春茁壮，建业天涯。

节气简介

节气日期：2020 年农历四月十三，公历为 5 月 5 日。

立夏：二十四节气中的第七个节气，夏季的第一个节气，交节时间在每年公历 5 月 5—7 日。立夏表示告别春天，夏天开始，因此又称"春尽日"。立夏是标示万物进入旺季生长的一个重要节气。

立夏三候：一候蝼蝈鸣；二候蚯蚓出；三候王瓜生。这就是孟夏之初的物候现象。

传统习俗：

（1）尝新：立夏这一天，江南许多地方有"见三新"，就是吃这个时节长出来的鲜嫩物儿，谓之"尝新"。

（2）斗蛋游戏："立夏蛋，满街甩。"斗蛋通常是小孩子们的游戏。将煮熟的鸡蛋用网兜挂在胸前，互相甩，比谁的鸡蛋壳硬，意为"立夏胸挂蛋，小人疰夏难"。

（3）立夏称人：人们在村口或台门里挂起一杆大秤，秤钩悬一个凳子，大家轮流坐到凳子上面称人。古人认为立夏称人会对人们带来福气，大家也祈求上苍给他们带来好运。

起居养生：进入立夏时节，人体的新陈代谢加快，心脑血液供应不足，常使人烦躁不安，倦怠懒散，应合理安排作息时间，补充营养物质，采取正确的养生保健方法。

词文注释

1. 暮春晨辞：2020年的立夏交节时间为5月5日8点51分，故称暮春晨辞。

2. 九夏：夏季，夏天。晋陶潜《荣木》诗序："日月推迁，已复九夏。"唐太宗《赋得夏首启节》："北阙三春晚，南荣九夏初。"

3. 荷塘尖角：在立夏节气前后，荷塘里有很多小小的荷叶冒出了尖角，偶尔也会引来只小蜻蜓停留在荷叶尖上。见杨万里诗《小池》："泉眼无声惜细流，树阴照水爱晴柔。小荷才露尖尖角，早有蜻蜓立上头。"

4. 越三五：越，跨过；三五，三个五天，即半个月。

5. 赤黄晷运：二十四节气最初是依据斗转星移制定，北斗七星循环旋转。现行确定二十四节气依据"太阳周年视运动"，也就是太阳黄经度数。两种确定方法虽然不同，但造成斗转星移的原因则是地球绕太阳公转，因此两者交节的时间是一致的。

6. 几十亿轮回：地球约有45.5亿岁，地球年龄是地球从原始的太阳星云中积聚形成一个行星到如今的时间，科学家对地球年龄的最佳估计值为45.5亿年。地球的寿命约为100亿年。

7.废黜王朝，激昂年代：一是指1911年10月发生的武昌起义，史称辛亥革命，清朝灭亡；二是指1919年5月4日，发生在北京、上海及全国的五四反帝反封建的爱国运动。

8.蝼蝈：《礼记·月令》："孟夏之月蝼蝈鸣，蚯蚓出。"郑玄注："蝼蝈，蛙也。"《逸周书·时训》："立夏之日，蝼蝈鸣。"蝼蝈，又名蝼蛄、天蝼、仙姑、石鼠。俗名蝲蝲蛄、土狗。蝼蝈通常栖息于地下，夜间和清晨在地表活动，吃新播的种子，咬食作物的根部，刈作物幼苗伤害极大，是重要的地下害虫。蝼蝈可入药，消水肿。

30. 沁园春·母亲节感怀

　　慈母西行，四十八春，难忘音容。忆那时困境，贫农成分；披星垄亩，人瘦肠空。野菜当粮，荤腥省让，每近黄昏双眼蒙。德仁厚，助乡邻慷慨，懿范家风。

　　娘亲爱育由衷，普天下古今无异同。感邹城佳事，三迁教子；托孤江姐，字少情浓。遇险飞身，临危胸护，万里萦牵忧虑重。如今好，把手机触摸，咫尺相逢。

节日简介

节日日期： 5 月的第二个星期日，公历 2022 年为 5 月 8 日。

母亲节： 是一个感谢母亲的节日，为每年 5 月的第二个星期日。母亲们在这一天通常会收到礼物，康乃馨被视为献给母亲的花，而中国的母亲花是萱草花，又叫忘忧草。

节日来历： 母亲节起源于美国，这个节日的发起人是费城的安娜·贾维斯。1906 年 5 月 9 日，贾维斯的母亲不幸去世，她悲痛万分。贾维斯写信给教堂，请求为她的母亲做特别追思礼拜。她母亲生前为这一教堂的星期日学校服务了 20 多年。1908 年，教堂宣布贾维斯母亲忌日——5 月的第二个星期日为母亲节。1913 年 5 月 10 日，由美国威尔逊总统签署公告，决定每年 5 月的第二个星期日为母亲节。这一举措引起世界各国纷纷仿效。

20 世纪末，随着中国与国际的日益接轨，母亲节在中国各地日益推广开来。

中华母亲节：2004 年，全国政协委员、中华母亲节促进会会长——李汉秋提出设立中国人自己的母亲节，并提出孟母可作为中国母亲节的形象代表。2006 年 12 月"中华母亲节促进会"确定将农历的四月初二，也就是孟母生孟子这一天定为中华母亲节。

词文注释

1. 四十八春：先慈于 1974 年冬月驾鹤仙游，至今已有 48 个春秋。

2. 成分：阶级成分，指政务院 1950 年 8 月对农村阶级划分标准，已于 1979 年 1 月取消。

（1）地主：家庭拥有土地，其成员不参加劳动的人。

（2）富农：相对较小的土地拥有者，三分之一的土地需要雇工耕作者。

（3）中农：介于贫农和富农之间的农民。一般不剥削他人，也不出卖劳动力受人剥削。

（4）贫农：那些只有较少土地，部分或大部分租用其他土地所有者的土地耕作，主要收入依靠打工并交纳地租的农民。

（5）雇农：家中没有土地，完全依靠打工为生者为"雇农"。

3. 双眼蒙：夜盲症，指在光线昏暗环境下或黄昏夜晚视物不清。该症状一般都是由缺乏维生素 A、营养不良而引起的。只要多吃一些动物肝脏、胡萝卜、鱼肝油、肉、鱼、鸡蛋等，即可逐渐改善。

4. 邹城：山东省辖县级市，国家历史文化名城，是战国时期思想家、教育家孟子的故里。孟子名孟轲，三岁丧父，家境贫困，全靠母亲仉氏教养，其"三迁择邻""断机教子"典故家喻户晓。

5.江姐托孤：江姐，江竹筠，原名江竹君。著名革命烈士，1948年6月14日，因为叛徒出卖，不幸被捕。在狱中，她受尽了各种酷刑，她抱以必死之心，已经做了牺牲的准备。但她毕竟还是血肉之躯，在生命的最后时刻，还是有牵挂的人，就是她的孩子彭云。她给谭竹安（丈夫彭咏梧的前妻弟）写了一份托孤的信：盼教以踏着父母之足迹，以建设新中国为志，为共产主义事业奋斗到底。孩子切勿娇养，粗服淡饭即可。

在遗书的内容中，多次提到孩子和对孩子的思念、不舍和牵挂之情。2009年9月江竹筠入选100位为新中国成立做出突出贡献的英雄模范人物。

31. 沁园春·全国防灾减灾日

美好人间，恶孽无情，最是天灾。忆汶川地裂，生灵涂炭；洪荒溃岸，冰雪凝街。热带风狂，祝融恣虐，滚滚黄沙扫九垓。苍生苦，问观音妙法，可奈何哉。

妖神毁废悲哀，逢忌日鸣钟警未来。告更严监测，提升防御；急藏厨厕，免被生埋。闭眼扶头，撤离有序，觅水寻粮莫恋财。普常识，避魔王翻脸，遍筑烽台。

🏮 节日简介

节日日期：每年5月12日。

设立背景：2008年5月12日，我国四川汶川发生里氏8.0级特大地震，造成重大人员伤亡和财产损失，举世震惊。为进一步增强全民防灾减灾意识，推动提高防灾减灾救灾工作水平，经国务院批准，从2009开始，每年的5月12日定为"全国防灾减灾日"。

设立意义：中国是世界上自然灾害最为严重的国家之一，灾难种类多、分布地域广、发生频率高、造成损失重。设立"防灾减灾日"，既体现国家对防灾减灾工作的高度重视，也有利于唤起社会各界对防灾减灾的高度关注，提醒民众前事不忘，后事之师，增强对防灾减灾的意识和自救技能，最大限度地减轻自然灾害的损失。

设立目的：1989 年，联合国将每年 10 月的第二个星期的星期三确定为"国际减灾日"，旨在唤起国际社会对防灾减灾工作的重视，敦促各国政府把减轻自然灾害列入经济发展规划，有针对性地推进本国的防灾减灾宣传教育工作。世界上许多国家也都设立本国的防灾减灾日，如日本将每年的 9 月 1 日定为"防灾日"。印度洋海啸后，泰国、马来西亚将每年的 12 月 26 日设为防灾日。2005 年 10 月 8 日，巴基斯坦发生 7.6 级地震后，将每年的 10 月 8 日定为"地震纪念日"等。

词文注释

1. 汶川地裂：2008 年 5 月 12 日 14 时发生的四川汶川大地震。此次地震共造成近 9 万人遇难，约 40 万人受伤。是中华人民共和国成立以来破坏性最强、波及范围最大、灾害损失最重、救灾难度最大的一次地震。

2. 洪荒：1998 年特大洪水，包括长江、嫩江、松花江等江河流域地区的大洪水。受灾最为严重的为江西、湖南、湖北、黑龙江四省，是 1954 年后又一次全流域性特大洪水。

3. 冰雪凝街：2008 年 1 月 3 日起在中国南方发生的大范围低温、雨雪、冰冻等自然灾害，致 20 多个省市区均不同程度受到影响。其中安徽、江西、湖南、湖北、广西、四川和贵州 7 个省、自治区受损最为严重。

4. 热带风暴：俗称台风，属热带气旋的一种。其中最强为 2014 年 7 月 19 日超强台风威马逊，三次强势登陆我国，成为中华人民共和国成立以来登陆中国最强台风。造成海南、广东、广西的 59 个县市区受灾，并导致南宁发生海变，城市内部被淹，损毁严重。

5. 祝融：号赤帝。中国古代神话中火神、南岳神、灶神。祝融在中国传统文化中被尊为最早的火神，象征着祖先用火照耀大地，带来光明，亦以之为火或火灾的代称。

6. 滚滚黄沙：沙尘暴。它的形成受自然因素和人类活动因素的共同影响。人类活动因素是指人类在发展经济过程中对植被破坏以后，导致沙尘暴爆发频繁增加。

7. 急藏厨厕：灾难来临时，要迅速躲进厨房、厕所。寻找有水，有食物的地方。

8. 烽台：烽火台，又称烽燧，古时用于点燃烟火传递军事情报信息的高台。台台相连，传递消息。敌人白天侵犯时就燃烟，夜间就点火，以可见的烟气和光亮向各方与上级报警，是最古老但行之有效的消息传递方式。

32. 沁园春·世界电信日

辽阔神州，古有邮驿，万里狼烽。忆旧时电报，手摇电话；而今光缆，塔刺长空。咫尺天涯，卫星定位，越海穿洋分秒钟。互联网，接智能宽带，百物流通。

手机小巧灵聪，心牵挂胜如姬与翁。乐触屏无线，亲人立见；语言微信，跨越西东。数字传真，轻松扫码，万贯方兄藏掌中。新时代，领转型挑战，再立奇功。

 节日简介

节日日期：每年 5 月 17 日。

世界电信日：1969 年 5 月 17 日，国际电信联盟第二十四届会议决定把国际电信联盟的成立日——5 月 17 日定为"世界电信日"，并要求各会员国每年 5 月 17 日都要开展纪念活动。

发展历史：电信是指利用电报、电话、传真、无线电设备和互联网络等手段传递信息的通信方式。1844 年电报正式用于公众通信。1865 年 5 月 17 日，法国、德国、俄国、意大利、奥地利等 20 多个国家在巴黎签订了《国际电报公约》，宣告国际电报联盟正式成立。1932 年改名为《国际电信联盟》。1947 年成为联合国的一个专门机构，总

部设在日内瓦。国际电信联盟目前共有191个成员，中国于1920年加入该组织。

每年世界电信日，包括中国在内的各个成员国，都会举行各种各样的主题活动，推动本国网络通信产业的发展、普及及共享。

2022年世界电信日的主题是"面向老年人和实现健康老龄化的数字技术"。

词文注释

1. 邮驿：以驿站为主体的马递网路和以急递铺为主体的步递路网。中国的邮驿源远流长，在漫长的古代社会已领居世界前列。其传递方法以轻车快马为主。唐王昌龄诗："沅江流水到辰阳，溪口逢君驿路长。"

2. 狼烽：烽火狼烟是中国古代的边境士兵为及时传递敌人来犯的信息，在烽火台上点燃狼粪烧烟，可以从很远处看到，就这样，烽火台一个接一个点下去，敌人来犯的消息就被很快地传递出去。有"烽火戏诸侯""狼烟四起"的成语典故。

3. 塔刺长空：通信铁塔。通信铁塔主要用于微波、超短波、无线网络信号的传输与发射等，常耸立于山脊荒野，甚是巍峨壮观。

4. 互联网：又称国际网络，指的是网络与网络之间所串连的庞大网络。在这个网络中有交换机、路由器等网络设备、各种不同连接链路、种类繁多的服务器和数不尽的计算机、终端。

5. 触屏：在手机上，人们为了操作方便，用手指或其他物体触摸屏幕，来代替鼠标或键盘的工作。

6. 扫码：扫码是一种二维码和条形码识别功能。可以识别按规定发码规则发布的二维码和条码信息，并实现二维码和条码对应的业务，如进行收款、付款、下载应用和打开网站等操作。

7. 方兄：孔方兄，指铜钱，钱。自秦统一全国币制到清末，使用时间长达两千多年。古时候因在铸造铜钱时为了方便加工，常在铜钱中间穿孔，将铜钱穿在一根方形木棍上，以防止加工时铜钱乱转。

8. 领转型挑战：2021 年世界电信日的主题是：在充满挑战的时代加速数字化转型。覆盖中国乡村 99% 以上"同网、同速、同质"网络，让中国乡村紧跟数字化转型之路。破除"信息闭塞"这一自古以来导致乡村落后的大障碍。

33. 沁园春·小满

薄雾朝阳，柳绿榴红，沃野碧浮。看山溪水涨，蛙声交唱；荷尖蜓立，百鸟鸣啾。蓄积精华，穗芒向日，麦浪翻波醉远眸。冬春夏，历风霜雪雨，必获丰收。

炎凉同此寰球，令万物长天竞自由。有千轮云树，一秋衰草；志图鸿业，尘事无谋。得失于心，盈虚恬泊，小满人生或可休。若为国，应倾身拼博，更上层楼。

节气简介

节气日期：2022 年农历四月二十一，公历为 5 月 21 日。

小满：二十四节气中的第八个节气，也是夏季的第二个节气。小满，斗指甲，太阳达黄经 60 度，于每年公历 5 月 20—22 日交节。

小满三候："一候苦菜秀，二候靡草死，三候麦秋至。"说的是小满节气后，苦菜已经枝叶繁茂；之后，喜阴的一些枝条细软的草类在强烈的阳光下开始枯死；在小满的最后一个时段，麦子开始成熟。虽然时间还是夏季，但对麦子来说，却到了成熟的"秋"。夏季正是北方冬小麦成熟的季节，而秋天是谷物成熟的季节，因此古人引申称初夏为麦秋。

传统民俗:二十四节气是古代农耕文化的产物,小满节气民俗根据农耕社会特点形成。节气民俗主要有"小满祭车神""小满抢水""小满抢蚕节""小满食野菜"等。

　　起居养生:小满节气的特点是高温、高湿、多雨,但早晚仍会较凉,气温日差仍较大。因此,要注意添衣保暖。小满时风火相煽,人们易烦躁不安,此时要调适心情,宽胸保舒。饮食要避免过量进食生冷食物。

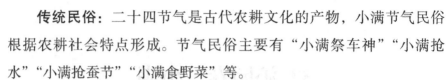

词文注释

　　1.柳绿榴红:形容初夏景象,鲜艳纷繁,石榴花火红般绽放。

　　2.沃野碧浮:沃野,指肥沃的田野。《汉书·张良传》:"夫关中,左肴函,右陇蜀,沃野千里。"碧浮:韩愈《孟郊城南联句》:碎缬红满杏,稠凝碧浮饧。意指田野山峦葱茏碧翠,满目生机。

　　3.山溪水涨:小满节气期间,南方的暴雨开始增多,降水频繁,民谚云:"小满小满,江河渐满。"

　　4.荷尖蜓立:蜓立荷尖,宋杨万里《小池》诗:"泉眼无声惜细流,树阴照水爱晴柔。小荷才露尖尖角,早有蜻蜓立上头。"

　　5.穗芒:麦穗上的芒,麦芒。唐柳宗元《闻黄鹂》诗:"目极千里无山河,麦芒际天摇青波。"

　　6.千轮云树:千轮,指树木的年轮,一年产生一轮的年轮线,有千年之久;云树,指云和树,高耸入云的大树。

　　7.衰草:枯草。宋陆游《秋晚思梁益旧游》诗:"沧波极目江乡恨,衰草连天塞路愁。"

　　8.尘事:旧指世俗之事,尘俗之事,尘事纷繁。出处:晋陶潜《辛丑岁七月赴假还江陵夜行涂口》诗"闲居三十载,遂与尘事冥"。

　　9.盈虚:盈满或虚空,发展变化;有余与不足;盛衰成败;虚实；月之圆和人。《庄子·秋水》："察乎盈虚，故得而不喜，失而不扰。"唐《滕王阁序》："兴尽悲来，识盈虚之有数。"

10. 小满人生：儒家之道，忌讳"太满""大满"，有"满招损，谦受益""物极必反"之说。小满者，满而不损也，满而不盈也，满而不溢。最好人生是"小满"，花未全开月未圆，是节气也是智慧。

11. 若："若"字多假借为"像、如"义，由"如"义可以引申为"及、达到"，又可作假设连词用，相当于现代汉语中的"假如"。

34. 沁园春·世界无烟日

　　醒脑芳香，籍贯美洲，丽影普天。看雪茄三五，包装豪贵；中华红塔，宠爱千官。三亿烟民，殒身百万，产量经销名列前。金黄叶，似无穷宝库，税赋财源。

　　当初偶遇尝鲜，哪知道坑深坠九渊。叹吞云熏肺，焦油恶变；血流栓塞，尼古凶残。白骨缠绵，勾魂神倦，最是高危二手烟。迎六一，与伊人诀别，爱我家园。

 节日简介

节日日期：每年 5 月 31 日。

节日来历：1987 年 11 月，世界卫生组织在日本东京举行的第六届吸烟与健康国际会议上建议把世界无烟日由 4 月 7 日改为 5 月 31 日，因为第二天是国际儿童节，希望下一代免受烟草危害。

烟草的历史：烟草的使用虽然有悠久的历史，但在 1492 年以前，一直不被世人知晓。随着 1492 年，意大利探险家哥伦布抵达东印度群岛，船员携带烟草归来，此后烟草才逐渐成为全球最流行的瘾品，不久便传入中国。由于价格高昂，只有富家子弟及社会名流能够稳定消费，人们视吸烟为"身份地位的象征"，正是在那时不少国人跟风

染上烟瘾。中国于 1902 年在哈尔滨兴建了第一家卷烟厂名为"哈尔滨卷烟厂"。

1982 年，中国烟草总公司成立；1983 年，国家烟草专卖局成立。

20 世纪 50 年代，当科学研究证明烟草有害健康之后，人们意识到吸烟危害及烟草中含尼古丁、尼古丁具成瘾性的事实真相后，尼古丁被世界各国纳入毒品行列。此后，世界烟草战争、世界无烟运动全面打响。

词文注释

1. 籍贯美洲：哥伦布在 1492 年航海时到达多巴哥岛，见岛上很多人使用名为"淡巴菰"的烟具抽吸烟叶，故以此为岛命名，"多巴哥"即由此词演化而来。特立尼达和多巴哥是中美洲烟草原产地之一。

2. 雪茄三五：雪茄，一种烟草制品，由干燥及经过发酵的烟卓卷制而成；主要生产国为巴西、古巴、加勒比海地区。三五，即 555 牌香烟，创牌于 1895 年，是英美烟草公司出品的有着悠久历史的著名品牌。

3. 中华红塔：中华，香烟品牌。中华卷烟厂创建于 1951 年，曾经仅作为国家领导人的特供用烟和款待国外友人的国宾礼品，被誉为"国烟"。红塔，即红塔山牌香烟，由云南玉溪卷烟厂生产，取意为云南玉溪市文笔山上的红塔。

4. 三亿烟民：据国家卫健委发布报告指出，我国烟民人数已超过 3 亿！

5. 殒身百万：我国每年有 100 多万人因烟草的危害而死亡！

6. 焦油恶变：焦油，是指烟草在燃烧中留下的有毒化学颗粒，这种物质形成黏性的棕色或黄色的残留物。焦油对口腔、喉部、气管、肺部均有损害并发生慢性病变，气管炎、肺气肿、肺心病、肺癌便会产生。

7.白骨：香烟就像白骨精一样，缠绵勾魂，一旦成瘾，难以脱身。

8.二手烟：吸烟者吐出的烟雾，亦称被动吸烟。二手烟的危害较大，除了容易损害儿童的呼吸系统外，还会影响心脏功能和全身的生长发育。成年人长期吸入二手烟，也会影响心血管系统，以及不孕、不育等生殖系统疾病。

9.伊人：那个人，这个人，多指女性，也指意中人。出自《画图缘》："怎明白咫尺伊人，转以暌隔不得相亲。"这里借指香烟。

35. 沁园春·六一国际儿童节

旭日朝霞，大地喧嚣，街若沸河。望校园五彩，叮咚劲鼓；舞台展艺，灵巧才多。佳节欢颜，开心游戏，处处飘闻幼稚歌。与同乐，看江帆催发，家国昌和。

时光一甲如梭，话童趣爷仨各笑呵。忆攀枝掏鸟，涧溪摸蟹；贪顽肖子，滑板陀螺。时运家孙，超前培训，熊大荧屏美食唆。他年后，待雏鹰奋翅，抱志登科。

节日简介

节日日期：每年 6 月 1 日。

六一国际儿童节：1949 年 11 月，国际民主妇女联合会在莫斯科举行理事会，会议决定以每年的 6 月 1 日为国际儿童节。它是为了保障世界各国儿童的生存权、保健权和受教育权、抚养权，为了改善儿童的生活，为了反对虐杀儿童和毒害儿童而设立的节日。

节日由来：国际儿童节的设立和发生在二战期间一次屠杀——利迪策惨案有关。1942 年 6 月 10 日，德国法西斯枪杀了捷克利迪策村 16 岁以上的男性公民 140 多人和全部婴儿，并把妇女和 90 多名儿童全部押往集中营，村里房舍、建筑物均被彻底烧毁。

我国儿童节：早期为每年的 4 月 4 日。1949 年 12 月，中央人民政府政务院发出通令，废除旧的儿童节，将 6 月 1 日作为我国的儿童节，与国际儿童节统一起来。我国香港、台湾的儿童节日，在民间已约定俗成，还是 4 月 4 日。

休假标准：2019 年 8 月 1 日，国务院发布休假通知：儿童节（6 月 1 日）不满 14 周岁的少年儿童放假一天。

词文注释

1. 街若沸河：形容街上人山人海，摩肩接踵，像潮水般，像河流奔腾的浪花，川流不息。

2. 校园五彩：校园内，教室里悬挂的彩旗、彩带、彩球。

3. 一甲如梭：中国人在很久之前就拥有自己的纪年法了，我们用天干地支相互组合来计算时间，表示年、月、日、时。十天干与十二地支按照顺序，两两相配，一共有 60 个组合，而 60 个组合的第一个就是甲子。一个甲子有 60 年。这里表示岁月如梭，已过 60 岁的人生了。

4. 爷仁：爷爷、父亲和儿子。这个主要是三个辈分的人。在家里经常会说这个词来覆盖这三个人。

5. 肖子：在志趣等方面与其父亲一样的儿子。亦比喻忠实于自然或时代的艺术家或其作品。《儒林外史》第八回："你真可谓汝父之肖子。"

6. 滑板陀螺：滑板，即 20 世纪 80 年代用滚珠轴承做的木板滑车，是一个有两个或更多轮子的小木板车，玩的时候靠人蹬踏地面提供动力前进；陀螺，大家并不陌生，特别是对于农村人而言，它在大家小时候可是最主要的玩具之一。先找一根矿泉水瓶粗的木头，用锯子锯一小截下来，把一头削尖，在尖头正中打入一根圆头钉，再用一根打陀螺的鞭子抽打陀螺，看谁的陀螺转得快，转得稳，转得远，转得时间久。

7. 熊大：熊大是动画片《熊出没》系列的主角。讲的是东北大兴安岭中有一座叫狗熊岭的山，这里生活着两个熊兄弟：熊大，熊二。一个叫光头强的伐木工来到这里砍树谋生。为了保护自己美好的森林家园，熊兄弟与光头强展开了人类与自然界的斗争。

8. 登科：科举时代应考人被录取，也说"登第"。

36. 沁园春·端午

　　忌日年逢，旧俗绵延，又忆春秋。看赛船箭发，越波飞桨；鼓音激壮，搏击鳌头。糯棕飘香，艾蒲驱瘴，跋浪千江遍九洲。奉时祭，颂楚辞雅韵，浩气传留。

　　三闾抱憾江投，令今古豪雄社稷忧。创诗歌词赋，骚坛师祖；茫茫天问，漫漫寻求。不息长河，无穷晓日，尧舜儿郎扬棹讴。垂万世，把中华文化，撒播寰球。

节日简介

　　节日日期： 2022 年农历五月初五，公历为 6 月 3 日。

　　端午节： 又称端阳节、龙舟节，是集拜神祭祖、祈福辟邪、欢庆娱乐和饮食为一体的民俗大节。

　　端午是"飞龙在天"吉祥日，龙及龙舟文化始终贯穿在端午节的传承历史中。

　　端午节是流行于中国以及汉字文化圈诸国的传统文化节日，传说战国时期的楚国诗人屈原在五月初五跳汨罗江自尽，后人亦将端午节作为纪念屈原的节日。端午节的特点就是划龙舟、吃粽子、挂艾草菖蒲。端午节与春节、清明节、中秋节并称为中国四大传统节日。

2006 年 5 月，国务院将其列入首批国家级非物质文化遗产名录。自 2008 年起，被列为国家法定节假日，放假一天。2022 年端午节——6 月 3 日，经调休共放假 3 天。

2009 年 9 月，联合国科教文组织正式批准将其列入《人类非物质文化遗产代表作名录》，端午节成为中国首个入选世界非遗节日。

词文注释

1. 忌日：公元前 278 年农历五月初五，楚国三闾大夫屈原，预见故国将灭，回天无力，郁郁难舒，遂怀沙投汨罗江以身殉国。

2. 春秋：春秋战国（公元前 770 年—公元前 221 年），是中国历史上的一段大分裂时期。春秋战国分春秋和战国两个时期。春秋指公元前 770 年—公元前 476 年，因鲁国编年史《春秋》而得名。战国指公元前 475 年—公元前 221 年，是指东周后期至秦统一中原前，各国混战不休时期，故被后世称为"战国"。

3. 楚辞：《楚辞》，是中国文学史上第一部浪漫主义诗歌总集，相传是屈原创作的一种新诗体。以其运用楚地的文学样式、方言声韵和风土物产等，具有浓厚的地方特色，故名《楚辞》，对后世诗歌产生深远影响。

4. 三闾：三闾大夫，是战国时期楚国特设的官职，主持宗庙祭祀，兼管贵族屈、景、昭三大氏子弟教育。屈原被贬后任此职，被流放之前，他的最后官职是"三闾大夫"。

5. 社稷：土神和谷神的总称。土神和谷神是在以农为本的中华民族最重要的原始崇拜物。社稷为土谷之神，土载育万物，谷养育民众，土、谷是人们首要的最基本的生活条件，因此也必然是古代中国的立国之本，主政之基。土谷之神"社稷"也常常便被用来代指国家或朝廷。

6.骚坛：诗坛，引申为文坛。因楚辞有屈原的《离骚》，所以诗人也被称为"骚人"。

7.把中华文化，撒播寰球：端午文化在世界上影响深远广泛，世界上有很多国家和地区如朝鲜、韩国、日本、越南、新加坡和美国、德国以及我国的香港、台湾地区都有庆贺纪念端午的活动。

37. 沁园春·世界环境日

七彩蓝星，万物共生，长享和宜。叹昔年残景，浊河颓岭；沙尘漫卷，霾雾霏弥。二氧攀升，全球变暖，融化冰川海岸危。嗟人类，获自然馈赠，取索超支。

神州生态忧思，英明计中央举措施。赞青山绿水，鸟欢鱼跃；关停并转，污染渐离。珍惜资源，节能低碳，喜看城乡如画诗。告坤母，定重修旧好，大任于斯。

节日简介

节日日期：每年6月5日。

世界环境日：为每年的6月5日，它反映了世界各国人民对环境问题的认识和态度，表达了人类对美好环境的向往和追求，也是联合国促进全球环境意识、提高对环境问题的注意并采取行动的主要媒介之一。

联合国环境规划署在每年6月5日选择一个成员国举行"世界环境日"纪念活动，根据当年的世界主要环境问题及环境热点，有针对性地制定"世界环境日"主题，总称世界环境保护日。

2014年4月24日中国人大常委会通过决议，规定每年6月5日为环境日。2019年世界环境日由中国主办，主场活动设在杭州，主题是"蓝天保卫战，我是行动者"。2022年2月23日，生态环境部发布2022年六五环境日主题"共建清洁美丽世界"。

词文注释

1. 蓝星：地球的别称。地球大部分表面被蓝色的海洋覆盖，海洋占地球表面的71%，是一个连续的整体，与各大洋相连，形成统一的世界大洋；陆地只占地球面积的29%，就像是漂浮在海洋上的船只一样。在太空中看地球，它就成了美丽的蓝色星体。

2. 二氧：二氧化碳，是一种碳氧化合物，常温常压下，是一种无色无味，而其水溶液略有酸味的气体。是空气的组成成分之一，占大气总体的0.03%—0.04%。

自工业革命以来，人类活动排放了大量的二氧化碳等温室气体，使得大气中温室气体的浓度急剧升高，造成全球气候变暖，导致全球性生态平衡紊乱，生态遭到严重破坏。

3. 冰川融化：国际气候变化经济学报告中显示，如果人类一直维持如今的生活方式，到2100年，全球平均气温将有50%的可能会上升4度，届时地球南北极的冰川就会融化，海平面因此将上升，全世界40多个岛屿国家和人口最集中的沿海大城市都将面临淹没的危险，全球数千万人的生活将面临危机。

4. 青山绿水："绿水青山就是金山银山"是时任浙江省委书记习近平于2005年8月在浙江湖州吉安考察时提出的科学论断。2017年10月18日，习近平总书记在党的十九大报告中指出，必须树立和践行绿水青山就是金山银山的理念，坚持节约资源和保护环境的基本国策。2022年10月16日，习近平总书记在党的二十大报告中再次指出，必须牢固树立和践行绿水青山就是金山银山的理念，站在人与自然和谐共生的高度谋划发展。

5.低碳：低碳生活，尽量减少生活作息时所耗用的能量，从而减轻二氧化碳排放量，减少对大气的污染，减缓生态恶化。

6.坤母：天为乾，地为坤。坤母即大地。乾父坤母。"坤"字的含义：

称女，女性；

地，大地；

母，母亲；

古以八卦定方位，西南方为坤；

成语，颠倒乾坤。

38. 沁园春·芒种

仲夏江南，野陌葱茏，鼎沸稻畴。看农夫割麦，挥镰洒汗；铁牛栽播，扬臂刚道。布谷声声，争时并日，箪食田边岂忍休。迎炎热，吸精华馈赠，硕果相酬。

花神别恋难留，韶华短如驹过隙浮。赞晋时祖逖，闻鸡起舞；匡衡苦读，凿壁光偷。孙敬苏秦，悬梁刺股，映雪囊萤封相侯。思往代，为中华崛起，竞逐风流。

节气简介

节气日期： 2022 年农历五月初八，公历为 6 月 6 日。

芒种： 二十四节气之第九个节气，夏季的第三个节气，干支历午月的起始，斗指巳，太阳黄经达 75 度，于每年公历 6 月 5—7 日交节。

节气意义： 芒种节气在农耕上有着相当重要的意义。农历书说："斗指巳为芒种，此时可种有芒之谷，过此即失效，故名芒种也。"民谚"芒种可种，再种无用"讲的就是这个道理。芒种是一个耕种忙碌的节气，民间也称其当"忙种"。这个时节，正值南方种稻与北方收麦之时。

芒种三候：我国古代一些文学作品将芒种节气十五天分为三候：一候螳螂生，二候鵙始鸣，三候反舌无声。意思是在芒种节气时，螳螂卵因气温变化而破壳生出小螳螂；喜阴的伯劳鸟开始在枝头出现，并且感阴而鸣；反舌鸟却因感应到了气候的变化，慢慢停止了鸣叫。

起居养生：中国人自古注重养生，讲究的就是"与时俱进"，到了芒种，因为昼长夜短，要晚睡早起，注意保证充足的睡眠，因此中午要小憩一会儿，以缓解疲劳。俗话说"未食端午粽，破裘不可送"。饮食宜以清淡为主。芒种节气期间高温炎热，雨多潮湿，应避免中暑、腮腺炎、水痘等季节性疾病的发生。

词文注释

1. 仲夏：仲夏为夏季的中间月份，即干支历十二月间的午月，亦指农历五月。因处夏季之中，故称。古人认为仲夏重午，天地纯阳，正气极盛，把午月午日午时三五相重，视为极阳时分，最能辟阴邪。

2. 野陌葱茏：夏天的田野到处都是草木青翠茂盛。晋郭璞《江赋》："涯灌千蒙，潜荟葱茏。"

3. 铁牛：铁牛是拖拉机的别名，农作物的主要工具之一，是时代的产物，属于轮式拖拉机的一种型号。

4. 并日：谓两日并一日，整天抢收抢播，一天抵得上两天。曹植《归思赋》："信乐土之足慕，忽并日之载驰。"

5. 布谷鸟：又称杜鹃鸟，主要为夏候鸟，于4—5月迁来，9—10月迁走。常站在乔木顶枝上鸣叫不息。叫声凄厉洪亮，很远便能听到它"布谷布谷，布谷布谷"的粗犷而单调的声音，每分钟可反复叫20次。

6. 箪食：箪食壶浆。装在竹或苇编篮中的饭食。古时老百姓用箪盛饭，用壶盛汤，来欢迎自己拥戴的军队。《孟子·梁惠王下》："箪食壶浆，以迎王师。"

7.花神：花神是中国民间信仰的百花之神。据《淮南子》所言，统领群花，司天和以长卉的花神叫女夷，也叫花姑。

8.如驹过隙：一则成语。语出战国庄周《庄子·知北游》："人生天地之间，若白驹之过隙，忽然而已。"原意是指像白色的骏马在隙缝前飞快地越过，比喻时间过得很快，光阴易逝。

9.祖逖、匡衡、孙敬、苏秦：古代读书先贤、典范。见《沁园春·世界读书日》。

39. 沁园春·高考

庚子魔冠，恣虐凡尘，高考日迟。看莘莘学子，龙门鱼跃；洶洶家长，墙外忧时。十二寒窗，三天应试，翘首估分急父师。仰天啸，望书堆丈几，前路谁知。

收心苦战公围，犹万马驰奔争殿魁。尽凝神展卷，低眉速览；六门应试，奋笔回思。踏步晨昏，攀登咫尺，只为微名金榜题。怀绮梦，眺文昌宝塔，大任于斯。

高考简介

高考日期：每年6月7日至6月9日。

高考：普通高等学校招生全国统一考试，简称"高考"，是合格的高中毕业生或具有同等学历的考生参加的全国统一选择性考试。

普通高等学校招生全国统一考试由国家主管部门授权的单位或实行自主命题的省级教育考试院命制。由教育部统一调度，各省招生考试委员会负责执行和管理。

高考时间一般安排在每年的6月7日、8日、9日举行。

高考的科目：高考分文科、理科两大类，共六门。

中国有1300多年科举考试的历史，这一制度曾显示出选拔人才的优越性，深深地影响了东亚各国。1905年，清廷废除了科举制度，转而引进西方的学校考试制度。中国现代高考制度的建立，一是科举制度所形成的传统考试思维和价值，二是西方现代考试制度的模式和手段。1952年中华人民共和国建立起了全国统一普通高等学校招生制度，更好地显示出公平，也适应了当时国家快速选拔人才的需要。1977年，高考恢复，改变了千百万人的命运，挽救了中国教育。

词文注释

1.庚子魔冠：庚子为农历一甲子的一个，顺序为第37个。前一位是己亥，后一位为辛丑。我国古代以天为干，以地为从，天和干相连叫天干，地和支相连叫地支，合起来叫天干地支。

古代民间相传，每当庚子这一年，自然灾害变多，突发事件频繁，称庚子灾难，如1840年，第一次鸦片战争；1900年，八国联军进犯北京；1960年，持续三年的困难时期；2020年的新冠肺炎疫情。魔冠：流行全球的新型冠状病毒肺炎。

2.高考日迟：2020年全国普通高等学校招生统一考试因受新冠肺炎疫情影响，延期一个月举行，考试时间为7月7日至8日。

3.龙门鱼跃："鲤鱼跳龙门"传说的龙门，又称伊阙，位于今河南省洛阳市龙门石窟所在。传说龙门为应龙开辟，当鲤鱼跃龙门时，就有应龙盘旋上空。有诗赋赞曰："阙之所成兮，得应龙之伟力。"阙即伊阙。唐朝大诗人李白诗："黄河三尺鲤，本在孟津居。点额不成龙，归来伴凡鱼。"

4.殿魁：犹殿元。宋蔡绦《铁围山丛谈》卷四："蔡内相文饶巇，以殿魁骤进，晚知杭州稍失志。"是古代科举考试中殿试的三甲夺魁者。

5.六门应试：高考分理科和文科，理科考试语文、数学、英语、物理、化学、生物；文科考试语文、数学、英语、政治、历史、地理。

6. 文昌宝塔：文昌，原意属星官名，即常说的"文曲星"或"文星"，也有称"文昌帝君"的，主读书、功名、事业等。所以"文星"深受文人崇拜。在我国有很多城市都能看到文昌塔，比如合浦文昌塔、湖口文昌塔、祁阳文昌塔、邵阳洞口县文昌塔等。凡是有文昌塔的城市，在过去都是出过很多文人墨客的。

文昌塔，有七层的，九层的，最大有十二层的，层数越多，高度越高，催文催贵的威力越大。

40. 沁园春·世界文化自然遗产日

辽阔神州，千古文明，美誉远驰。看三山五岳，神工鬼斧；如仙九寨，碧玉瑶池。雄卧长城，故宫富丽，秦俑皇陵惊世奇。吾先祖，有非遗百业，绝技迷痴。

自然造化珍稀，联合国授权已告知。必传承历史，保留真实；紧箍立法，原貌维持。竭泽如今，旅游至上，贪夺摇钱折树枝。挥秃笔，抒杞人寸意，自恼烦兮。

节日简介

节日日期：每年 6 月第二个星期六，2022 年为 6 月 11 日。

世界文化和自然遗产日：每年 6 月第二个星期六。2022 年为 6 月 11 日。中国于 2006 年起设立文化遗产日，2017 年起将文化遗产日调整设立为"文化和自然遗产日"，为中国文化建设重要主题之一。目的是营造保护文化遗产的良好氛围，提高人民群众对文化遗产保护重要性的认识，动员全社会共同参与、关注和保护文化遗产，增强全社会的文化遗产保护意识。

每年的文化和自然遗产日，国家文物局都选取一座城市举办文化遗产日主场城市活动。2022 年 6 月 11 日的文化和遗产日主题是"文物保护：时代共进，人民共享"。主场城市活动在甘肃兰州。

世界遗产是指被联合国教科文组织和世界遗产委员会确认的人类罕见的、无法替代的财富、是全人类公认的具有突出意义和普遍价值的文物古迹及自然景观。

截至 2022 年 7 月 25 日，中国拥有世界遗产 56 项，其中世界文化与自然双重遗产 4 项，世界自然遗产 14 项，世界文化遗产 38 项（其中包含世界文化景观 5 项）。我国世界遗产总数、自然和文化遗产数量均居世界第一。中国文化自然遗产不断向世界展示"中国精彩"。

词文注释

1.三山五岳：

（1）三山：华夏远古神话传说中的三条龙脉——喜马拉雅山脉、昆仑山脉、天山山脉；又指道教传说中的三座仙山——蓬莱、方丈山、瀛山；今人所喜欢的三座旅游名山——黄山、庐山、雁荡山。

（2）五岳：泰山、华山、衡山、嵩山、恒山。

2.如仙九寨：世界自然遗产、国家重点风景名胜区、国家 5A 级旅游景区九寨沟。位于四川省阿坝州九寨沟县漳扎镇境内，因有九个寨子而得名，距成都 400 多公里。被誉为"天上瑶池，童话世界，人间天堂"。素有"九寨归来不看水"之美誉。

3.长城：又称万里长城，是中国古代的军事防御工事。长城的修筑历史可上溯到西周时期。著名典故"烽火戏诸侯"就发生在镐京（今西安）。秦统一天下后，秦始皇连接和修缮战国长城，始有万里长城之称。今天所看到的长城是明朝时修筑的。1961 年 3 月，长城被国务院公布为第一批全国重点文物保护单位。1987 年 12 月长城被列为世界文化遗产。

4.故宫：北京故宫是中国明清两代的皇家宫殿，旧称紫禁城。有大小宫殿七十多座，房屋九千余间。1961年被列为第一批全国重点文物保护单位，1987年被列为世界文化遗产。

5.秦俑皇陵：秦始皇陵兵马俑，是第一批全国重点文物保护单位、第一批中国世界文化遗产。被誉为"世界第八大奇迹"，先后有200多位国家元首和政府首脑参观访问。成为中国古代辉煌文明的一张金字名片。

6.摇钱树：原指神话中的一种宝树，一摇晃就有许多钱掉下来，这里指把文化自然遗产作旅游景点获取钱财，当作摇钱树过度破坏性开发。

41. 沁园春·父亲节

　　微信叮当，祝福情长，老叟叹嘘。忆先严旧貌，炯神瘦骨；田间山岭，洒汗挥锄。护养妻儿，家徒四壁，携口南迁别故居。万千苦，致凡躯病染，扶枢悲呼。

　　梦中数度教吾，诉地府依然公正无。也群分九等，参差财富；若升贵势，唯有攻书。父爱灵通，阴阳难阻，血脉传承伟丈夫。家常话，获终生诲益，每解糊涂。

节日简介

　　节日日期：每年6月的第三个星期日，2022年为6月19日。

　　父亲节：起源于美国，现已广泛流传于世界各地。日期为每年6月的第三个星期日。全世界有50多个国家和地区是在这一天过父亲节的。

　　中国官方没有设立正式的父亲节。但大陆民众习惯上采用6月的第三个星期日当作父亲节；台湾地区定于每年8月8日，又称"八八节"。

　　节日起源：1910年出现在美国。美国多德夫人的母亲在生育第六个孩子时，因难产而死亡，父亲斯马特独自承担起抚养、教育六个孩子的重任。经过几十年的辛苦，儿女们终于长大成人。然而他们的父亲斯马特先生却因多年的过度劳累于1909年辞世。多德夫人写信给市长、州长，希望能有一个特别的日子，纪念全天下伟大的父亲。1966年约翰逊总统签署公告，宣布当年6月的第三个星期日为美国的父亲节。因此多德夫人也成为父亲节的创始人。

节日意义：感恩父亲。父亲节这天，我们表达对父母的敬爱之心是无可比拟的。父亲努力地扮演着上苍所赋予他的负重角色，不妨反省一下我们是否爱我们的父亲，像他曾为我们无私地付出一生一样呢？

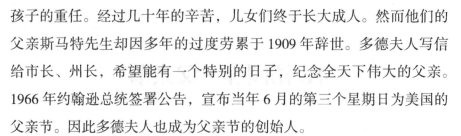

词文注释

1. 微信：腾讯公司于2011年1月21日推出的一个为智能终端提供通信服务的免费应用程序，由腾讯广州研发中心产品团队打造。微信支持跨通信运营、跨操作系统平台，通过网络快速发送免费语音短信、视频、图片和文字，同时也可以使用通过共享流媒体内容的社交插件，"摇一摇""朋友圈""公众平台""语音记事本"等服务插件。

2. 老叟：男性老人；老人自称。唐白居易《江南遇天宝乐叟》诗："白发老叟泣且言，禄山未乱入梨园。"

3. 先严：亡父。对已离世的父亲尊称。先，含有怀念、哀痛之情，是对已死长者的尊称。"不幸先严久弃，惟寡母独自劬劳。"——《两交婚》。

4. 南迁：家严因饥荒由祖居地邵阳武冈，于1958年向南迁至邻县新宁的大山峻岭之中，采野果，食野菜，挖蕨根磨粉维持一家六口的生计。

5. 地府：阴曹地府，是亡域死境，是指人死后所在的地方，由十大阎王主宰，掌控。世人都说阴间阴森恐怖，到处孤魂野鬼，也有善有恶，有美有丑，和阳间世界一样，难有公平。

6.家常话.家父在世时常教育我们说"天上有落，还要起得早""只有把钱吃亏，莫要把人吃亏""你有他有，还要自己怀里有"等传家至理名言，教导我们要刻苦努力，勤奋持家。自己省吃俭用，慈爱儿女身体成长，珍惜时光，自强有为。

7.每解糊涂：每，每一次、每回、时常、往往；解，解决，把束缚着或系着的东西打开；糊涂，不明事理，认识糊涂或混乱。例句：李哥小事糊涂，大事不糊涂，适宜担此重任。《宋史·吕端传》："太宗欲相端，或曰：'端为人糊涂。'太宗曰：'端小事糊涂，大事不糊涂。'决意相之。"

42.沁园春·夏至

凭槛凝眸，黛色红残，湿热日渐。听急雷梅雨，蝉鸣鸟静；蜓飞荷上，犬卧阶檐。曲背农锄，笼蒸贾作，都市空调畅饮酣。休嗟叹，啖自耕茶饭，最是香甜。

一年至节非凡，更夜短斗星旋转南。感物华变幻，山河秦汉；尘踪蝼蚁，浮世优昙。些小苔花，争时吐艳，只为青春向暑炎。图霸业，看稀翁直钓，辅国登坛。

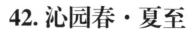 节气简介

节气日期： 2022 年农历五月二十三，公历为 6 月 21 日。

夏至： 二十四节气的第十个节气。斗指午，太阳黄经达 90 度；于公历 6 月 21—22 日交节。夏至这天，太阳直射地面，几乎直射北回归线，此时北半球各地的白昼时间达到全年最长。过了夏至，北半球各地的白昼开始逐渐变短。民间有"吃过夏至面，一天短一线"的说法。

夏至三候： 我国古代将夏至分为三候，一候鹿角解，意思是鹿的角朝前生，所以属阳。二候蝉始鸣，指的是雄性的知了在夏至后，因感阴气之生，便鼓翼而鸣。三候半夏生，半夏是一种喜阴的药草，因

在仲夏的沼泽地或水田中出生，所以得名。

传统习俗：夏至是"四时八节"之一，民间有祭祀祖先之俗，以祈求消灾年丰、消夏避伏。夏至吃面：自古以来，中国就有"冬至饺子夏至面"的说法。

起居养生：宜晚睡早起，合理安排午休时间，一为避免炎热之势，二可恢复疲劳之感。

饮食清淡多吃"苦"：因苦味食物具有除燥祛湿、清凉解暑、促进食欲等作用，如苦瓜、苦菜、香菜等。

词文注释

1. 湿热：这里指湿热环境，主要表现出气温高、湿度高、雨量大、日夜温差小、无风或少风的特点。

我国南方大部分地区每年都会出现"梅雨"天气，这种天气会使环境变得潮湿。人们的居住环境过潮，皮肤蒸发排汗困难，昼夜闷热，人体感到不舒服。

2. 急雷梅雨：夏至后雷阵雨是最常见的天气，这种热雷雨骤来疾去，降雨范围小，人们称为"夏雨隔田坎"。降雨持续不停，造成器物、食品发霉现象，被称为"梅雨"也是"霉雨"。

3. 蝉鸣：会鸣的蝉是雄性，发音器构造分为大小两室，就在腹基部，像蒙上了一层鼓膜的大鼓，鼓膜受到振动而发声音。由于鸣肌每秒钟能收缩一万次，其盖板和鼓膜之间是空的，能起到共鸣作用，所以其鸣声特别响亮。

4. 贾作：作买卖。《三国志·吴志·孙休传》："自顷年已来，州郡吏民及诸营兵，多违此业，皆浮船长江，贾作上下，良田渐废，见谷日少，欲求大定，岂可得哉？"

5. 蝼蚁：蝼蛄和蚂蚁，比喻力量弱小，无足轻重的动物或人。

6. 优昙：优昙婆罗花。成语：昙花一现，意思是比喻美好的事物或景象出现了一下，很快就消失。

7. 苔花：一种植物，生于山间岩石或树上。苔花精神：不畏严寒，不畏艰苦，象征着不屈不挠精神；象征着随和从容，从不与其他花朵争奇斗艳；象征着实现人生价值，不会因为比较娇小而拒绝开花。袁枚诗："苔花如米小，也学牡丹开。"

8. 图霸业：这里指的是商末周初的姜子牙。传说他年近古稀，用直钩垂钓于渭水之滨，遇见西北侯姬昌，拜为太师，尊称太公望，辅佐姬昌建立霸业，并促成开创成康之治，周康王六年（前 1015），病逝于镐京。

43. 沁园春·国际禁毒日

甲子三轮，几代衰兴，岁岁怀徐。忆海滩人涌，烟池翻滚；国威彰显，黎庶眉舒。今日城乡，天罗布网，警地联防毒铲除。瘾君子，劝回头早醒，远别虚无。

罂花胜却妖狐，吞云雾仙飘伤体肤。莫滥交损友，迷魂引诱；钩缠魑魅，颓废形枯。耗尽钱财，人亡家破，吸贩殃民律法诛。重生去，把心灵洗净，健爽如初。

节日简介

节日日期：每年6月26日。

国际禁毒日：1987年6月12日至26日，联合国在维也纳召开由138个国家的3000多名代表参加的麻醉品滥用和非法贩运问题部长级会议，会议提出了"爱生命，不吸毒"的口号。代表们一致同意将6月26日定为"国际禁毒日"，以引起世界各国对毒品问题的重视，同时号召全球人民共同来解决及宣传毒品问题。

中国全国人大常委会于1984年9月、1988年1月先后通过了《药品管理法》《惩治走私罪的补充规定》。1989年11月国务院部署在全国范围内开展扫除吸毒、贩毒，"除六害"运动。1990年11月，中国成立了国家禁毒委员会，并通过了《关于禁毒规定》。

每年的"6.26"国际禁毒日前后，我国政府都会设定一个主题，通过报刊、广播、电视等新闻媒介及其他多种形式集中开展禁毒宣传活动。2022年"6.26"禁毒日的主题是："健康人生，绿色无毒。"

词文注释

1. 甲子三轮：一个甲子就是表示60年。三轮，即三个甲子，计180年。

2. 岁岁怀徐：这里指的是1839年6月3日至6月25日，清朝道光皇帝派钦差大臣林则徐下令在广东东莞虎门海滩当众销毁鸦片，共计2376254斤，历时23天，距今已有183年。

3. 瘾君子：吸烟或吸毒上瘾的人，是对某些嗜好不能自我的人的戏称。

4. 虚无：道家用以指"道"（真理）的本质。谓道体虚无，故能包容生万物；性合于道，故有而若无，实而若虚。这里指吸食毒品后，身体飘飘若仙，幻觉虚无。

5. 罂花：罂粟花，又称鸦片、大烟等，是一年生草本。罂粟花绚烂华美，是一种很有价值的观赏性植物。

罂粟是制取鸦片的主要原料，同时其提取物也是多种镇静剂的来源，如吗啡、蒂巴因、可待因等，具有"催眠、麻醉"作用。罂粟籽可加工食物产品，其中含有对健康有益的油脂，广泛应用于世界各地的沙拉中。

6. 损友：对自己有害的朋友，不论是精神上的还是身体上的伤害。与"益友"相对。《论语·季氏》："益者三友，损者三友；友直、友谅、友多闻，益矣；友便辟，友善柔，友便佞，损矣。"近义词：狐朋狗友、酒肉朋友。俗语：益友百人少，损友一人多。

7. 魑魅：古代传说中的鬼怪妖精。比喻各种各样的坏人。

8. 吸贩：吸毒、贩毒。根据我国法律制度，对于吸毒的规定是，吸毒不构成犯罪，但属于违法行为，可以对吸毒者处 15 天以下的行政拘留，2000 元的罚款。公安机关还会对吸毒人员进行强制的戒毒。而贩毒是严重的犯罪行为，无论数量多少，都应当追究刑事责任，予以刑事处罚。对犯罪嫌疑人最严重的可以判处死刑。

44.沁园春·建党百年

　　诞日高瞻，七月旌旗，百载昂松。忆红船聚首，豪情义胆；燎原星火，唤醒工农。手举锤镰，反围灭寇，创建邦基旷世功。翻身唱，喜当家做主，如愿初衷。

　　神州崛起天东，摧腐朽开元改国容。看千行巨变，五洲侧目；官衔廉政，民吏和同。筑梦传承，重光丝路，生态扶贫奋力攻。施九惠，恰启明北斗，辉耀苍穹。

节日简介

　　节日日期：2021年7月1日。

　　中国共产党成立：1921年7月23日，中国共产党第一次全国代表大会在上海召开。由于会场受到法租界巡捕的搜查，最后一天的会议转移到浙江嘉兴南湖的游船上举行。参加会议的有上海小组李达、李汉俊，北京小组张国焘、刘仁静，武汉小组董必武、陈潭秋，长沙小组毛泽东、何叔衡，广州小组陈公博，济南小组王尽美、邓恩铭，旅日小组周佛海，以及由陈独秀指定的代表包惠僧共13人出席会议，代表全国50多名党员。共产国际代表马林和尼克尔斯基也出席了会议。当时，对党的创立做出了重要贡献的李大钊、陈独秀因各在北京和广州，工作脱不开身，而没有出席大会。1921 年 8 月 3 日黄昏，船舫内，气氛庄重肃穆，选举陈独秀任书记，张国焘为组织主任，李达为宣传主任。在"第三国际万岁""中国共产党万岁"的低声呼喊中，中国共产党第一次全国代表大会闭幕。

据中央组织部统计截止 2021 年 6 月 5 日，中国共产党党员总数为 9514.8 万名，党的基层组织（基层党委、总支、支部）共 486.4 万个。

词文注释

1. 诞日：生日。这里指世界最大执政党——中国共产党，自 1921 年 7 月 1 日成立至 2021 年 7 月 1 日的百年华诞。

2. 燎原星火：星火燎原，意为"星星之火，可以燎原"，一点小火星，可以烧遍整个原野。常比喻新生事物开始时力量虽然很小，但有旺盛的生命力，前途无限。这里指毛主席在井冈山开辟的工农革命根据地犹如星火燎原，给中国的革命事业指明了方向。

3. 锤镰：铁锤和镰刀，代表着两类无产阶级的劳工。铁锤是用来敲击的，是工人的，而镰刀是用来收获的，是农民的。两者相融，象征着工农的团结与合作。

4. 反围灭寇：

反围，即红军反"围剿"斗争。指的是 1930 年至 1934 年，中国工农红军反击国民党军队对以中央革命根据地为重点的各根据地的五次"围剿"的作战。

灭寇，即抗日战争，消灭日寇。指中国抵抗日侵略者的一场民族性的全面战争。抗战时间从 1931 年 9 月 18 日"九一八事变"开始，至 1945 年 8 月 15 日日本宣布投降，共 14 年抗战。

5. 邦基：国家的基础。宋范仲淹《得地千里不如一贤赋》："舍地得贤兮，邦基已立；失贤有地兮，国难随兴。"清"愿邦基永固，国运昌隆。"

6.翻身唱：新中国成立后，人民当家做主，由衷地感谢、歌唱毛主席、共产党的经典歌曲，如《东方红》《翻身农奴把歌唱》《没有共产党就没有新中国》《歌唱祖国》等。

7.重光丝路：丝路，古代连接中西方的商道，即丝绸之路，分陆上丝绸之路和海上丝绸之路。2013年9月，国家主席习近平提出建设"新丝绸之路经济带"战略构想。

8.扶贫：扶贫工作是党中央、国务院的一项重要战略部署。党政机关定点扶贫是中国扶贫开发的重要举措，对推动贫困地区经济社会的发展有着积极意义。

45. 沁园春·庆香港回归二十五周年纪念日

　　　　七子悲歌，南海三孤，港岛明珠。恨外夷强占，伤离百五；殖民西化，阴育洋奴。司法规仪，精神枷锁，海岸维多街市污。娘亲盼，早回归怀抱，翘首长呼。

　　　　英伦米字旗除，国运旺同胞豪气舒。赞鸿猷两制，紫荆艳放；三军雄壮，社稷匡扶。贸易金融，名都枢纽，船泊江湾忙转输。创典范，望台澎早返，无缺疆图。

纪念日简介

纪念日日期：2022 年 7 月 1 日。

香港：中华人民共和国特别行政区。位于中国南部，西与澳门隔海相望，北与深圳相邻，南临珠海万山群岛。人口 747.42 万，是世界上人口密度最高的地区之一，人均寿命全球第一，人类发展指数全球第四。

香港自古以来就是中国的领土，1842 年到 1997 年曾受英国殖民统治。二战以后，香港经济和社会迅速发展，不仅跻身"亚洲四小龙"行列，更成为全球最富裕、经济最发达和生活水准最高的地区之一。

133

　　1997年7月1日，中国政府对香港恢复行使主权，香港特别行政区成立。中央政府对香港拥有全面管治权，香港保持原有的资本主义制度长期不变，并享受除外交及国防以外所有事务的高度自治权，以"中国香港"的名义参加众多国际组织和国际会议。"一国两制""港人治港"、高度自治是中国政府的基本国策。

　　香港是一座高度繁荣的自由港和国际大都市，与纽约、伦敦并称"纽伦港"，是全球第三大金融中心。香港是中西方文化交融之地，有东方之珠、美食天堂和购物天堂等美誉。

词文注释

　　1. 七子悲歌:《七子之歌》，是诗人闻一多于1925年创作的。诗人在这一组诗作里用拟人化的手法，把中国的澳门、香港、台湾、威海卫、广州湾、九龙岛、旅顺大连七个被割让、租借的地方，比作祖国母亲被夺走的七个孩子，让他们来倾诉"失养于祖国，受虐于异类"的悲哀之情，"以抒其孤苦亡告，眷怀祖国之哀忱"，从而让民众从漠然中警醒，振兴中华，收复失地。其中澳门、香港、台湾位于南海。香港又称东方明珠。

　　2. 外夷、百五:外夷，指外族；也指外国或外国人。百五，指香港自1842年到1997年曾受英国殖民统治，长达150多年。

　　3. 西化:与本土化是相对的概念，是仿效欧美的制度、生活方式、风俗、习惯、语言文字等，并转变为欧美人的样子，如街市、地名、节假日、女王崇拜等各个方面。

　　4. 维多:英国维多利亚女王，1837年继位成为英国女王。这里指维多利亚湾。维多利亚湾，原名尖沙咀洋面或中门。

　　5. 街市污:香港经历了长达150年的殖民历史，以英国皇室成员、港督、殖民地官员、英军军官命名的街道、公园就有800多条、处，如皇后大道东、皇后广场、乔治六世铜像及缆车的站名坚尼地道站、麦当劳道站、梅道站、白加道站等。所以香港遍地都是充满殖民地色彩烙印的地名。

6.英伦米字旗：英伦，指英国，亦指英国首都伦敦；米字旗，英国国旗，全称大不列颠及北爱尔兰联合王国旗。中文里叫作"米字旗"。

7.紫荆花：香港特别行政区的区旗、区徽，紫荆图案花蕊以五颗星表示，与中国国旗上的五星红旗相对应，寓意香港是中国不可分割的一部分。

8.台澎：台澎金马，一般指台湾。

46. 沁园春·小暑

峰隐云低，野陌昏沉，暑热日炎。听天声电闪，窗摇雨打；蝉鸣契合，蒸湿何堪。肆虐洪魔，水浮堤坝，街巷田庐浊浪淹。心牵挂，便三更九转，味不知甘。

出梅入伏烦嫌，滞肠胃倦容愁绪添。应依时枕席，迎晨脑健；宜温酸苦，少撒椒盐。勿恋空调，祛邪脏腑，夜半微凉着布衫。心宽畅，把怆情忘却，化作香甜。

节气简介

节气日期：2022 年农历六月初九，公历为 7 月 7 日。

小暑：小暑是二十四节气之第十一个节气，干支历午月的结束以及未月的起始。斗指辛，太阳到达黄经 105 度，于每年公历 7 月 6—8 日交节。暑，是炎热的意思，小暑为小热，还不十分热。小暑虽不是一年中最炎热的时节，但紧接着就是一年中最热的节气大暑，民间有"小暑大暑，上蒸下煮"之说。

小暑开始进入伏天，所谓"热在三伏"，三伏天通常出现在小暑与处暑之间，是一年中气温最高且又潮湿、闷热的时段。小暑时节大地上便不再有一丝凉风，而是所有的风中都带着热浪。

136

小暑三候："一候温风至；二候蟋蟀居宇；三候鹰始鸷。"

传统习俗：在我国南方地区民间有小暑"食新"习俗，即在小暑日尝新米，农民将就割的稻谷碾成米后，做好饭供祀五谷大神和祖先，然后人人吃新饭尝新酒等。在北方有头伏吃饺子、吃炒面等传统习俗。

起居养生：喝"一汤"，吃"二瓜"。一汤，即绿豆汤；二瓜，即黄瓜、苦瓜。清凉消暑。

词文注释

1.天声：天上的声响，如雷声、风声等；指佛声；比喻盛大的声威。汉扬雄：《甘泉赋》："登长平兮雷鼓磕，天声起兮勇士厉。"唐李白《古风》之七："去影忽不见，回风送天声。"

2.蝉鸣：蝉，也叫作"知了"，是盛夏里的标志性物种，那清脆响亮、此起彼伏的噪声，扰人午眠，令人厌烦，像是蝉们正在举办赛歌会一样。

3.肆虐洪魔：洪水，一般发生在7—8月。因大雨、暴雨或持续性强降雨致使山河湖水暴涨，漫过堤坝，淹没街市田野，造成人民的生命财产损失。

4.出梅：又称断梅，指梅雨季节结束，初夏长江中下游梅雨天气的终止日期。中国现行历书采用《神权经》的说法，小暑后逢第一未日，即7月8日至19日之间出梅。出梅的标准是：连续5天不下雨，且平均温度超过30摄氏度，就意味着出梅了。

5.入伏：进入三伏的意思。入伏日期在公历7月11日至7月20日之间，民谚"夏至三庚数头伏"，三伏有初伏、中伏和末伏之分。三伏的初伏、末伏规定时间是10天，而中伏的天数则根据庚日来定，有长有短，有的是10天，有的是20天。三伏天的气候特点是：气温高、气压低、湿度大、风速小。所谓"热在三伏"。

6.宜温酸苦：夏季是一年中气温最高的季节，气候特点为湿热、暑热。人体的代谢活动处于一年中最旺盛的阶段。饮食应以清淡而富有营养、易于消化为要，如绿豆粥、莲子粥、荷叶粥等，少吃高脂厚味及辛辣上火之物。食苦胜似进补，多吃些苦瓜、苦菜等苦味食品，能清热祛暑。出汗要多吃些酸味食物，如西红柿、柠檬、乌梅等，敛汗祛湿。

7.祛邪脏腑：邪气，中医指伤人致病的因素，如风、寒、暑、湿、燥、热等。湿热是夏天的主要邪气，天气炎热又多雨，湿气容易侵犯人体，影响各脏腑机能，会使人烦躁、疲倦、食欲不振等。

47. 沁园春·七七事变

晓月卢沟，冷照青狮，矗立威严。忆那年更夜，枪声骤起；獠牙竖子，魑魅凶贪。大漠狼烟，长城内外，浴血捐躯好伟男。八年战，举白旗降见，寇贼凋歼。

东瀛本性多婪，千百载爬虫桑叶馋。感戚家将士，勇摧倭胆；国殇甲午，烈壮悲含。搁笔沉思，抚窗慨叹，贫弱强权耻辱签。喜今日，我巡洋战舰，四海扬帆。

事件简介

事件日期：1937 年 7 月 7 日。

七七事变：又称卢沟桥事变。1937 年 7 月 7 日夜，卢沟桥的日本驻军在未通知中国地方当局的情况下，径自在中国驻军阵地附近举行所谓军事演习，并诡称有一名日军士兵失踪，要求进入北平西南的宛平县城（今卢沟桥镇）搜查，被中国驻军第 29 军 37 师 219 团团长吉星文严词拒绝，日军随即向宛平城和卢沟桥发动进攻。中国军队奋起还击，进行了顽强的抵抗。自此，全国抗日战争全面爆发。

七七事变的第二天，中共中央通电全国，号召中国军民团结起来，共同抵抗日本侵略者。全国各族各界人民热烈响应，抗日救亡运动空前高涨。在这种形势下，蒋介石于 7 月 17 日在庐山发表谈话，宣布对日作战。

七七事变是日本政府长期以来侵华野心的最终全面实施，绝不是什么偶然事件。1931 年 9 月 18 日，日本对我东北发动突然袭击，占领东北全境。翌年日本进攻上海（一·二八事件）并攻占大片华北土地，威逼平津。到 1936 年，日军从东、西、北三面包围了北平，对中国开始全面出击，企图从根本上灭亡中国。

词文注释

1. 晓月卢沟：卢沟晓月，古代著名的燕京八大景点之一。"燕京八景"始于金章宗年间。在桥的东西两头各立御碑一通，东头为乾隆帝御书"卢沟晓月"碑，西头为康熙帝 1698 年为记述重修卢沟桥而树的御制碑。古时，这里洞水如练，西山似黛，每当黎明斜月西沉之时，月色倒映水中，更显明媚皎洁，从而成为古代著名的燕京八大景点之一。

2. 青狮：桥上两侧共有 1.4 米高的望柱 281 根，每个望柱顶端都有一个大狮子，大狮身上雕刻着许多姿态各异的小狮子。经考古工作者勘察，桥上石狮总数为 485 个。

3. 獠牙竖子：獠牙，凶恶可怕的长牙。形容面貌凶恶。例：收起你的獠牙。竖子：童仆，小子，对人的蔑称。《战国策·燕策三》："荆轲怒，叱太子，曰：'今日往而不返者，竖子也。'"

4. 魑魅：传说中山林间害人的精怪。人面兽身四足，好魅惑人，为山林异气所生。常喻指坏人或邪恶势力。

5. 举白旗：日本举白旗投降。1945 年 8 月 15 日日本天皇宣布无条件投降；1945 年 8 月 21 日今井武夫飞抵芷江洽降；1945 年 9 月 2 日日本投降签字仪式在停泊东京湾的密苏里号举行；1945 年 9 月 9 日中国战区受降仪式在南京中央军校大礼堂举行；1945年10月25日中国国民政府在台湾举行受降仪式。这成为抗日战争取得完全胜利的重要标志。

6.多婪：贪得无厌貌。

7.爬虫：日本人说，中国地图是桑叶，日本是蚕，所以要蚕食，侵略中国。

8.戚家将士：戚家军。明嘉靖年间，倭患肆虐，戚继光奉命抗倭，组建了一支精锐部队，在平倭斗争中起到决定性作用，建立了伟大的功绩，被誉为"戚家军"。

9.国殇：1894年中日甲午战争，中国战败并签订了丧权辱国的《马关条约》。

48. 沁园春·中国航海日

永乐昌年，三保奉旨，起锚太仓。率天朝航母，水师数万；丝绸瓷器，互贸邻邦。撒播文明，和平传递，华夏恩威四海扬。交朋友，拥超强国力，尧舜荣光。

雄狮沉睡东方，六百载苏醒翘首昂。看蛟龙潜艇，探查海底；披波巨霸，入列成双。北往南来，繁忙港口，互惠商通满集装。出岛链，向深蓝挺进，鸣笛西洋。

 节日简介

节日日期：每年 7 月 11 日。

中国航海日：2005 年 7 月 11 日，中国航海日正式启动，当天也是中国航海家郑和下西洋 600 周年纪念日。郑和七下西洋拉开了人类走向远洋的序幕。2005 年 4 月 25 日，中国政府决定把每年的 7 月 11 日定为航海日，同时也作为世界海事日在中国的实施日期。

"航海日"是由政府主导、全民参与的全国性法定活动日，既是所有涉及航海、海洋、渔业、船舶工业、航海科研教育等有关行业及其从业人员和海军官兵的共同节日，也是宣传普及航海及海洋知识，弘扬和培育中华民族精神的全民族文化活动。

地球上的海洋面积占三分之二,一个国家的兴盛与航海事业密不可分。

中国有 300 多万平方公里的海域面积,中国是世界航海大国,在中国的国际贸易中,90% 的货物通过海运完成。

2021 年中国航海日活动周在上海市举办启动仪式,当天上午九点统一鸣笛一分钟。

词文注释

1. 永乐昌年:永乐,为中国明朝第三位皇帝明成祖朱棣的年号。永乐年间,国家经济与社会得到进一步巩固和发展,百姓安乐,国力达到鼎盛;昌年,谓太平盛世。朱棣重视经济,勤政爱民,善用人才,振兴文化,曾言:"斯民小康,朕方与民同乐。"后世评价:远迈汉唐,尊称为永乐大帝。

2. 三保:马三保,郑和原名,云南昆明人。永乐二年(1404)初,朱棣赐他为郑姓。由于郑和小名"三保",所以人们也叫他"三保太监"或"三宝太监"。

3. 起锚太仓:苏州太仓。由于郑和懂一些航海知识,又担任宫廷事务的大太监,深得成祖信任,成祖便选他担任正使,率领船队七下西洋。永乐三年(1405),郑和第一次率船从江苏太仓的刘家港起锚远航,穿越太平洋、印度洋,访问了东南亚、南亚、阿拉伯和东非等30 多个国家和地区,最远到达索马里、肯尼亚、非洲南端的好望角,航程 10 万余里。

4. 天朝航母:郑和第一次所率船队官兵水手27800 余人,大小船只 208 艘,其宝船长 146.67 米,宽 50.94 米,载重量 800 吨,是当时世界上最大的船只,它的体式巍然,巨无匹敌。

5. 蛟龙:蛟龙即蛟,是古代神话的神兽,在朝龙进化时的一个物

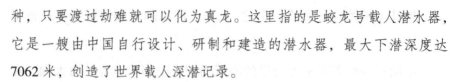

种，只要渡过劫难就可以化为真龙。这里指的是蛟龙号载人潜水器，它是一艘由中国自行设计、研制和建造的潜水器，最大下潜深度达7062米，创造了世界载人深潜记录。

6. 巨霸：航空母舰。这是因为航空母舰是海上军事活动的碉堡和大武器库。它的威力巨大，功能完备，在陆海、海空战争中具有举足轻重的地位，因此被人们形象地称之为"海上巨霸"。

7. 岛链：岛链作为美国太平洋远东防御圈的一部分，又分为第一岛链、第二岛链、第三岛链。第一岛链包括日本群岛、琉球群岛、台湾岛、菲律宾群岛、大巽他群岛，用来围堵亚洲大陆，对亚洲大陆各国形成威慑之势。

49. 沁园春·世界人口日

宇宙茫茫，小小寰球，万物和居。叹凡灵之首，芸芸百亿；失衡生态，挤占茹荼。天地资源，先输都市，浪漫繁华惬意愉。求平等，盼人间贫困，早日消除。

中央绘制蓝图，控丁口忠贤马氏呼。赞英明国策，荣光独嗣；优生计划，数亿空无。顺势因时，诏书颁布，颐育三孩普惠扶。老龄化，引京城关注，我辈心舒。

节日简介

节日日期：每年 7 月 11 日。

世界人口日：每年的 7 月 11 日。1987 年 7 月 11 日，地球人口达到 50 亿。为纪念这个特殊日子，1990 年联合国决定将每年的 7 月 11 日定为"世界人口日"。目前世界总人口已近 80 亿。而每增长 10 亿人，所需的时间从 100 年缩短到 10 年，预计 2050 年到 2100 年前，世界总人口将达 100 亿。长远看来，估计 2050 年至 2150 年，世界人口将停止增长并缓慢下降。

近几十年来，由于工业化和粮食生产技术的进步，世界大部分地区的出生率都有所提高。随着医学科学技术的发展，死亡率显著下降。科学家称这种自然人口大幅增长率为"人口爆炸"。这种现象在20世纪70年代的中国、今天的印度和一些非洲国家非常明显。人口快速增长增加了人类对各种资源的需求，同时也带来了环境污染、资源枯竭等问题。因此许多国家都在努力控制人口增长，降低生育率。但此举可能导致年轻数量急剧下降，一些发达国家如日本、俄罗斯正面临人口过少问题。这些国家的老年人口比例很大，人口老龄化制约了国家的经济发展。

词文注释

1. 凡灵之首：凡灵，灵的细分即是神、仙、佛、凡灵（独立生命的普通灵体，也就是普通人之灵和妖魔鬼怪之类）；之首，荀子云"人最为天下贵"。因为人，才是天下最珍贵的一种，人是万物之灵，万灵之首。

2. 芸芸百亿：芸芸，形容众多，众生，泛指人类和一切生灵。佛教指一切有生命的东西，一般用来指众多的平常人。百亿，目前世界人口已近80亿，预计2100年前世界总人口将达100亿。

3. 先输都市：世界人口主要分布于亚欧两洲，其中亚洲占60%以上，且主要集中在城市、沿海港口。人口稠密，贫富不均，城镇化趋势加速。

4. 贫困：据统计2021年全世界有近7亿人生活在极端贫困之中，18亿人生活在贫困线之下。超过3亿人每天生活花费仅有5.5美元，极端贫困的生活费，每人每天不足1.9美元。2021年，在迎来中国共产党成立一百周年的重要时刻，我国脱贫攻坚战取得了全面胜利，现行标准下9899万农村贫困人口全部脱贫，832个贫困县全部摘帽，12.8万个贫困村全部出列，区域性整体贫困得到解决，完成了消除绝对贫困的艰巨任务。

5. 中央绘制蓝图：1987 年党的十一届三中全会。此次会议把计划生育即一对夫妇只生育一个小孩作为一项基本国策严格实行。据统计，全国至少少生育三亿人口。

6. 马氏：经济学家、人口学家、教育家马寅初先生。他创作的《新人口论》于 1957 年 7 月 5 日首次在《人民日报》上全文发表，他指出，如果按 1953 年国家人口平均每年 22% 增长速度，50 年后就是 26 亿人。因此他主张在实行经济计划的同时，必须实行计划生育。

7. 三孩：2021 年 7 月 20 日，中央提出三孩政策及配套支持措施。

8. 老龄化：我国现有 60 岁以上公民人数已达 2.41 亿，占 17.3%（一般为 10%）；有医疗保障、养老金补贴、交通便利等多项优惠政策。

50. 沁园春·入伏

入伏炎天，日热三分，懒困昏蒙。算熏蒸册日，望云何处；树丫蝉噪，枕榻蚊嗡。五脏难安，六神不定，百味愁思面悴容。度长夏，问良方妙法，恁得轻松。

尘烦毋虑于胸，调饮食舒情防火攻。控室温摇扇，静心降压；慢支风湿，夏治迎冬。绿豆姜葱，瓜蔬酸苦，陋室粗茶学放翁。消酷暑，待天凉秋到，铁骨清躬。

 节气简介

节气日期： 2022 年农历六月十八，公历为 7 月 16 日。

入伏： 进入"三伏"的意思。三伏有初伏、中伏和末伏之分。民谚"夏至三庚数头伏"，这是确定初伏的依据。历书规定："夏至三庚便数伏。"意思是说，"从夏至日"开始往后数，数到第三个"庚日"便开始入伏了。这里的"庚日"是指古代的"干支纪日法"中带有"庚"字头的那一天。"庚日"的日期在公历是有变化的，所以每年入伏的日期不尽相同，但入伏日期总是在公历 7 月 11 日至 20 日之间。每一个庚日相隔 10 天，中伏天数不固定，夏至到立秋之间有 4 个庚日时，中伏为 10 天，有 5 个庚日时，中伏为 20 天，民间俗称"俩

中伏。"

所谓"热在三伏"，二伏天是一年中气温最高、且又潮湿闷热的时段，造成三伏天湿度高的原因是三伏天吹东南风，而东南方是太平洋和印度洋，空气潮湿。高温、高湿是我国南方地区的气候特点。

词文注释

1. 日热三分：小暑过后约 10 天进入三伏天，民间有"日热三分"的俗称。

2. 熏蒸："三伏天"我国将进入"高烤模式""蒸煮模式"。由于空气湿度大，容易造成中暑，要防晒避暑。

3. 卌日：卌 xì，四十。是指 2022 年三伏天的天数，即头伏、末伏各 10 天，中伏为 20 天，共 40 天。

4. 五脏：五脏六腑，指人体内的各种器官。"脏"是指实心有机构的脏器，有心、肝、脾、肺、肾五脏。腑是指空心的容器，有小肠、胆、胃、大肠、膀胱，分别和五个脏相对应的五个腑。另外将人体的胸腔和腹腔分为上焦、中焦、下焦，统称三焦，是第六个腑。

5. 六神：人的心、肺、肝、脾、肾各有神灵主宰，故称为"六神"。六神也指神兽，如青龙、白虎、朱雀、玄武、腾蛇、勾陈。

6. 慢支：慢性支气管炎，是气管、支气管黏膜及其周围组织的慢性非特异性炎症。主要原因为病毒和细菌的反复感染所致。常见症状为咳嗽明显，咳痰，气喘，反复呼吸道感染。

7. 风湿：风湿病，是一组侵犯关节、骨骼、肌肉、血管及有关软组织或结缔组织为主的疾病，其中大多数为自身免疫性疾病。发病多较隐蔽而缓慢，病程较长，且大多具有遗传倾向。

8. 夏治：冬病夏治。源于《黄帝内经》中"春夏养阳"的理论，是我国传统中医药疗法中的特色疗法。一些在冬季容易发生或加重的疾病，在夏季给予针对性的治疗，提高机体的抗病能力，从而使冬季容易发生的疾病减轻或消失。是中医学"天人合一"的整体观和"未病先防"的预防观的具体运用。

9.放翁：陆游，南宋文学家、史学家、爱国诗人。陆游生逢北宋灭亡之际，少年时即深受家庭爱国思想的熏陶，主张北伐抗金，恢复中原，留有绝笔《示儿》作为遗嘱。

陆游享年85岁，留有养生八法：洗脚、乐观、气功、运动、饮食、修性、户枢流水、磕牙梳头。

51. 沁园春·人类月球日

六合朦胧，盘古苏醒，斧辟乾坤。望云中桂影，天涯羿汉；长圆团聚，从未成真。智慧阿波，始留脚印，且喜吴刚作近邻。太空昇，探资源居地，蝶梦星辰。

苍穹奥秘牵魂，引千古奇才勇试身。叹飞车万户，焚躯矢志；伟人豪壮，揽月游巡。华夏神舟，自由回落，期约蟾宫迎远亲。待来日，跨银河往返，两岸和婚。

纪念日简介

纪念日日期：每年 7 月 20 日。

"人类月球日"：设为每年的 7 月 20 日，为了纪念 1969 年 7 月 20 日人类第一次登月成功。

纪念日起源：1969 年 7 月 20 日，美国宇航员阿姆斯特朗乘坐阿波罗飞船成为登陆月球的第一人，称这是"人类迈出的一大步"。人类登月为探索月球资源及移民火星提供了参考价值，对于人类探索太空的历史来说意义十分巨大。

发展历史：1957 年 10 月 4 日，苏联发射卫星一号，成为第一个进入太空的国家。苏联的成功震惊了西方，引发了与美国的冷战太空竞赛。

人类先后登月 6 次，均是美国人完成的。1972 年 12 月 14 日，阿波罗 17 号成为离开月球的最后一个载人航天器，塞尔南成为最后一个将足迹留在月球的人。

我国现状： 中国目前还没有把人送上月球，根据中国已经确定的计划，目前首先要完成的是探月工程。探月工程分为三个阶段，第一期工程为"绕"，二期工程为"落"，2017 年进行的三期工程为"回"，并计划 2030 年前后实现载人登月。

词文注释

1.六合：上下和东西南北四方，泛指天地、宇宙。

2.盘古：中国民间神话传说，很久以前，天和地还没有分开，宇宙混沌一片。有个叫盘古的人，突然醒了，他抡起大斧头朝眼前的黑暗猛劈过去，黑暗渐渐分散开了。缓缓上升的东西，变成了天，慢慢下降的东西，变成了地。

3.云中桂影：云中，云霄之中，高空；常指传说中的仙境。桂影，指月影，月光。古代传说有桂树，故称。

4.羿汉：后羿，是中国古代神话传说中的人物。擅于射箭，曾协尧帝射落九日，只留一日，因此在民间有"羿射九日"的典故。其妻嫦娥，偷吃王母灵药而奔月，居冷清的广寒宫。后来嫦娥后悔莫及，在寂寞的岁月里日日思念自己的夫君，企盼团聚，但从未成真。

5.阿波：阿波罗，是古希腊神话中的光明、预言、音乐和医药之神。这里指美国阿波罗载人登月飞船。

6.吴刚：吴刚是中国古代神话中居住在月亮上的仙人，他被天帝惩罚在月宫伐桂树。月中桂树高达五百丈，而且能自己愈合斧伤。因此日复一日，吴刚伐桂的愿望始终未达成。

7. 蝶梦：庄周梦中化身为蝴蝶的故事，后亦指睡着所做的梦，也指超然物外的玄想心境。

8. 万户：明初人，本名陶成道。喜好钻研炼丹技巧和试制火器。在历次战事中屡建奇功，受到朱元璋封赏"万户"，从此被人称为"万户"。他是第一个想到利用火箭飞天的人，他把47个自制的火箭绑在椅子上，自己坐在上面，双手举着2只大风筝，然后叫人点火发射。其结果是火箭爆炸，万户也为此献出了生命。后世称他为"世界航天第一人"。为纪念万户，国际天文学联合会将月球上的一座环形山以他的名字命名。

9. 神舟：神舟飞船，是中国自行研制、具有完全知识产权、达到或优于国际第三代空间技术的载人飞船。神舟飞船共经历了一号到十四号的建造。2022年6月5日10时44分，搭载神舟十四号飞船的长征二号运载火箭在酒泉卫星中心点火发射，陈冬、刘洋、蔡旭哲3名航天员飞行乘组，状态良好，发射取得圆满成功。

52. 沁园春·大暑

　　天幕如窑，万灵愁容，大地开烧。望蒸腾气焰，骄阳悬帐；桑拿炙烤，目眩心焦。四野蝉鸣，远嘶近噪，转瞬和声似浪涛。汗流注，似日轮凝固，酷暑难逃。

　　夏炎湿热煎熬，看今古芸生驱暑消。叹垄中田父，黑肤草帽；琼楼都市，安逸空调。墨客书虫，庶民白领，冷饮笙歌赋楚骚。禅门静，但寄心物外，任尔逍遥。

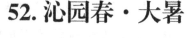 节气简介

　　节气日期： 2022 年农历六月二十五，公历为 7 月 23 日。

　　大暑： 二十四节气之一，夏季最后一个节气。斗指未为大暑，太阳黄经为 120 度，公历 7 月 22—24 日交节。"暑"是炎热的意思，大暑，指炎热之极，是一年中日照最多，最炎热的节气。"湿热交蒸"在此时到达顶点。大暑节气正值"三伏天"里的"中伏"前后，虽不免有湿热难熬之苦，却十分有利于农作物成长。

　　大暑三候： 一候腐草为萤；二候土润溽暑；三候大雨时行。说的是每到大暑时节，由于气温高又有雨水，容易滋生细菌，许多枯死的植物潮湿腐化，到了夜晚，经常看到萤火虫在腐草败叶上飞来飞去，

寻找食物。另外土壤高温潮湿，很适宜水稻等喜水农作物的成长。三候大雨时行，说的是在雨热同季的潮湿天气，天空随时都会形成雨水落下。

传统习俗： 江浙地区有送"大暑船"，山西、河南等地有晒伏姜、喝伏茶、烧伏香，台湾地区有吃凤梨等传统习俗。

起居养生： 饮食以清淡、养阴为主，如莲子、百合、冬瓜、西瓜，绿豆粥更是消暑佳品；养生起居，夏季入睡时间应以晚些为宜，起床时间适当早些，符合天人相应的养生之道。

词文注释

1.天幕如窖：笼罩大地的天空，天空如窖一般覆盖大地。茅盾《子夜》十七："淡青色的天幕上停着几朵白云。"

2.桑拿：桑拿浴，分为干蒸和湿蒸两种。干桑拿由芬兰传入中国；湿桑拿则由土耳其传入中国，因而也称土耳其浴。它是在封闭的房间内用蒸汽对人体进行理疗的过程，通常室内温度达60摄氏度以上。利用对全身反复干蒸冲洗的冷热刺激，使血管反复扩张及收缩，能增强血管弹性，预防血管硬化。

3.炙烤：在火上烤，曝晒过度。例：炎炎夏日，火热的太阳炙烤着大地。

4.田父：老农，年老的农民，从事农业生产长久而经验丰富的农民。《史记·项羽本纪》："项王至阴陵，迷失道，问一田父。"唐王维《宿郑州》诗："田父草际归，村童雨中牧。"

5.白领：西方社会对企业中不需要做大量体力劳动的工作人员的通称，他们工作时多穿白色衬衫，又称白领阶层，是具有较高教育背景和工作经验的人士，与蓝领对应。白领一般都有稳定收入，亦指从事脑力劳动的职员，如管理人员、技术人员、政府公务人员等。

6.墨客：诗人、作家等风雅的文人，也指有文化的人。汉扬雄《长扬赋·序》谓："聊因笔墨之成文章，故借翰林以为主人，子墨为客卿以风。"赋中称客为"墨客"，后遂为文人之别称。

7.书虫：泛指食叶虫，后指爱书、喜欢书的人（不只是读）。又作蠹鱼，比喻埋头苦读书的人。

8.楚骚：战国楚屈原所作的《离骚》，泛指《楚辞》。出处：南朝梁裴子野《雕虫论》："若悱恻芳芬，楚骚为之祖；靡漫容与，相如扣其音。"

53. 沁园春·唐山大地震纪念日

古邑唐山，太宗东征，妃殿留传。有乌金藏遍，瓷都美誉；扼关内外，临渤辽湾。忆那凌晨，尊龙拱动，地裂天崩惊宇寰。撕心痛，劫生灵百万，魂塞黄泉。

废墟生死熬煎，同胞难军民合救援。急争分夺秒，铁锹手扒；赈灾匡救，大爱担肩。抚稚怜残，家园重建，举国帮扶克险艰。凤凰赞，获宜居都市，浴火飞天。

纪念日简介

纪念日日期： 每年 7 月 28 日。

唐山大地震： 1976 年 7 月 28 日 3 时 42 分 53 秒，在我国河北省唐山市丰南一带发生的里氏 7.8 级地震。震源深度 12 千米，地震持续 23 秒。唐山大地震造成了 24.2 万多人死亡，16.4 万多人重伤，54.4 万多人轻伤，4204 人成为孤儿，上万家庭解体。97% 的地面建筑、55% 的生产设备毁坏；交通、供水、供电、通信全部中断。直接经济损失人民币 100 亿元以上，一座拥有百万人口的工业城市被夷为废墟。

唐山地震造成包括北京在内的 14 个省、自治区直辖市遭受严重损失。位列 20 世纪地震史死亡人数第二，仅次于 1920 年的海源地震，地震罹难场面惨烈到极点，为世界罕见。

唐山地震发生后，毛主席、党中央、国务院派出以华国锋总理为团长的中央慰问团，深入灾区救灾慰问，实行国家级省、市对口救灾、援助、重建，十余万解放军官兵、五万余名医护人员紧急奔赴灾区救援。

词文注释

1.唐山：唐贞观十九年（645），唐太宗李世民东征朝鲜半岛回途中经由唐山境，赐山姓唐，唐山由此而得名。

2.妃殿：唐太宗最宠爱的妃子曹娴，在随唐太宗出征途中身染重病，不幸离世，太宗悲痛不已，将曹妃葬于此，并下旨在沙岛上建造大殿，赐名为曹妃殿。曹妃因此也被当地人供成海神，祈求保佑出海平安，最终这座小沙岛因此得名为曹妃甸。

3.乌金：煤炭，是古代植物埋藏在地下经历了复杂的变化逐渐形成的固体可燃性矿物，被人们誉为"黑色金子"。唐山煤炭储量高达62.5亿吨，位居全国第二。

4.瓷都：唐山素有"中国北方瓷都"之美誉。唐山陶瓷历史悠久，源远流长，可追溯到六、七千年前的新石器时代。距今600多年的明永乐年间发展为鼎盛时期。主要生产有日用瓷、建筑工业瓷、卫生瓷、美术陈列瓷等，产品畅销国内外。

5.孽龙：龙是中国古代传说中的神异动物。龙是中华民族的象征，中国人都以自己是"龙的传人"而骄傲。孽龙，属于恶龙，传说能兴水为害、作恶造孽的龙。有人认为，地震的发生，是住在地下的龙翻身所致。

6.凤凰：凤凰城，是唐山的别称，唐山之所以被称为"凤凰城"，一是因为在市中心有一座凤凰山。相传很久以前，飞来一对凤凰，于是人们便把这座山叫凤凰山。凤凰山主峰海拔 88 米，还因前山如凤凰展翅状故名。凤凰山虽不高，但山势挺拔秀丽，苍松翠柏密布，顶部建有朝阳寺、玲珑塔等古建筑。二是大地震后，经唐山人民艰苦奋斗，重新建设了新唐山，"凤凰城"比喻唐山是凤凰涅槃，浴火重生。

7. 宜居都市：唐山于 1990 年 11 月，以其抗震救灾、重建新唐山、解决百万人居住问题的突出成绩获得联合国颁发的"人居荣誉奖"。此外还获得中国优秀旅游城市、国家园林城市、全国双拥模范城市等称号。

54. 沁园春·八一

大清残延，百物衰变，社稷秃纲。看武昌云起，群雄逐鹿；北洋汪蒋，大动刀枪。头顶三山，生无保障，蹂躏江山任列强。国危矣，急母遭劫难，儿女扶匡。

一声炮响南昌，共产党工农建武装。赞井冈星火，朱毛点亮；长征惊世，抗日横梁。北战南征，筑基卫国，血染军旗奏凯扬。喜今日，望空天海陆，固若金汤。

节日简介

节日日期：每年 8 月 1 日。

八一建军节：每年的 8 月 1 日，由中国人民革命军事委员会设立，为纪念中国工农红军成立的节日。

节日由来：1927 年 4 月和 7 月，蒋介石、汪精卫先后在南京和武汉发动"清共"后，中共中央在汉口召开会议，决定在南昌举行起义，并指派周恩来为起义前敌委员会书记。1927 年 8 月 1 日，周恩来领导发动了南昌起义，打响了武装反抗国民党反动派的第一枪，中国共产党领导的人民军队从此诞生。1933 年 6 月 30 日，中共中央发布《关于决定"八一"为中国工农红军成立纪念日》的命令，指出

"1927年8月1日发生了无产阶级政党——共产党领导的南昌暴动，是反帝的土地革命开始，是英勇的工农红军的来源"。决定以每年8月1日作为中国红军纪念日。同日，以毛泽东为主席的中华苏维埃临时中央政府批准了这一决定。

1949年6月15日，中央军委发布命令，规定以"八一"两字，上缀金黄色的五角星作为中国人民解放军军旗和军徽的主要标志。新中国成立后，将此纪念日改称为中国人民解放军建军节。

词文注释

1. 大清残延：中日甲午战争中国战败后帝国主义掀起了瓜分中国的狂潮，丧权辱国的不平等条约一个接一个地签订，国土一片接一片地丧失。这时满清的洋务派掀起了一场"自强""求富"的洋务运动，掀起中国人民挽救民族亡国的运动高潮。因此，晚清一度出现"同治中兴"回光返照的景象，使其得以苟延残喘到20世纪。

2. 武昌云起：1911年10月10日发动的具有划时代意义的武昌起义，起义的胜利使清朝走向灭亡，并建立起亚洲第一个民主共和国——中华民国，在中国历史上具有里程碑意义。

3. 北洋：北洋政府（1912—1928）是指北洋军阀在政治格局中占主导地位的中国中央政府。北洋政府是中国历史上第一个以和平的方式完整继承前朝疆域的政权，也是中国继清朝灭亡后第一个被国际承认的政府。

4. 汪蒋：汪，指的是汪精卫；蒋，指的是蒋中正，即蒋介石。当时，国民党政府内部分为蒋与汪两大对立派，两个政府（武汉，南京）。后两个政府合并，并发动四·一二政变，开始屠杀共产党，即宁汉合流。

5. 井冈星火：1927年10月，毛主席率领红军在井冈山宁冈和朱德会师，开辟了"以农村包围城市、武装夺取政权"的具有中国特色的革命道路。点燃了"星星之火，可以燎原"的革命火种。从此鲜为人知的井冈山被载入了中国革命历史的光荣史册，被誉为"中国革命的红色摇篮""中华人民共和国的奠基石"和"宪法故里"，为后人留下宝贵的精神财富——井冈山精神。

6.固若金汤：固，坚固。若，像。金，金城，指坚固的城墙。汤，汤池，指防守严密的护城河，坚固得像金城汤池。形容防御工事非常坚固，难以攻破。《汉书·蒯通传》："边城之地，必将婴城固守；皆为金城汤池，不可攻也。"

55. 沁园春·七夕

　　七夕黄昏，百灵虚静，渐启天门。望银河彼岸，牛郎顾盼；鹊桥栏畔，织女焦焚。信定前缘，守常旧约，恩爱相牵凡与神。仙桥会，惜悲欢离合，良夜弥珍。

　　两情如此贞纯，引千古伊人欲断魂。咏琴台酿酒，文君私遁。山盟妃帝，马驿恩分。嗟叹如今，笙歌随处，嬉戏鸳鸯乐献身。寡廉耻，只金钱蜜语，爱慕迷真。

节日简介

节日日期：2022 年农历七月初七，公历为 8 月 4 日。

七夕节：又称七巧节、七姐节、女儿节、七娘会、七夕祭等，是中国民间的传统节日。七夕节由星宿崇拜衍化而来，为传统意义上的七姐诞，因拜祭"七姐"活动在七月七晚上举行，故名"七夕"。拜七姐、祈福许愿、乞求巧艺、坐看牵牛织女星、祈祷姻缘、储七夕水等，是七夕的传统习俗。经历史发展，七夕被赋予了"牛郎织女"的美丽爱情传说，使其成为了象征爱情的节日，从而被认为是中国最具浪漫色彩的传统节日，在当代更是产生了"中国情人节"的文化含义。相传每年七月初七，牛郎织女会于天上的鹊桥相会。后来民间把

163

故事进一步发挥，赋予了"牛郎织女"的美丽爱情传说。

七夕节发源于中国，在部分受中华文化影响的亚洲国家如日本、朝鲜半岛、越南等也有庆祝七夕的传统。

节日习俗：储七夕水，在江浙一带流行用脸盆接露水储水的习俗。传说七夕时节的露水是牛郎织女相会时的眼泪，如抹在眼上和手上，可使人眼明手快。

2006 年 5 月 20 日，七夕节被国务院列入第一批国家级非物质文化遗产名录。

词文注释

1.百灵：各种神灵。《文选·班固〈东都赋〉》："礼神六氏，怀百灵。"

2.天门：相传七夕半夜时，天门大开，能看到天门里的天兵天将及牛郎和织女相会的场景。

3.银河：横跨星空的一条乳白色亮带。银河在天鹰座与天赤道相交，在北半天球。银河在天球勾画出一条宽窄不一的带，称为银道带。银河在中国文化中占有很重要的地位。早在汉朝的文献中就收录有著名的中国神话传说牛郎织女的故事。银河只在晴天夜晚可见，是由无数暗星（恒星）的光引起的，银河不是银河系，而是银河系的一部分。

4.鹊桥：又名乌鹊桥。鹊桥是传说鸟神被牛郎织女的真挚情感感动派来喜鹊搭成的桥。相传牛郎和织女被银河隔开，只允许每年的农历七月七日相见，于是喜鹊仙就命各地的喜鹊飞来用身体紧贴着搭成一座桥，牛郎和织女便在这鹊桥上相会。后来鹊桥便引申为能够联结男女之间良缘的各种事物。

5.琴台酿酒：卓文君和司马相如私奔后在临邛开了一个夫妻酒

店。文君当垆卖酒，相如故意洗涤碗筷杯盘，提壶送酒，像个酒保。惹得文君之父卓王孙深以为耻，不得已分给私奔的卓文君百名童仆，百万两钱，成一段佳话。

6.文君私遁：文君即卓文君，西汉蜀郡临邛人，被誉为中国古代四大才女，姿色娇美，通音律，善抚琴。后看中穷书生司马相如，与其私奔。所著《白头吟》诗句"愿得一人心，白头不相离"流传至今。

7.山盟妃帝：相传唐天宝十年（751），七夕之夜，玄宗与贵妃凭肩而立，因仰天感牛郎织女重逢的悲欢场景，密誓要世世结为夫妻，言毕抱首呜咽。这就是白居易《长恨歌》所写的"七月七日长生殿，夜半无人私语时。在天愿作比翼鸟，在地愿为连理枝"。

8.马驿恩分：古时马嵬坡驿站，又称马嵬驿。安史之乱时，玄宗被逼离京蜀行，在马嵬坡前，面对军队哗变，玄宗无可奈何，纵有万分不舍，在自己性命与爱情面前，只能使高力士缢死自己心爱的女人。

56. 沁园春·筷子节

　　竹木成身，华夏发明，斫削双胞。只六分七寸，纵横满席；三餐君伴，尝遍佳肴。五指同心，方圆好合，搏战贪饕团结牢。百千次，取细粗由主，无惧汤滔。

　　传飧兄弟功高，肥甘浊瘦根守节操。任他人拿捏，贫厨丰宴；谐音讲究，民俗符号。长短求齐，平行摆放，碗盏盆盘忌讳敲。最有趣，忆儿时夹豆，快乐逍遥。

节日简介

节日日期：每年 8 月 4 日。

筷子节：日本的民俗节日，在每年的 8 月 4 日。

受中国文化的影响，日本、朝鲜半岛、越南、新加坡等亚洲国家，都以筷子为餐具。筷子，这种轻巧的餐具，在隋朝时期由日本遣隋使将筷子引进日本，1300 余年来，筷子文化的软硬体都有不少变化。"箸"这个战国时代便和中国人生活息息相关的古字，至今仍通用于日文中。

日本人在动用筷子前，必先说声"领受了"，餐后放下筷子则说"蒙赐盛馔"，这些充满宗教感情的话，实为感谢我们从山、海采撷的食物的人及天地、大自然的恩赐。

节日来历：据说有位叫本田总一郎的学者，为感谢筷子一日三餐辛勤地为人们效劳，建议将每年的8月4日定为"筷子节"。这个倡议立即得到人们的热烈响应。1980年8月4日，"保卫日本的节日之会"举办了供奉筷子的仪式，从此，日本有了筷子节。筷子节这天，要举行供奉筷子的仪式，把成万双使用过的筷子焚烧作为供奉，家家户户都要热热闹闹地庆祝一番。

词文注释

1. 竹木成身：筷子最初、最普遍是用木头、竹子做的，后发展为象牙、金属、骨、瓷、塑料等材质做成。筷子为华夏饮食文化的标志之一。中国发现的最早筷子是河南安阳殷墟出土的铜筷子。

2. 华夏发明：众所周知，筷子是由中国人发明的。《韩非子·喻老》记载："昔者纣为象箸，而其子饰。""象箸"就是象牙筷子。纣王是商朝末期的国君，可见3000多年前，我国就已经在使用象牙筷子了。

3. 六分七寸：筷子的标准长度是七寸六分，代表人有七情六欲，以此说明人和动物的不同。筷子里面包含太极和阴阳的理念。太极是一，阴阳是二。合二为一，这是中国人的哲学，西方人很难理解。筷子在使用的时候，讲究配合和协调，蕴含了中国的阴阳原理，也有西方力学中的杠杆原理。筷子一头圆，一头方，圆的象征着天，方的象征着地，代表天圆地方。

4. 兄弟："筷子"二根，而称一双，俗称兄弟，就像两个同心协力的兄弟，他们互相支撑。"筷子"也像是一对和睦的夫妻，他们风雨同舟，不离不弃。古诗曰："莫道筷箸小，日日伴君餐。千年岁月始，尽在双筷间。"

5.任人拿捏：拿捏，本意是"把握、掌握"，多用于一种了如指掌的把控感。拿捏，也可以引申为刁难，也有斟酌、考虑的意思。

盖因筷子是餐桌上最重要的传输装备，筷子的拿捏方法及摆放方向均有一定的礼仪范畴，从中更可看出一个人的教养。手握筷子这一部分呈方形，一是防止手滑，另一方面是先民崇尚天圆地方的文化。

6.忌讳:（1）忌敲盘敲筷。（2）忌叉筷。（3）忌当众上香，插筷。（4）忌长短不一。（5）忌品箸出声。（6）忌泪箸遗珠，一路滴汤。（7）忌杂色，即不能拿不同颜色和不同材质的筷子给客人。（8）忌颠倒乾坤。（9）忌仙人指路，即手指指向客人。（10）忌迷箸刨坟，即在菜盘里翻扒。

57. 沁园春·威尼斯国际电影节

影界精英，那年水城，立节颁条。促交流演技，观摩佳片；审评专项，嘉奖名豪。红毯荣尊，舞台绚丽，海报迷人分外娇。票房涨，似众星捧月，身价天高。

西洋蒙太奇潮，传东土靡音魂梦销。喜当家做主，争先模范；自由双百，各领风骚。大众讴歌，金鸡咏唱，华表庄严竞舜尧。路漫漫，讲神州故事，代有新苗。

节日简介

节日日期：1932 年为 8 月 6 日。

1932 年 8 月 6 日，威尼斯国际电影节在意大利的名城威尼斯创办，是世界上第一个国际电影节，也是世界上历史最悠久的电影节，被誉为"国际电影节之父"，与戛纳国际电影节、柏林国际电影节并称为世界三大国际电影节。最高奖项为"金狮奖"。金狮奖与法国戛纳电影节金棕榈奖、德国柏林电影节金熊奖均为电影领域的国际最高奖项。

1934 年举办第二届后，改为每年 8 月底至 9 月初举行，为期两周。第79届威尼斯国际电影节于2022年8月31日至9月10日举行。

威尼斯国际电影节以"电影为严肃的艺术服务"为宗旨,以"提高电影艺术水平"为主要目的,将艺术性作为评判标准。而美国奥斯卡金像奖则更注重影片的政治与商业因素。

1989年,侯孝贤导演的《悲情城市》是华语电影第一次获得威尼斯国际电影节金狮奖。此后,华语电影取得了骄人战绩,就在最近的20多年里,已经有5位导演,7次捧起金狮奖,其中张艺谋和李安两人就包揽了4座金狮奖杯。

词文注释

1. 水城:意大利威尼斯的别称。由118个小岛组成,并以180条水道、177条运河、401座桥梁连成一体,以舟相通,有"水上都市"之称。整个城市由一条4公里的长堤与意大利大陆半岛连接。

1980年3月,意大利威尼斯与我国苏州缔结国际友好城市。

1932年创办的威尼斯国际电影节,于每年8月底至9月上旬举行电影盛会,吸引许多世界各地的影星、明星、电影作者和记者前来,魅力不输好莱坞的奥斯卡金像奖。

2. 海报:海报这一名称最早起源于上海,是一种宣传方式。旧时海报是用于戏剧、电影、比赛、文艺演出等活动的招贴。具有宣传性,招徕顾客的张贴物。海报通常包括活动的性质、主办单位、时间、地点等内容,利用图片、文字、色彩、空间等要素,第一时间将人们的目光吸引并获得瞬间的刺激。

3. 蒙太奇:蒙太奇是早期一种电影艺术的重要表现手法。先将全片所需要表现的内容分为许多镜头分别拍摄,再将这些镜头加以组接,形成有组织的片段、场面,直到成为一部完整的影片。此表现手法称为"蒙太奇"。

4.双百：毛主席1956年4月28日对文艺界、科技界的题词："百花齐放，百家争鸣。"基本精神是艺术上不同的形式和风格可以自由发展，科学上不同的学派可以自由争论。

5.大众：大众电影百花奖，是由中国电影家协会和中国文联联合主办的电影奖项。创办于1962年，是中国大陆电影界的观众奖。每两年举办一届。

6.金鸡：金鸡奖。是由中国电影家协会和中国文联联合主办的电影奖项，创办于1981年。是中国大陆电影界权威、专业的电影奖。与香港电影金像奖、台湾电影金马奖并称"华语电影三大奖"。

7.华表：中国电影"华表奖"。由中共中央宣传部、国家广电总局、国家电影局主办的电影奖项。1994年设立，是中国电影界政府奖。每两年一届。奖杯采用北京天安门城楼的华表造型。与中国电影金鸡奖、大众电影百花奖并称中国电影三大奖。

58. 沁园春·立秋

伏暑流连，烈阳高悬，热浪腾翻。历旱魔肆虐，草枯花谢；蝉鸣鼓噪，犬伏鸡眠。百里长街，满城倦客，如蚁车流冒白烟。时轮转，喜清吹冷冽，一解愁颜。

雨师每日缠绵，秋老虎扬威吃醋酸。逞午时骄桀，末途强弩；金风送爽，瓜果甘鲜。春夏寻诗，晨昏揽卷，不负韶光小可欢。细算账，纵稀龄老朽，丰获秋天。

 节气简介

节气日期： 2022 年农历七月初十，公历为 8 月 7 日。

立秋： 二十四节气中的第十三个节气，秋季的第一个节气。斗指西南，太阳达黄经 135 度，于每年公历 8 月 7—9 日交节。

立秋，并不代表酷热天气就此结束，立秋还在暑热时段，尚未出暑，秋季第二个节气"处暑"才出暑。初秋期间天气仍然很热，按照三伏的推算方法，"立秋"这天往往还处在中伏期间，也就是说酷暑并没有过完，立秋后暑气一时难消，有"秋老虎"的余威。真正有凉意，一般要到"白露"节气之后。

立秋三候： 一候凉风至；二候白露生；三候寒蝉鸣。立秋后，天

气虽热，但是在自然界，阴阳之气已开启转变，万物开始从繁茂成长趋向萧瑟成熟。

传统习俗："立秋"不仅是重要的节气，还是我国重要的岁时节日。在民间有立秋"贴秋膘、咬秋、啃秋"等习俗。在我国南方，晒秋，是一种典型的农俗现象。人们利用房前屋后、窗台顶架，挂晒农作物，久而久之，就演变成一种传统农俗现象。

起居养生：春夏养阳，秋冬养阴。立秋是阳气渐收，阴气渐长时期，应以养收为原则。饮食应以滋润多汁的食品为主，少吃辛辣、煎炸食品。

 词文注释

1. 伏暑：

（1）炎热的夏天。清黄之鸿《福惠全书·邮政·喂养》："若伏暑之鞍，又宜急卸。"

（2）病名。发于深秋至冬月。

2. 时轮转：春夏秋冬，万物有序。古诗言：万绿枝头一叶黄，秋风恰则到林塘。

3. 蝉鸣鼓噪：蝉在求偶的时候发出的鸣叫声。"蝉鸣节又换，雁送书未回。"说的是立秋之后还是有蝉叫的，甚至一直到十月底还可以听到蝉的声音。蝉鸣最重要的目的是求偶交配，只不过鸣叫并不是嘴，而是用雄蝉腹部专门的发声器，靠振动鼓膜来发出响亮的声音。所以我们听到的蝉叫都是雄性的蝉。

4. 雨师：雨师又称萍翳、玄冥等。在中国古代神话传说中是掌管雨的神；也是道教俗神，认为是毕星，即西方白虎七宿的第五宿，共有8颗星，属金牛座。后有雨师为商羊或赤松子二说。

5. 秋老虎：秋老虎是指发生在立秋之后气温在35摄氏度以上的

天气。一般在公历8月中旬至9月之间，即处暑期间，属短期回热天，共二十四天，就像一只老虎一样蛮横霸道。所以民间称这段时间为"秋老虎"。

6.强弩：弩，一种利用机械力量射箭的弓。强弩是改造后的弩机，威力更大，射程更远。一般军队所用的弩，拉力是150到160斤，所以箭不过两钱。在50步以内，强劲有力，发射精准。但是如果超过这个距离，则很难命中，而且力度下降，不能洞穿盔甲。所以古人云：强弩之末，不能穿鲁缟。这里借指立秋之后气温虽高，只是在中午时段，早晚气温还是凉爽的。

7.小可：寻常的，亦用于谦辞，对自己的谦称。

8.细算账：老朽虽然年近古稀，但诗词耕耘不息，颇感欣慰，小有收获。

59. 沁园春·中国爸爸节

　　窗映曦光，雀跃和鸣，解锁铃嘟。看留言微
信，吉祥慰问；亲朋祝福，豚犬支帑。文化传承，
莫崇西俗，孝悌严慈赐发肤，关心话，嘱乃翁保重，
恰似儿初。

　　纵然衰老残躯，为圆梦砚田秃笔书。树子孙榜
样，百词财富；愚公励我，更夜灯孤。寄语吾郎，
粗茶淡饭，陋室柴车心畅舒。家四口，盼肩挑不惑，
乐业安居。

节日简介

　　节日日期：每年 8 月 8 日。

　　中国爸爸节：又称中国父亲节，即每年公历的 8 月 8 日，是新中国之前设立的父亲节，又名"八八节"。而且八月八日的两个"八"重叠在一起，经过变形就成了"父"字，简单好记又响亮。

　　节日来历：民国三十四年八月八日（1945 年 8 月 8 日），抗战胜利的曙光已经悄然来临，上海的有志之士为了纪念在战争中为国捐躯的爸爸们，特地提出父亲节的构想。于是上海的文人们发起了庆祝父亲节的活动，市民立即响应，热烈举行庆祝活动。

　　抗战胜利后，上海市各界名流绅士，联名写信请上海市政府转

呈中央政府，请求将"爸爸"谐音的8月8日设立为父亲节，当时的中央政府特地开会讨论，最后通过决定，将每年的8月8日定为中国爸爸们的专属节日。在我国台湾地区，官方正式规定8月8日为父亲节。但是在美国、加拿大等国的父亲节则是在6月的第三个星期日。因此，美国的很多华侨一般一年都过两个父亲节：一个是美国本土的父亲节，另一个是中国的父亲（爸爸）节，即每年的8月8日。

词文注释

1.解锁铃嘟：清晨开启手机，屏幕亮起，响起清脆、叮当的铃声。

2.豚犬：意思是指猪和狗，后多以此谦称自己的儿子。《三国》第六十一回："生子当如孙仲谋，若刘景升儿子豚犬耳！"《三国志·吴书·吴主传》注引《吴历》说：曹操见孙权仪表堂堂，威风凛凛，乃喟然叹曰："生子当如孙仲谋，刘景升儿子若豚犬耳！"

3.支帑：帑，古代指收藏钱财的府库或钱财。支帑，是支配、安排、支取、发放、领款、付款的意思。

4.西俗：西洋、西方的风俗，包括西方的价值观、思想、文化，与中国传统的文化相区别称为西学。清末"西风东渐"影响着一代人的思想。中国受到西方各种观念的影响，其中有好的也有坏的，属中性词。

5.孝悌：孝，指报答父母的养育之恩。悌，指兄弟姐妹之间的友爱。孔子非常重视孝悌，认为孝悌是做人、做学问的根本。孝悌是中国文化的精神。谈孝悌，"父慈子孝，兄友弟恭"都是相对的，并不只是单方面的顺从或尊敬。

6.发肤：头发与皮肤；借指身体。《孝经·开宗明义》："身体发肤，受之父母，不敢毁伤，孝之始也。"晋葛洪《抱朴子·安贫》："望发肤之明戒，寻乾没于难冀。"

7.秃笔：笔尖脱毛而不合用的毛笔，比喻不高明的写作能力。后被文人引为自谦之语，谓己才学疏浅，文思钝拙。唐杜甫《题壁上韦偃画马歌》"戏拈秃笔扫骅骝，欻见骐驎出东壁。"宋苏轼《次韵吴传正枯木歌》："但当与作少陵诗，或自与君拈秃笔。"

8.百词：鄙人拙作，《百节·沁园春》。

9.柴车：简陋无饰的车子。《韩诗外传》卷十："疏食恶肉，可得而食也；驽马柴车，可得而乘也。"

10.不惑：四十岁的代称，遇到事情能明辨不疑，以此作为40岁的代称。语出先秦·孔子《论语·为政》"四十而不惑"，通常是指中年人的年纪。意思是人到中年，经历了很多事，也想通了很多事，不会像青年那样困惑了。

177

60. 沁园春·世界大象日

四体庞然，耳扇鼻长，步态慢条。痛违心表演，曲肢盘转；牙雕珍贵，杀戮横遭。栖地迁侵，常愁温饱，非亚丛林家族凋。濒危矣，看邻邦万象，类物寥寥。

彩云版纳丰饶，祖祖辈群居远市嚣。赞灵聪乖巧，启蒙驯化；看家护幼，扛木山樵。北上巡游，南回引导，两望经年和睦交。共繁衍，入元江故里，丁旺归巢。

节日简介

节日日期：每年 8 月 12 日。

世界大象日于 2012 年设立，每年的 8 月 12 日是世界大象日。2021 年 8 月 12 日是第 10 个世界大象日。

节日来历：由于气候变化导致生存环境剧变，及以获取象牙为目的的猖狂盗猎行为严重威胁着大象的生存。因而，世界保护野生动物组织于 2012 年将 8 月 12 日设立为"世界大象日"。据统计，在亚非两洲，每天有 100 头大象惨遭猎杀。仅 2013 年，人们为了得到珍贵的象牙，已经猎杀了 23000 多头大象。从 20 世纪 70 年代起，大象被世界保护野生组织列为"濒危动物"。亚洲象是濒危物种，也是我国一级保护动物，我国境内现仅存 300 余头。

亚洲象的智商很高，性情也温顺憨厚，非常容易驯化。在东南亚、南亚的很多国家如泰国、印度、老挝等国都驯养它们用来骑乘、服劳役和表演等。

词文注释

1.四体庞然：大象，陆地上最庞大的哺乳动物。其主要外部特征为柔韧而肌肉发达的长鼻，鼻长几乎与体长相等，具有缠卷的功能，是象自卫和取食的有力工具。大象的鼻子能轻松卷起上吨重的物体，也可以捡拾花生米那样小的食物。象头大，耳大如扇，四肢粗大如圆柱，以支持巨大身体，膝关节不能自由屈伸。上颌有一对发达门齿，可长达 3.3 米。

2.违心表演：在东南亚如泰国、印度、柬埔寨、老挝等国家的很多亚洲象已被人类驯养，视为家畜，可供乘骑、服劳役或与戏团表演。这不仅会对动物的生理造成严重伤害，也会引发它们的行为异常。因此，在此类过程中存在巨大的安全隐患。

3.牙雕：自 20 世纪 70 年代后，象牙成为人们捕杀大象的主要获取物。国际金融市场中，象牙同黄金、钻石一样，被认为是一种价值稳定的硬通货。

4.杀戮横遭：20 世纪 80 年代象牙成交额每年在 130 万公斤以上，每年有 23000 头大象被猎杀。

5.栖地迁侵：大象广泛分布在非洲撒哈拉沙漠以南及南亚、东南亚以及中国云南西双版纳地区，喜群居。亚洲象历史上曾广布于中国长江两岸地区。由于人口的增长和对森林、草原的开发与破坏，使得野生动物的地盘缩小，环境恶化，大象数量锐减，据统计，非洲现存 40 万头，亚洲 3 万头左右。

6.濒危：联合国《濒危物种国际贸易公约》将大象列为十大濒危动物，严厉打击偷猎大象，走私象牙的团伙，遏制象牙非法交易，严惩偷猎行为，防止大象灭绝。

7.邻邦万象：万象，指老挝首都万象。古时，老挝境内产象很多，在佬语中"澜沧"二字即有百万象的意思。因此我国古时也称老挝为"万象之邦"。

8.北上巡游：2020年4月20日，我国亚洲象群北移，历时近一年半，于2021年8月8日跨过玉溪元江桥，平安回归原栖息地。

9.丁旺：象群在北移途中生下一头象宝宝，家族添丁兴旺。

61.沁园春·日本投降日

辽阔江山，千古文明，百劫悲伤。恨东瀛饕餮恶，皇姑袭炸；宛平蓄意，东亚嚣张。万众齐心，大刀高唱，国共同仇灭虎狼。三千万，叹血躯捐献，收复吾疆。

倭奴恶贯猖狂，十四载降书败芷江。喜毛公伟略，雄狮觉醒；近平圆梦，国运隆昌。史册翻新，硝烟远淡，侧榻鼾声犹警防。伤痕在，莫和平忘却，魑魅东洋。

节日简介

节日日期： 1945 年 8 月 15 日。

1945 年 8 月 15 日正午，日本天皇向全日本广播，接受波茨坦公告，实行无条件投降，结束战争。1945 年 8 月 21 日，今井武夫飞抵芷江洽降。1945 年 9 月 2 日上午 9 时，标志着第二次世界大战结束的日本投降签字仪式，在东京湾的密苏里号主甲板上举行。日本外相重光葵代表日本天皇和政府、陆军参谋长梅津美治郎代表日本大本营在投降书上签字。1945 年 9 月 9 日上午，中国战区受降仪式在中国南京中央军校大礼堂举行。1945 年 10 月 25 日，中国国民政府在台湾举行受降仪式，这成为抗日战争取得完全胜利的重要标志。

1945 年 1 月，美军在菲律宾吕宋岛登陆，先后占领马尼拉、硫黄岛和冲绳。7 月 26 日，中美英三国首脑发表《波茨坦公告》，促令日本无条件投降。1945 年 8 月 9 日中共毛泽东发表《对日寇最后一战》的宣言。1945 年 8 月 6 日，美军在日本广岛投下第一枚原子弹，3 天后即 8 月 9 日又在长崎投下第二枚原子弹。8 月 8 日苏联百万红军向驻守东北之关东军发动全线进攻。中国的抗日战争进入大反攻。1945 年 8 月 15 日，日本裕仁天皇向全世界宣布无条件投降。

为庆祝抗战胜利，全国即日起放假 3 天。民众狂欢，恶梦结束了。

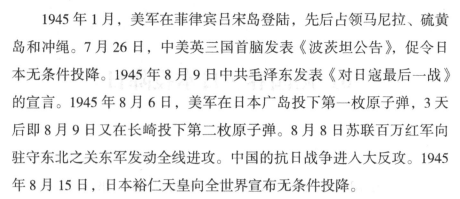 词文注释

1. 东瀛：日本的别称。位于亚洲大陆东岸外的太平洋岛国。由北海道、本州、四国、九州四个大岛和 3900 多个小岛组成。因为瀛这个词有着海岛的意思，日本又是一个岛国，又因为日本是处在我国的东边，所以就被称为"东瀛"。

2. 皇姑：这里指皇姑区事件。1928 年 6 月 4 日 5 时 30 分，中华民国陆海军大元帅奉系军阀首领张作霖乘坐的专列经沈阳皇姑屯站以东，被日本关东军预埋炸药炸毁，张作霖被炸成重伤，于当日死去，但秘不发丧。待其长子张学良 6 月 18 日赶回沈阳，继承了父亲的职务，稳定了东北局势，才正式发丧。史称皇姑屯事件。

3. 宛平：宛平县，是北京地区历史上存在的一个县。宛平二字取"宛然以平"之意，县城在卢沟桥旁的拱极城。1937 年 7 月 7 日夜，日军在卢沟桥畔借口失踪一名士兵，无理要求进入中国军队防守的宛平城搜查，遭到中国守军拒绝。日军遂向宛平城和卢沟桥发动轰击。这就是"卢沟桥事变"，或称"七七事变"。

4. 三千万：在持续 14 年的抗日战争中（1931—1945）中国军民

共伤亡 3500 万人以上，其中军队伤亡 380 余万，占各国伤亡人数总和的三分之一。

5. 倭奴：日本古称。是汉光武帝刘秀赐给当时倭国来中国朝见的名字。倭有矮小和短小之意；奴，即奴隶的意思。

6. 芷江：湖南省怀化市芷江侗族自治县，素有"滇黔门户，黔楚咽喉"之称。1945 年 8 月 21 日至 23 日，中国抗战胜利洽降在芷江举行，芷江因此声名远播，成为抗战历史名城。

7. 东洋：日本，字面上的意思是东面的海洋。因日本地处中国东面的海洋上，故又称其为"东洋"。

62. 沁园春·财神节

兰月初秋，祭拜文武，祈盼财多。望厅堂赵李，红袍锦帽；手持元宝，笑面呵呵。钱帛几文，索求亿众，且叫星君怎奈何。神仙好，只方兄难了，衣食奔波。

勤劳致富安和，暴发户相依福祸魔。叹明星偷税，金迷纸醉；和珅贪贿，七尺绫罗。手段翻新，机关算尽，惯看官商羑里梭。老夫我，喜诗书盈室，浊酒清歌。

节日简介

节日日期：2022 年农历七月二十二，公历为 8 月 19 日。

财神节：中国汉族、土族等民间祭祀财神的节日。是中国传统节日之一。该习俗遍及整个中国大陆、港澳台，南亚国家及华人聚居之地。

财神体系：财神自南宋兴盛以来，经历代演化，逐渐形成一个财神体系。按文武职位分有：君财神，文财神，武财神；按管辖地域分有：东西南北中九路财神；按地方习俗划分有：小财神、地方财神等。农历七月廿二日，道教中这一天是财帛星君李诡祖和天财星君柴荣的成道日。柴荣在这一天羽化得道，位列仙班，成为天上星宿中的财神，在天庭的职衔是"天财星君"，专管天下的金钱财源。因此民间在这一天要举行规模宏大的庆祝活动，各地财神庙宇，道教宫观祭拜的善男信女便络绎不绝，以祈求五谷丰登，幸福美满，财源广进。

中国的民间习俗是正月初五拜财神，接财神，七月廿二祭祀财神。

财神供奉于道教宫观、公司商铺及老百姓家中厅堂，各司其职，各显神通，深为民间膜拜。

词文注释

1. 兰月：七月兰花清香飘溢，故又称兰月。农历七月因许多品种的兰花吐芳绽艳，馨香无比故而得名。七月另有巧月、瓜月、兰秋、相月、首秋、孟秋等美名。

2. 文武：这里指财神分为两种，一种是文财神，是天上的神仙，即财帛星君和福禄寿三星；另一种是武财神，则为凡世的关公和赵公明。

3. 赵李：赵，即赵公明，是封神演义里的人物，是个威风凛凛的猛将，战死后封神榜上被封财神。民间相传他能降妖伏魔，而且又可招财利市。北方很多商户、居家均喜欢将赵公明供奉在店铺、厅堂上。李，即文财神李诡祖。魏孝文帝时任曲梁县令，清廉爱民，去世后立祠絮祀。传说李诡祖为太白金星下凡，属金神。画像中的李诡祖文雅非凡，锦衣玉带，头戴朝冠，身穿红袍，白脸长须，面带笑容，一手执"如意"，一手执"元宝"，写着"招财进宝"四字。

4. 神仙好：清代作家曹雪芹所著《红楼梦》长篇小说中《好了歌》其中一段诗句"世人都晓神仙好，只有金钱忘不了。终朝只恨聚无多，及到多时眼闭了"。

5. 方兄：钱币的别称。古代的铜钱在铸造时为了方便加工，常将铜钱穿在一根棒上，使铜钱不乱转，所以将铜钱当中开成方孔。后来人们就称钱为"孔方兄"。

6. 和珅：清乾隆朝权臣，第一贪官。其家产总共超过清政府十五年的财政收入的总和。乾隆帝崩，嘉庆赐和珅七尺白绫自尽，其时年49岁。

7. 羑里：古地名，在今河南安阳汤阴县北的羑里城遗址，为商朝囚禁周文王的地方。羑里，是我国遗存历史最悠久的国家监狱遗址，亦是国家重点文物保护单位。

63. 沁园春·西藏和平解放七十周年

雪域高原，活佛经台，圣殿巍峨。庆和平解放，司仪隆重；石榴紧抱，藏汉欢歌。昔日农奴，当家做主，簇簇牛羊卧绿坡。边陲静，是金珠玛米，枕甲横戈。

神奇屋脊嗟哦，云端耸皑皑望奈何。看如今天路，贯连高速；铁龙飞架，银燕穿梭。对口扶贫，雅江新貌，幢幢楼房幸福多。献哈达，祝扎西德勒，佳酿青稞。

节日简介

节日日期：2021 年 8 月 19 日。

西藏自古以来就是中国不可分割的一部分。和平解放西藏、驱逐帝国主义侵略势力出西藏，实行民主改革、废除西藏政教合一的封建农奴制，是近代以来中国人民反帝反封建的民族民主革命的重要组成部分，也是新中国政府面临的重大历史任务。

经过艰苦斗争和工作，挫败了美英等阻挠谈判的阴谋。以阿沛·阿旺晋美为首的西藏政府代表团于 1951 年 5 月 23 日由中央人民政府和西藏地方政府签订了《中央人民政府和西藏地方政府关于和平解放西藏办法的协议》。

七十年来，西藏实现了从黑暗走向光明、从落后走向进步、从贫穷走向富裕、从专制走向民主。西藏翻天覆地的巨大变化充分证明：没有共产党也就没有新西藏。只有坚持党的治藏方略，才能实现西藏的繁荣进步，才能开创西藏的美好未来。

2021年8月19日，庆祝西藏和平解放70周年大会在拉萨隆重举行。全国政协主席、中央代表团团长汪洋向西藏自治区政府、中国佛协西藏分会等分别赠送了习近平主席题词的"建设美丽幸福西藏　共圆伟大复兴梦想"贺匾和贺幛。

词文注释

1. 圣殿：布达拉宫，是一座宫堡式建筑群。最初是吐蕃王朝松赞干布为迎娶文成公主而兴建，距今已有1300年的历史。17世纪重建后成为历代达赖喇嘛的冬宫居所，为西藏政教合一的统治中心。布达拉宫的主体建筑为白宫和红宫两部分，高200余米，外观13层，建于山腰石壁，屹立如峭壁，建筑与山岗融为一体，气势雄伟。

1994年，布达拉宫被列为世界文化遗产。

2. 石榴紧抱：石榴，落叶灌木或小乔木，原产地中海岸，现产我国大部地区。晋渊岳《安石榴赋》"华实并丽，滋味亦殊，商秋受气，收华敛实，千房同蒂，千子如一……"习近平总书记指出："各民族在中华民族大家庭中像石榴籽一样紧紧抱在一起。""六合同风，九州共贯。""我国56个民族都是中华民族大家庭的平等一员，共同构成了你中有我、我中有你、谁也离不开谁的中华民族命运共同体。"

3. 金珠玛米：藏族老百姓对人民解放军的亲切称呼。"金珠"藏语意为救苦救难菩萨，"玛米"意为"兵"，金珠玛米的意思是"菩萨兵"。

4. 屋脊：青藏高原，被称为"世界屋脊""地球第三极"。青藏高原东西长 2800 公里，南北宽 300—1500 公里，总面积 250 平方公里。

5.雅江．雅鲁藏布江，发源于西藏南部杰马央宗冰川，上流称马泉河，经巴昔卡出中国境。全长 3848 公里，中国境内 2057 公里。

雅鲁藏布江流域富饶美丽，它是藏族人民文化的摇篮。作为一条"天河"，它给西藏人民带来的不仅仅是过去，更是光辉灿烂的未来。

6.哈达：蒙古族、藏族人民作为礼仪用的丝织品，是社交活动中的必备品。藏文中"哈"是"口"的意思，"哈达"两字直译出来：口上的一匹马，即是说这种礼物相当于一匹马的价值。

7.扎西德勒：藏语表示欢迎、祝福吉祥。"扎西"是吉祥的意思，"德勒"是好的意思，连起来就是"吉祥如意"。

64. 沁园春·处暑

　　秋伏难消，高温流连，竟日攀升。叹反常酷热，温超四十；朱炎煎蛋，溽暑烦蒸。花草焦枯，风云循影，鸟雀藏林蝉怨声。母秋虎，问何时退却，渐灭狰狞。

　　迎秋未觉凉清，但祈愿雷神闪电鸣。盼金风盈抱，稻菽含笑；枝垂晨露，珠映河星。田野飘香，山川雨润，苹果葡萄挂水晶。天任性，待涛声催雨，敖广扬灵。

 节气简介

　　节气日期： 2022 年农历七月二十六，公历为 8 月 23 日。

　　处暑： 二十四节气中的第十四个节气。斗指戊，太阳黄经达 150 度；于每年公历 8 月 22—24 日交节。处暑，即为"出暑"，"处，止也"，"处"是终止的意思，是炎热离开的意思。时至处暑，暑热将尽，已到了"三暑"之"末暑"，意味着三伏已过或近尾声，酷热难熬的天气即将结束。

　　处暑三候："一候鹰乃祭鸟；二候天地始肃；三候禾乃登。"即在此节气中老鹰开始大量捕猎鸟类；天地间万物开始凋零；"禾乃登"的"禾"指的是黍、稷、稻、粱类农作物的总称，"登"即成熟的意思，

如"五谷丰登"。

传统习俗：

祭祀迎秋：处暑前后民间有祭祀中元的民俗活动，俗称"七月半"或"中元节"。

吃鸭子："七月半鸭。"此时鸭子最为肥美营养，做好鸭子菜，要端一碗送邻居，正所谓"处暑送鸭，无病各家"。

放河灯：在水中放河灯，任其漂流，悼念逝者，祈保平安。

起居养生： 处暑后人易产生"秋乏"疲惫感。要保证充足睡眠。饮食清淡，多吃西红柿、茄子、葡萄、梨等食物。可畅游郊野，迎秋赏景，登高望远，舒畅情志。

词文注释

1. 反常酷热：我国多地正在持续极热天气，全国高温地图持续冲上热搜。局地出现极端强降水，呈现"水深火热现象"。国家气候中心的监测显示，仅 2022 年 6 月至 7 月 12 日，我国平均高温日数 5.3 天，较常年同期偏多 2.4 天，为 1961 年以来历史同期最多。

专家指出，人类活动导致温室气体排放，是造成全球极端高温频发的主要原因。大气环流异常是我国近期极端高温产生的直接原因。

上海、重庆、杭州、长沙、西安等多地的气温也连续多日突破 40 摄氏度以上。

2. 母秋虎：秋老虎分公母，根据炎热程度来区分，母老虎要比公老虎凶很多。有句俗话这样说"母秋凶，公秋爽"。那么公秋、母秋怎么区分呢？

第一种说法：白天立秋为阳，是"公秋"；晚上立秋为阴，是"母秋"。

第二种说法：单日立秋为阳，是"公秋"；双日立秋为阴，是

"母秋"。

这和很多地方流传的"早立秋,凉飕飕,晚立秋,热死牛"等说法一致。

2022年立秋日为农历七月十日,晚上8:29分,为母秋。故立秋后出现酷热难耐的极端天气。

3. 雷神:中国古代神话中司雷之神,据《山海经·海内东经》记载,雷神居住在雷泽,外形为龙身,人头,拍一下自己的腹部,就会发出打雷声。

纪念地:五当山雷神洞,是五当山道人张守清修炼清徽雷法和祈雷的场所,也是武当山唯一单独供奉雷神的地方。

4. 敖广:东海龙王敖广。为"四海龙王"之首,统治东海之洋,主宰着雨水、雷鸣、洪灾、海潮海啸等。虽为司雨之神,但其保持着较大的特殊自由性,人间降雨由其他江河湖井龙王完成,很少需要东海龙王亲自降雨。海洋管辖之权为龙王所有,天庭一般任其自治。

65. 沁园春·国际慈善日

天地风云，尘世灾祸，难料谁家。唱爱心奉献，低吟呼唤；东风化雨，霈泽桑麻。生命源泉，死神却步，真善浇开幸福花。雪中炭，胜浮屠七级，福寿追加。

扶贫济困殊嘉，感今古仁贤众口夸。赞裸捐范蠡，巨财三散；郭公献血，六万精华，榜样雷锋，助残援弱，让座谦恭春满车。基金会，聚八方甘露，润物滋芽。

节日简介

节日日期：每年9月5日。

国际慈善日：9月5日是国际慈善日。联合国于2012年通过决议将每年的9月5日定为国际慈善日，以鼓励全世界组织及个人的慈善行为，促进团结和相互理解。也是为了纪念有着"全世界穷人之母"美誉的特里萨修女。

我国全国人大为了和"国际慈善日"接轨，于2016年3月16日通过决议，将每年的9月5日定为"中华慈善日"。

特里萨修女简介：1910年，特里萨生于马其顿的一个富裕家庭。12岁萌生了做修女的愿望，18岁远赴印度受训成为修女。27岁发终身誓愿并升任女修道院院长。自 38 岁起，她开始在加尔各答贫民窟为赤贫者、濒死者、弃婴、麻疯病人服务生涯。40 岁时，建立"仁爱传教修女会"。1979 年获诺贝尔和平奖。

1997 年 9 月 5 日，这位身材矮小、广受爱戴的修女，平静地离开了人间，享年 87 岁。

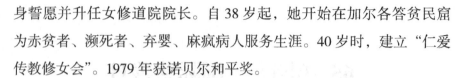

词文注释

1. 唱爱心奉献：唱《爱的奉献》经典歌曲。1989 年韦唯在中央电视台春晚上演唱了这首歌曲。它凭借浅显易懂的歌词、舒缓温暖的旋律以及高尚大气的主题而广为流传。《爱的奉献》不仅脍炙人口，更成为公益歌曲的标签；当国家和人民需要温暖和感动的时候，这首歌的旋律总是会响起。

2. 浮屠：佛教语。一指佛陀，佛；二指佛教；三指和尚；四指佛塔；五指旧时称伞或旗的顶子，因其形似塔顶故名；六指博戏中的一种贵彩。

3. 范蠡：春秋末期政治家、军事家、谋略家、经济学家、道家学者，越国国相，上将军。曾献策扶助越王勾践复国，兴越灭吴。功成名就后，急流勇退，隐去。

因范蠡一生艰苦创业，三致千金，又能广散钱财，救济贫民，且有淡泊名利的商人形象，在他去世后，逐渐被后人尊之为财神、商圣、商祖、慈善家。许多生意人都供奉他的塑像、画像。

4. 郭公：当代雷锋郭明义。辽宁鞍钢人。全国五一劳动奖章获得者，辽宁省特级劳动模范，第三届全国道德模范。献血模范：19 年献血 6 万毫升，是他身体血液的 10 倍多，获"全国无偿献血奉献奖金奖"。

5. 基金会：（慈善基金会）利用自然人、法人或者其他组织捐赠的财产，以从事公益事业为目的，按照管理条例的规定成立的非营利性法人。基金会分面向公众募捐的基金会和不得面向公众募捐的基金会。公募基金会按照募捐的地域范围，分全国性公募基金会和地方性公募基金会。根据国家法律规定，基金会必须在民政部门登记方能合法运作。就其性质而言，是一种民间非营利组织。

66. 沁园春·白露

八月天高，寥廓苍茫，望眼彩妆。看流金稻浪，缥红江岸；甘甜瓜果，沁润飘香。雨送秋声，雁传霜信，喜看耕农收获忙。千重色，赏风光如画，醉了心房。

亘年如此牵肠，引今古骚坛锦绣章。有蒹葭秦韵，诗词唐宋，赋声愁绪，怅问枫霜。感慨枯莲，悲吟晨露，轻笑当歌梦路长。休停笔，把迷人秋色，收入诗囊。

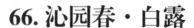 节气简介

节气日期： 2022 年农历八月十二，公历 9 月 7 日。

白露： 二十四节气中的第十五个节气，斗指癸，太阳黄经达 165 度；于公历 9 月 7—9 日交节。白露是反映自然界寒气增长的重要节气，是热与凉的分水岭。时至白露，夏季风逐渐为冬季风所代替，冷空气转守为攻，太阳直射点南移，北半球日照时间变短，光照强度转弱，地面辐射散热快，所以温度下降速度也逐渐加快。白露天气渐渐转凉，寒生露凝。古人以四时配五行，秋属金，金色白，以白形容秋露，故名"白露"。白露昼夜温差大，有"白露秋分夜，一夜凉一夜"之说。

白露三候："一候鸿雁来，二候玄鸟归，三候群鸟养羞。"意思是在这个节气，鸿雁与燕子等候鸟南飞避寒，群鸟养羞，这个"羞"同"馐"，是美食。也就是说百鸟开始贮存干果粮食以备过冬。农民也忙着收获庄稼，正所谓"抢秋抢秋，不抢就丢"。

传统习俗：白露期间各地民俗丰富多彩，主要有祭祀禹王、酿五谷酒、喝白露茶、收清露等。收清露，即秋露繁时，以盘收取，煎如饴，令人延年身轻不饥，愈百病，止消渴，肌肉悦泽。

起居养生：由于早晚温差大，所以"春捂秋冻"是一条养生保健的经典。

词文注释

1. 流金：秋天的田野像铺了一地金子，秋风吹来，便掀起一阵阵金色的波浪。

2. 秋声：秋天里自然界的声音，如风声、落叶声、虫鸟声。北周庾信《周谯国公夫人步陆孤氏墓志铭》："树树秋声，山山寒色。"

3. 雁传霜信：鸿雁南迁，霜期来临的消息。宋沈括《梦溪笔谈·杂志一》："北方有白雁……秋声则来。白雁至霜降，河北人谓之'霜降'。"清历鹗《九月十三日夜》诗"江声喧岁稔，霜信压秋残。"

4. 心房：心脏内部上面的两个空腔，左右各一，互不相通。亦泛指心中，心。在诗歌文学作品中是一个形容词，常被化用如：不能走入你的心房，在梦里把你探望。陈毅《七星岩》诗："我来游岩遍，怡悦荡心房。"

5. 蒹葭：荻与芦。蒹，没长穗的荻。葭，初生的芦苇。多生于低洼湿地或浅水中。因喻微贱，亦常作谦辞。

秦韵：《诗·秦风·蒹葭》"蒹葭苍苍，白露为霜。所谓伊人，在水一方"。本指在水边怀念故人，后以"蒹葭"泛指思念异地友人。

6.诗词唐宋：唐诗与宋词的并称，唐诗与宋词是中国文学史上的两颗明珠。唐代被称为诗的时代，宋代被称为词的时代。词源于民间，始于唐，兴于五代，盛于两宋。

7.赋声愁绪：欧阳修的《秋声赋》，是继《醉翁亭记》后的又一名篇。作者时年53岁，虽仕途顺，居高位，但长期的政治斗争使他看到世事复杂，逐渐淡于名利。秋在古代也是肃杀的象征，一切生命都在秋天终止。所以他对秋天的季节感受，特别敏感，《秋声赋》就是在这种背景下创作的。

8.怅问：毛主席《沁园春·长沙》"怅寥廓，问苍茫大地，谁主沉浮"之词意。

67. 沁园春·中秋节

碧玉苍穹，绛河闪烁，皓月如丸。看斗星更转，衷肠倾诉；香茶果饼，共赏婵娟。骚客吟怀，佳人望眼，寂寞秋风道远难。天涯月，有几多愁盼，梦枕团圆。

冰轮转磨年年，欣今日凡尘非古前。喜网连世界，视频立见；巴山思念，半日驰还。佳话神舟，人间往返，后羿嫦娥展笑颜。同欢乐，点键盘对饮，何问青天。

节日简介

节日日期：2022 年农历八月十五，公历为 9 月 10 日。

中秋节：又称祭月节、拜月节、团圆节等，是中国民间的传统节日。中秋节源自天象崇拜，由上古时代祭月演变而来。最初日期是在干支历二十四节气"秋分"这天，后来才调至夏历（农历）八月十五。中秋节普及于汉代，定型于唐代，盛行于宋朝以后。中秋节以月之圆兆人之团圆，为寄托思念故乡、思念亲人之情，祈盼丰收、幸福和团聚。

中秋节与春节、清明节、端午节并称为中国四大传统节日。受中华文化的影响，中秋节也是东亚和东南亚一些国家尤其是华人的传统节日。

2006 年，国务院将其列为首批非物质文化遗产。自 2008 年起，中秋节被国务院列为国家法定节假日。

中秋习俗：中秋节自古就有祭月、赏月、吃月饼、饮桂花酒等习俗。发展至今，吃月饼已经是我国南北各地过中秋节的必备习俗。除月饼外，各种时令鲜果、干果也是中秋夜的美食。

神话传说：有嫦娥奔月、吴刚折桂、玉兔捣药及玄宗游月并创作了历史上有名的《霓裳羽衣曲》。

词文注释

1.绛河：银河，又称天河、天汉。古代观象者以北极为基准，天河在北极之南，南方属火，尚赤，因借南方之色称之。唐元稹《月三十韵》："绛河水鉴朗，黄道玉轮巍。"

2.婵娟：形容姿态美好。古诗文里多用来形容女子，例如王安石《送春》："万家笑语横青天，绮窗罗幕舞婵娟。"也形容月亮，花等，例如苏轼《水调歌头》："但愿人长久，千里共婵娟。"

历史典故：屈原有两个学生，男为宋玉，女为婵娟。婵娟热爱屈原，敬仰屈原的品德。在屈原遭到陷害的时刻，始终和屈原站在一起，与宋玉形成鲜明的对照。她不幸误服了南后阴谋杀害屈原的毒酒而献出生命。婵娟被认为是屈原精神的继承和活化。

3.骚客：

（1）诗人，文人。唐刘知几《史通·叙事》："诗人骚客，言之备矣。"

（2）屈原。

4.冰轮：月亮。唐王初《银河诗》："历历素榆飘玉叶，涓涓清月湿冰轮。"

5.网连世界：互联网，是网络与网络之间所串联成的庞大网络。信息交换能以多种形式存在，包括视频、图片、文字等。因此，可在电脑、手机上视频会面。

6.巴山：泛指巴蜀一带。唐李商隐诗："君问归期未有期，巴山夜雨涨秋池。何当共剪西窗烛，却话巴山夜雨时。"描写诗人对在长安妻子的思念。

7.半日驰还：巴蜀，川陕渝鄂交界一带，自古交通闭塞，素有"蜀道难，难于上青天"之说。如今，经过新中国成立后70多年的建设，目前已形成了一个高铁、高速公路、三峡黄金水道、航空的立体交通体系，四通八达，迈向了"蜀道畅"的历史性跨越，极大地方便了人们的生活、出行。

8.神舟：宇宙飞船，是一种运送航天员、货物到达太空并安全返回的航天载人器。我国的神舟飞船，是我国自行研制、具有完全自主知识产权、达到或优于国际第三代载人飞船技术的空间载人飞船。

68. 沁园春·教师节

百业崇高，孔孟先贤，夫子颂扬。看校园内外，尽皆欢庆；朝官百姓，祝福辉张。手捧鲜花，胸披缎带，模范登台受表彰。每佳节，感灵魂书匠，无尚荣光。

尊师重教风昌，令无数园丁沸血狂。站讲台三尺，朝来暮往；青灯伏案，岁染鬓霜。德艺真传，慈恩展布，两袖清风育栋梁。最欣慰，有门生获奖，胜饮参汤。

节日简介

节日日期：每年 9 月 10 日。

中国教师节：1985 年，第六届全国人大第九次会议通过决议，确定每年 9 月 10 日为中国教师节。

演变历史：1939 年，国民政府决定立孔子诞辰日即 9 月 28 日为教师节。

新中国成立后，中央政府曾恢复 6 月 6 日为教师节。1997 年之前香港的教师节定为每年的 9 月 28 日，即孔子诞辰日，回归后改回 9 月 10 日。在台湾地区仍将 9 月 28 日孔子诞辰日确定为教师节。

日期争议：教师节定在什么时间最合适，历有争议。2004 年起，时任全国政协委员、人文学者李汉秋以提案方式，多次呼吁以孔子诞辰日9月28日为教师节。这个日子有延续源远流长的历史传统和历史文化内涵，也恰如其时，因新学年开始时的繁忙已经过去，可以有时间筹办教师节活动。

节日意义：建立教师节，标志着教师受到国家和社会的尊敬，也极大地提高了广大教师从事教育事业的积极性。教师工作在很大程度上决定着中国的未来。

词文注释

1. 孔孟：儒家代表人物孔子和孟子的并称。在儒家传统中孔孟总是形影相随，既有大成至圣，则有亚圣。既有《论语》，则有《孟子》。孔曰"成仁"，孟曰"取义"。他们的宗旨也始终相配合。

2. 夫子：

（1）旧时对学者的尊称：孔夫子、孟夫子、朱夫子。

（2）旧时学生称老师。

（3）旧时妻称夫。

（4）读古书而思想陈腐的人（含讥讽意）：老夫子、迂夫子、夫子气。

3. 朝官：官员，亦为政府工作人员的总称。指中国封建时代九品官中的任何一种官职，较低级的官吏由通过中国经典文学考试（科举考试）及格的人来充当。

4. 灵魂书匠："教师是人类灵魂工程师"是前苏联领导人加里宁说的。由于教师在塑造年青一代的品格中起到了关键性的作用，并影响年轻人形成良好的思想道德和形为习惯，因此教师是"人类灵魂工程师"。

5. 园丁：专门从事园艺的劳动者；今亦常喻指教育工作者。因为

我们喜欢把学生称为祖国的花朵，所以才称老师为培育学生（花朵）的园丁，是最质朴的褒称。出处：宋陆游《秋晚村舍杂咏》"园丁种冬菜，邻女卖秋茶"。柳仲甫《园丁之歌》："好花要靠园丁育。"

6.门生：泛指学生与弟子。东汉，称儒学宗师亲自授业者为弟子，转相传授者为门生。与宗师形成私人依附关系。甚至依附名势者，也自称门生。后世门生，主要是指学术上的师承关系。

7.参汤：一道美食，主要原料选用狗鞭、狗蛋，配以人参、枸杞、大枣、莲子，通常采用烩的技法制成，其菜肴具有汤汁浓白、味感清淡的特点，有补益五脏、强身健体之功效。这里泛指美食补药、山珍海味。

69. 沁园春·全国科普日

宇宙茫茫，奥秘伏藏，亘代究查。探风云日月，神奇盘古；溯源始祖，创世灵娲。技艺传承，天工开物，华夏文明万国夸。最欣慰，是发明四项，光耀中华。

先贤聪慧根芽，社稷旺创新绽百花。看畜禽五谷，杂交优化；破除迷信，解惑妖邪。巡海蛟龙，祝融拍照，北斗航行岂有差。学科学，展腾飞翅膀，情寄童娃。

节日简介

节日日期： 2022 年为 9 月 18 日。

全国科普日： 最初为 2003 年 6 月 29 日。从 2005 年起，为了便于广大群众、学生更好地参与活动，活动日期由原先的 6 月改为每年 9 月第三个公休日，作为全国科普日活动集中开展的时间。

发展历程： 全国科普日由中国科协发起，为纪念《中华人民共和国科学技术普及法》的颁布和实施而举办的科普活动。

节日意义： 全面建设小康社会，必须发挥科学技术作为第一生产力的重要作用。随着全球一体化的时代发展，加强科学技术普及教育，提高民族科学素质，是大力实施科教兴国战略、全面推进素质教

育的重要举措。

节日目的： 通过组织开展全国科普日活动标识、主题征集活动，在全社会进一步营造"人人都是科普人、处处都是科普所"的良好氛围，激发全体公民学科学、爱科学、用科学的热情，为中国科普活动的可持续发展提供不竭源泉和动力。

词文注释

1.宇宙茫茫：广义的宇宙定义是万物的总称，是时间和空间的统一。狭义的宇宙定义是地球大气层以外的空间和物质。

而宇宙，目前大致有三种概念：唯心者意思宇宙；唯物者物质宇宙；法则宇宙。

在宇宙中，地球是目前人类所知唯一一颗有生命存在的星球。

2.奥秘：宇宙空间是人类继地球大陆、海洋和大气层以后进入的第四个活动领域。

一直以来，浩瀚无垠的宇宙对人类来说都是一个陌生的世界，充满着无穷的奥秘。人们对宇宙奥秘揭示得越多，就越发现宇宙深不可测。太阳系共有八颗行星，地球只是太阳系的一个普通成员。从太阳系延伸到银河系，银河系包括1000多亿颗恒星。

3.灵娲：女娲，我国上古神话中的创世女神，是华夏民族人文先始。相传女娲造人，一日七十化变，以黄泥仿照自己抟土造人。

4.天工开物：《天工开物》是中国和世界上第一部关于农业和手工业生产的综合性的科学技术著作。

5.发明四项：中国古代的四大发明，包括指南针、造纸术、火药、印刷术。

四大发明是中国古代先民为世界留下的一串光辉的足迹，是为人类文明进步做出巨大贡献的象征，对世界文明发展史产生巨大的

影响。

四大发明的说法，源自英国汉学家李约瑟。

6.杂交优化：通过不同的基因型的个体之间的交配而取得某些双亲基因重新组合的个体的方法。一般情况下，把通过生殖细胞相互融合而达到这一目的过程称为杂交。现已发展到百行百业包括畜禽五谷各个领域。

7.祝融：这里指《天问一号》祝融火星车，已着陆火星并传回多批科学影像图片。

70. 沁园春·秋分

　　天地阴阳，昼夜时光，今日平分。喜秋高气爽，碧空如镜；飘香丹桂，降露晨昏。果挂枝藤，稻翻金浪，一抹残阳几醉人。宛如画，那层峦五色，可是凡尘。

　　秋姿丰艳迷君，阴渐浸还须护爱身。乐粗粮淡味，柿梨润肺；安眠濯足，小酌怡神。名利无求，诗书自乐，禽戏欢歌壮骨筋。登高望，纳岳灵金气，彭祖传真。

节气简介

　　节气日期：2022 年农历八月二十八日，公历为 9 月 23 日。

　　秋分：二十四节气之第十六个节气。斗指酉；太阳黄经达 180 度；于每年公历 9 月 22—24 日交节。秋分这天太阳几乎直射地球赤道，全球各地昼夜等长。秋分日后，太阳光直射南移，北半球昼短夜长，昼夜温差加大，气温逐日下降。秋分这天正好在秋季 90 天的中间，有着"平分秋色"的意思，所以叫"秋分"。

　　秋分三候：一候雷始收声。古人认为，雷是因为阳气盛而发声，秋分后阴气转盛，所以不再打雷。二候蛰虫坯户。由于天气变冷，蛰居的小虫开始藏于穴中，并用细土将洞口封起来，以防寒气侵入。三候水始涸，由于天气干燥，水气蒸发快，河流、湖泊水量变少，一些沼泽水洼便处于干涸之中。

起居养生：农谚说，"一场秋雨一场寒"，秋节天气干燥，外为燥邪。主要重在益肺润燥，如练吐纳功、叩齿咽津润燥功。饮食宜多喝水，吃清润、温润的食物，如芝麻、核桃、糯米、蜂蜜、梨等，可起到滋阴润肺、养阴生津的作用。

词文注释

1.平分：秋分日这天，太阳几乎直射地球赤道，全球各地昼夜等长，日夜时间平分。

2.碧空如镜：碧空如洗，碧蓝的天空像刚洗干净一样，形容秋天天气晴朗。沈从文《长河·秋》："其时碧空如洗，有一群大雁鹅正排成人字从高空中飞过。"

3.丹桂：李时珍《本草纲目》中记载，花有白者名银桂，黄者名金桂，红者名丹桂；有秋花者、春花者、四季花者、逐日花者。李时珍以花色、花期作为桂花品种分类的标准，一直沿用至今。

4.降露晨昏：空中水气凝结在地物上的液态水。傍晚清晨，地面辐射冷却，地面或地物上就会出现微小的水滴，称为露。

5.凡尘：佛教、道教或神话故事中指人间；尘世。《警世通言·庄子休鼓盆成大道》："莫把金枷套颈，休将玉锁缠身。清心寡欲脱凡尘，快乐风光本分。"这里指神话中仙人生活的地方，亦指风景绝美的地方，疑是"蓬莱仙界""人间仙境"，喻景物极美的地方。

6.濯足：本谓洗去脚污。后以"濯足"比喻清除世尘，保持高洁。这里指的是中医养生泡脚。脚又被称为人体的第二心脏，脚离心脏最远，而负担最重，"人之有脚，犹似树之有根，树枯根先竭，人老脚先衰"。用热水泡脚，既解乏，又利于睡眠，可改善局部血液循

209

环，祛除寒冷，促进代谢，最终达到养生保健的目的。人们常说："富人吃补药，穷人泡泡脚。"

7.禽戏：东汉华佗创编的五禽戏，是中国传统养生的一个重要功法。2011年被国务院命名为国家非物质文化遗产。

8.岳灵：山岳的灵气、精气。

9.彭祖：道教神仙，以长寿著称。相传历夏而至商末，号七百岁。彭祖，擅房中术，故后世房中著作多有借托之名者。

71. 沁园春·世界无车日

都市喧嚣，车涌如潮，嘀嘀心惊。看奔驰宝马，高能油耗；名牌国产，鸣笛嘶声。尾气侵喉，浮尘迷眼，蔽日朦胧遮月星。遇三急，望红灯闪闪，分秒难撑。

减排生态平衡，拥倡导幡然座驾停。享公交实在，电驴便捷；城中举步，郊外骑行。腰腿舒张，筋骸和畅，悦目田园别样情。选绿色，莫一时作秀，习惯天成。

节日简介

节日日期：每年 9 月 22 日。

世界无车日：为每年 9 月 22 日。由法国 1998 年倡议发起"今天我在城里不开车"的活动，后得到各国积极响应。其宗旨是增强人们的环保意识，认识、了解汽车对城市环境造成的危害，鼓励人们在市区使用公共交通工具，骑行或步行。如今，保护环境、倡导绿色出行，发展节能型和新能源汽车已成为全球共识。

为鼓励更多市民乘坐公共交通工具，减少交通对城市空气的污染，2001 年成都成为中国第一个、亚洲第二个举办无车日活动的城市。我国于 2007 年迎来全国无车日活动。需要指出的是，"世界无车"活动并不是拒绝汽车，而是要唤醒民众对环境问题的重视。9 月 22 日这天让我们恢复行走和活动自由，来体味平静生活的快乐。

据统计，截至目前，全国共有 4.08 亿辆汽车。我国交通事故近三年来平均每年死亡人数 6.3 万人以上，事故发生数为 23.19 万起。

2022 年"世界无车日"我国宣传的主题是"绿色生活，从身边做起"，少开一天车，为地球母亲减轻一天负担。

词文注释

1. 滴滴：汽车喇叭声音，轰轰隆隆，震耳欲聋。嘀嘀嗒嗒，令人心烦。

2. 奔驰宝马：奔驰，又名梅赛德斯－奔驰，著名的德国品牌，也是世界闻名的豪华汽车品牌。其完美的技术水平，过硬的质量标准，无不令人称道。在中国内地称为"奔驰"，中国台湾译为"宾士"，中国香港译为"平治"。宝马，德国汽车品牌，《2018 世界品牌 500 强》排名第 16 位。宝马车加速性能和高速性能在世界汽车中数一数二。因而各国警方的警车的首选就是宝马汽车。

3. 三急：人有三急。含义：一是说人有尿急、便急、屁急，有时是憋不住的。二是说人一生必须要的内急、性急、心急。内急，即上厕所急；性急，即结婚入洞房急；心急，即老婆在里面生孩子你在外面等急。三是广义上讲，三急是任何人难以忍受，到了时候都憋不住的急事：内急了就地大小便、饿急了吃树根香灰、困急了站着都有睡着的。不分男女老幼，甚至不分物种。

4. 减排：节约能源，降低能源消耗，减少污染物在环境中的排放。

5. 公交：公共交通，公共交通是指城市内运营的公共汽车及轨道交通、渡轮、索道等交通方式。

6. 共享：这里指共享单车。公共交通工具的"最后一公里"是城市居民出行主要障碍。共享单车企业通过在校园、地铁站、公交站等地提供服务，完成交通行业最后一块"拼图"。共享单车是一种分时租赁模式，也是一种新型绿色环保出行方式。

7. 作秀：利用媒体等途径宣传提高自身的知名度。基本释义：

（1）表演，演出：歌星们依次上台作秀。

（2）为了销售、竞选等而进行展览、宣传等活动：想方设法作秀促销。

（3）弄虚作假，装样子骗人：那人惯会作秀，见什么人说什么话。

72. 沁园春·丰收节

天阔玄清，云送金风，胜景疑仙。似灯笼果挂，葡萄珠串；稻粱翻浪，百物堆盘。汗洒田畴，谷收仓廪，沃野机鸣雀鸟喧。小庭院，看举杯掐算，老汉开颜。

惠农造福丰年，喜百姓而今享美餐。赞勤身垄亩，披霞沐晚；寒凉炎暑，无畏辛艰。耄耋隆平，育秧忘倦，当代神农酬志坚。庆佳节，听高歌希望，春播秋欢。

节日简介

节日日期： 每年秋分日，2022 年为 9 月 23 日。

丰收节： 经中央批准、国务院批复，自 2018 年起，将每年农历的秋分日设立为"中国农民丰收节"。丰收节的设立，极大地调动亿万农民的积极性、主动性、创造性，提升农民的荣誉感、幸福感、获得感，是一件具有历史意义的大事，是一件蕴含人民情怀的好事。

节日设立： 农民是中国人口的最大多数。中国古代就有庆五谷丰登、盼国泰民安的传统，通过举办民俗表演、技能比赛、品尝美食等活动，一起分享丰收的喜悦。目前有 13 个少数民族有庆祝丰收节日。因此，国务院将每年农历秋分设为"中国农民丰收节"，也可展示农村改革发展的巨大成就，也展现了中国自古以来以农为本的传统。

2020 年 5 月，袁隆平、申纪兰、冯巩、海霞、冯骥才、李子柒 6 人获聘"中国农民丰收节推广大使"。

词文注释

1. 玄清：天空。晋葛洪《抱朴子·任命》："笃隘者执束于滓涅，达妙者消遥于玄清。"又指祭祀所用的清水。

2. 灯笼：各种水果如苹果、梨、柿子、石榴、桃等，红黄灿灿，如灯笼般悬挂于果树枝条上。

3. 百物堆盘：意思是万物，亦指各种货物。汉王符《潜夫论·务本》：六畜生于时，百物聚于野，此富国之本也。汉张衡《西京赋》：地沃野丰，百物殷阜。这里把大地比作果盘，金秋时节，百物丰盈，像堆满的果盘一样。

4. 掐算：掐指一算。一是指《易经》中最高层次的预测学：奇门遁甲的算法。二是扳着指头算，比喻数量多少，同"屈指一算"。

5. 惠农：中共中央 2015 年发布的"一号文件"27 条"惠农"政策。支持农业的发展、提高农民的经济收入和生活水平，推动农村的可持续发展而对"农业、农民、农村"（简称三农）给予的 50 多项政策倾斜和优惠。

6. 隆平：袁隆平（1930 年 9 月 7 日—2021 年 5 月 22 日），首届国家最高科学技术奖得主、共和国勋章获得者、杂交水稻之父。其一生致力于杂交水稻技术的研究、应用与推广。

7. 神农：中国上古传说中的太古帝王名，始教人为耒耜，务农业，农耕，故称神农氏。又传他亲尝百草，发现药材，教人治病，也称炎帝，谓以火德王。

8. 高歌希望：著名歌曲《在希望的田野上》，由时任《歌曲》月刊编辑陈晓光作词，作曲家施光南谱曲。1982年，这首歌交给了当时还不满20岁的青年女歌手彭丽媛演唱，她充满青春活力的深情演绎，让这首旋律优美、歌词极富感染力的歌曲很快流传开来，几十年来，经久不衰。

73. 沁园春·中国烈士纪念日

　　翠柏鲜花，肃穆庄严，碑矗云中。叹吞棉靖宇，丧元明翰；长征惊世，渣洞梅红。舜驿韶山，满门忠烈，鬼泣神钦民敬崇。千千万，勇捐躯为国，气贯长空。

　　太平盛世昌隆，难忘却长眠地下雄。赞援朝抗美，保家卫国；心怀大愿，国际歌洪。告慰泉台，一流国力，问鼎寰球傲亚东。承先志，正巡洋探月，又向苍穹。

纪念日日期

纪念日日期：每年 9 月 30 日。

纪念日简介

中国烈士纪念日：纪念中国烈士的法定纪念日。2018 年 4 月 27 日，全国人大通过《中华人民共和国英雄烈士保护法》，决定每年 9 月 30 日为烈士纪念日。并规定国家在首都北京天安门广场人民英雄纪念碑前举行纪念形式，缅怀英雄烈士。县级及以上地方人民政府、军队有关部门应当在烈士纪念日举行纪念活动，并邀请英雄烈士遗属代表参加。2018 年以来，在纪念日当天上午，习近平等党和国家领导人同各界代表一起，在天安门广场向人民英雄纪念碑敬献花篮。

社会评价：设立烈士纪念日很有必要，这对缅怀烈士的丰功伟绩，弘扬爱国主义精神，激发实现中华民族伟大复兴中国梦的精神动力，有积极推动作用。

将纪念日定为每年的 9 月 30 日，即国庆节的前一天，让全国人民永远不要忘记：先有无数先烈的前仆后继，奋勇献身，才有我们国家今天的繁荣富强、文明进步。

词文注释

1. 吞棉靖宇：靖宇，即杨靖宇，抗日民族英雄，东北抗日联军创建者和领导人。1940 年 2 月 23 日，由于叛徒告密，杨靖宇在冰天雪地、弹尽粮绝的情况下，孤身一人与大量日寇周旋，战斗几昼夜后在今吉林省靖宇县壮烈牺牲。日军剖开杨靖宇的腹部和胃，看到里面根本没有一粒粮食，只有草根和棉絮。

2. 丧元明翰：明翰，即夏明翰，湖南衡阳人。无产阶级革命家，烈士。1928 年 3 月 20 日，夏明翰在武汉汉口被敌人杀害，时年 28 岁。留有著名的《就义诗》：

砍头不要紧，只要主义真。

杀了夏明翰，还有后来人。

2009 年被评为 100 位为新中国成立作出突出贡献的英雄模范人物。

3. 渣洞梅红：渣洞，指重庆市歌乐山渣滓洞集中营监狱。国民党在此关押的有江竹筠等革命者，最多时达三百多人。1949 年 11 月 27 日，囚禁于此的近三百英烈被杀害。梅红，指歌剧《江姐》主题曲《红梅赞》："红岩上红梅开，千里冰霜脚下踩……"的歌词。

4. 舜驿韶山：传说舜帝南巡来到韶山，见此风景宜人，便令随从奏起韶乐，故名韶山。韶山，是伟大领袖毛主席的故乡。为了中国革命的胜利，毛主席牺牲了六位亲人：妻子杨开慧、儿子毛岸英、大弟毛泽民、小弟毛泽覃、堂妹毛泽建、侄儿毛楚雄。

5. 赞援朝抗美：抗美援朝战争，是 20 世纪 50 年代初爆发的朝鲜战争的一部分，中国人民志愿军参战的阶段。在抗美援朝战争中，志愿军得到了以苏联为首的社会主义阵营的配合。1953 年 7 月，双方签订《朝鲜停战协定》，从此抗美援朝战争胜利结束。1958 年，志愿军全部撤回中国。10 月 25 日为抗美援朝纪念日。

74. 沁园春·庆祝新中国七十华诞

千古文明，百年屈辱，今日高昂。忆山河破碎，列强蹂躏；清廷腐败，民物凋伤。大厦倾危，群雄奋起，拥戴毛公伟业匡。新中国，正朝霞旭日，喷薄东方。

历经几代兴邦，喜今日民安家国强。看高楼耸立，靓车满巷；扶贫济困，一体城乡。探望嫦娥，重开丝路，抬问龙船到哪洋。酬壮志，创辉煌时代，再谱华章。

节日简介

节日日期：2019 年 10 月 1 日。

2019 年 10 月 1 日是中华人民共和国成立 70 周年纪念日。党和国家在北京天安门广场举行盛大的阅兵式和群众游行活动。国家主席习近平发表了重要讲话，深情回顾中华人民共和国 70 年波澜壮阔的历史。随后，习近平乘车沿长安街检阅部队。以"同心共筑中国梦"为主题的群众游行开始，游行分"建国创业""改革开放""伟大复兴"三个篇章。10 万群众和 70 组彩车组成 36 个方阵行进。7 万羽和平鸽展翅高飞，7 万只气球腾空而起，伴着《歌唱祖国》的激昂旋律，庆祝大会达到高潮。

中共中央、国务院、中央军委颁发了"庆祝中华人民共和国成立70周年"纪念章。授予42人国家勋章、国家荣誉称号。

2019年9月23日，在北京展览馆还举行了"伟大历程辉煌成就——庆祝中华人民共和国成立大型成就展"开幕式。

10月1日晚，在北京天安门广场举办首都国庆联欢活动，党和国家领导人同首都各界群众代表一起联欢，并观看文艺演出和烟火表演。

词文注释

1.百年屈辱：1840—1949年，西方列强侵略中国充满血与泪的屈辱史：

1840—1842年中英鸦片战争。

1856—1860年第二次鸦片战争。

1894年中日甲午战争。

1900年八国联军侵华战争。

以上各次战争中国均以失败而告终，签订丧权辱国的《南京条约》《北京条约》《天津条约》《马关条约》《辛丑条约》。

2.毛公：毛泽东（1893年12月26日—1976年9月9日），字润之，湖南湘潭韶山人。中国人民的伟大领袖、伟大的无产阶级革命家、中国人民解放军和中华人民共和国的主要缔造者和领导人。因为毛泽东无论是新中国成立前还是新中国成立后担任过的主要职务几乎都称为主席，所以也被人们尊称为"毛主席"。毛主席被视为现代世界历史中最重要的人物之一。《时代杂志》将他评为20世纪最具影响100人之　。

历史贡献：

（1）毛泽东带领中国人民经过了长期的革命斗争，终于赢得了民族独立和人民解放。

（2）创建了新中国。

（3）他带领中国人民走上了社会主义建设的道路。

（4）开创了人民当家做主的新时代。

（5）奠定了中国共产党的执政地位。

（6）奠定了新中国在国际上的大国地位，为开创独立自主的和平外交做出了不懈的努力。

3.扶贫济困：《中国农村扶贫开发纲要（2011—2020年）精神，按照"集中连片、突出重点、全国统筹、区划完整"的原则，在全国共划分了14个片区，680个县，9899万人作为扶贫的主战场。到2020年年底，已实现现行标准下农村贫困全部脱贫、贫困县全部摘帽、区域性整体贫困得到解决，完成了消除绝对贫困的艰巨任务。

4.龙船：我国的航母、军舰，也借指引以为豪的郑和七下西洋的宝船，穿越太平洋、印度洋到达非洲东海岸好望角。

75. 沁园春·国庆大阅兵

瞩目寰球，华夏首都，七十阅兵。看长街铁甲，雄师列阵；铿锵阔步，银燕天惊。快递东风，勇担使命，万里穿云定位精。旌旗展，赞神威将士，统帅豪英。

南昌血雨长征，终做主当家紫禁城。喜如今国力，跃居前列；重开丝路，四海朝京。科技强军，枭狼远遁，陆海穹天巨擘撑。党指引，铸军魂八一，捍卫和平。

节日简介

节日日期：2019 年 10 月 1 日。

国庆大阅兵为 2019 年 10 月 1 日庆祝中华人民共和国成立 70 周年而开展的众多庆祝活动中的一项重要活动。

阅兵地点：北京天安门广场。

阅兵式的全体受阅官兵由人民解放军、武警部队和民兵预备役部队约 15000 名官兵、580 台（套）装备组成的 15 个徒步方队、32 个装备方队；陆、海、空航空兵 160 余架战机，组成的 12 个空中梯队组成。

这次阅兵是中国特色社会主义进入新时代的首次国庆阅兵，彰显了中华民族从站起来、富起来迈向强起来的雄心壮志。人民军队以改革重塑后的全新面貌接受习近平主席检阅，接受党和人民检阅。彰显了维护核心、听从指挥的坚定决心，展示了履行新时代使命的强大实力。

中国当前正处在中美贸易战等关键时刻，阅兵显示了中国直面挑战的坚决态度，表明了没有任何力量可以阻止中国走向伟大的民族复兴。

词文注释

1. 华夏首都：中华人民共和国首都，北京，是世界著名古都和现代化国际城市。截至 2021 年，全市辖 16 个区，常住人口 2188.6 万人。

北京是一座有着三千多年历史的古都，在不同朝代有着不同的称谓：燕京、北平、蓟、幽州等。

2. 长街：长安街，是北京市内一条连接东城区与西城区的城市主干路，为横贯首都城区的东西中轴线路。狭义的长安街东端起于东单路口、西端止于西单路口，总长 3.8 公里。广义长安街全长约 55 公里，西起门头沟三石路、东至通州宋梁路。

长安街因地处北京市中心、历史悠久、多次举办全国重大庆典活动而闻名中外，素有"十里长街""神州第一街"之称。

3. 快递东风：东风快递，是中国人民解放军火箭军在新浪微博平台上开通的实名认证官方微博账号。2018 年，火箭军发布形象宣传："东风快递，使命必达。"中国战略导弹部队在中国 70 周年国庆受到高度关注，成为全世界为之震惊的"快递公司"，就是"犯我中华者，虽远必诛"。

4. 国力：衡量一个国家基本国情和基本资源最重要的指标，也是衡量一个国家的经济、军事、政治和文化、科技、教育、人力资源等实力的综合性指标。

世界上第一经济、军事强国是美国。

中国是世界第二大经济体，是世界第一工业大国、世界第一人口大国、世界人力资源大国、世界第三军事强国。

5. 军魂：八一军魂。为纪念 1927 年 8 月 1 日南昌起义而设立的八一建军节。军魂是人民军队从诞生的那一刻起，就与中华民族的命运息息相融，在近百年的建设发展中不断被实践、不断被强化，肩负光荣与使命。军魂是哪里有危难，哪里就有人民解放军的身影。军魂是以战止战的锋利底色，铸就和平与安宁。一个强大的国防，一支强大的军队，给予全中国人民最大的信心和底气。军魂就是"听党指挥，能打胜仗，作风优良"。

76. 沁园春·重阳节

镜洗蓝天，云淡风轻，叠九重阳。望守时鸿雁，翱翔习字；山花野菊，争艳凌霜。秋叶翩翩，蕊芽点点，桂子新黄飘暗香。临高处，赏层峦五色，胜却春光。

嗣尧承舜兴昌，行孝道仁慈源远长。赞爱亲敬老，奉身堂上；晨昏问候，冷暖牵肠。乌鹊酬恩，仲舒尊孔，廿四图文挈纪纲。接力棒，喜儿孙效仿，孝德弘扬。

节日简介

节日日期：2022 年农历九月初九，公历为 10 月 4 日。

重阳节：中国民间传统节日，节期在每年九月初九，公历日期不确定，2022 年为 10 月 4 日。

"九"数在《易经》中为阳数，"九九"两阳数相叠，故曰"重阳"；因日与月皆逢九，故又称"重九"。古人认为九九重阳是吉祥的日子。古时民间在重阳节有登高祈福、拜神祭祖及饮宴祈寿等习俗。传承至今，又添加了敬老等内涵。登高赏秋与感恩敬老是当今重阳节活动的两大重要主题。

2006 年 5 月 20 日，重阳节被国务院列入首批国家级非物质文化遗产名录。2012 年全国人大通过《老年人权益保障法》，规定每年农历九月初九为老年节。

在道教文化中，九月初九重阳节这天是"升天成仙"的最好时间，道家认为，这一天清气上升，浊气下沉，地势越高，清气聚集越多，就可以乘清气而升天。

在民俗观念中，"九九"与"久久"同音，所以有天长地久、生命长久、健康长寿的寓意。

传统民俗：有登高秋游、插茱萸赏菊、祭祖祈福、晒秋享宴等。

词文注释

1.叠九：重阳节为农历九月初九，"九"在《易经》中为阳数，"九九"两阳数相重，故曰"重阳"。因日与月皆逢九，故又称为"重九"。

2.守时鸿雁：鸿雁，即大雁，性喜群居，是常见的候鸟。每年秋分之际，成百上千地呈一字形或人字形结伴南飞，渡千山万水；春分时，又再度北归，越万里江河，年年如此。

鸿雁既是守时的信鸟，也是专情的贞禽，终生一侣，共育子女，忠贞不渝。

历代文人名句有"鸿雁几时到，江湖秋水多""塞下秋来风景异，衡阳雁去无留意"等佳句。

3.嗣尧承舜：尧和舜，传说"尧舜禅让"反映了原始公社的民主制度，禅让的方式是和平、民主的推选，不是个人权力的转移，体现了"以人为本，任人为贤"的思想；被后世尊为贤明君主，后来泛指圣人。

4.乌鹊酬恩：乌鸦反哺。意思是比喻奉养长辈的孝心。《本草纲目·禽部》："慈乌：此鸟初生，母哺 60 日，长则反哺 60 日。"

5.仲舒尊孔:仲舒,即董仲舒,西汉武帝时人。罢黜百家,独尊儒术,是董仲舒向汉武帝提出的治国思想。《董仲舒传》"推明孔氏,抑黜百家"在汉武帝时开始推行。它维护了封建统治秩序,神化了专制王权,因而受到中国古代封建统治者与历代儒客推崇,成为两千多年来中国传统文化的正统和主流思想。

6.廿四图文:《二十四孝图》,为元代郭居敬辑录古代24个孝子的故事,编辑并配上图画,通称《二十四孝图》,是一本宣扬孝道的通俗读物。

孝是儒家理论思想的核心,维系家庭关系的道德准则,是中华民族的传统美德。"孝道"是中华民族传统文化之精髓。

77. 沁园春·寒露

　　相聚依时，达老守约，玉壶笑颜。喜德高尊长，莅临垂范；名师评点，拨雾江天。入座茶香，绕梁诗咏，形象思维拟喻间。如甘泽，引诗朋感发，兴作连篇。

　　无须露白愁烦，循节气怡神心自宽。乐殷勤耕播，些微采获；花园八载，凤梦初圆。幸遇良师，相逢益友，吟唱陶陶醉砚田。心舒畅，正清秋景艳，把笔行欢。

节气简介

　　节气日期： 2022 年农历九月十三，公历为 10 月 8 日。

　　寒露： 二十四节气之第十七个节气，秋季的第五个节气。斗指戊；太阳达到黄经 195 度；在每年公历 10 月 7—9 日交节。寒露与白露节气相比，气温下降了很多，寒生露凝，因而称为"寒露"。

　　寒露三候： 一候鸿雁来宾，意思是此节气中，鸿雁排成一字或人字形的队列大举南迁；二候雀入大水为蛤，深秋天寒雀鸟都不见了，古人看到海边突然出现很多蛤蜊，并且贝壳的条纹及颜色与雀鸟很相似，便以为是雀鸟变的；三候菊有黄华，说的是在此时菊花已普遍开放。

传统习俗：主要有赏枫叶、吃芝麻、吃螃蟹、饮秋茶等。

起居养生：古语有"白露身不露，寒露脚不露"的说法，"秋冻"的日子已经结束，尤其要注意足部的保暖，谨慎喝凉茶。"春夏养阳、秋冬养阴。"饮食要适当吃些滋阴润燥食物。

词文注释

1. 玉壶：玉壶诗座。玉壶诗座作为湖南省老干部诗词协会的一个小小平台，我们一群志趣相投的诗友，风雨同舟，拜师学艺，互相交流，互帮互学，自2015年成立以来，已走过了8个年头。

2. 绕梁：诗的立意就是确立诗的主题。明代戏剧家汤显祖说："大凡作诗，先须立意，意者，一身之主也！"梁：横梁，建造房屋、桥梁等，横架于柱壁上，支撑其他材料的重要部分，如栋梁、大梁、屋梁等。

3. 赋情脉法：赋，授予、给予、赋予、赋诗，中国古代的一种文体，其特点是"铺采摛文，体物写志"。诗歌表现手法之一。赋情，即诗歌创作，写景叙事，寄情于笔下。脉法是中医脉学术语，指诊脉方法。脉，血管、脉搏，植物叶子上像血管那样连贯而自成系统的东西。"脉"又读mò，用于"脉脉"，形容用眼神表达爱慕的情意。这里喻指写诗创作要遵循章法，谋篇布局，起承转合，起着桥梁纽带的作用，把体裁结构，文字内容，表述意境连缀成一个完美的整体。

4. 形象思维：形象思维方法，是直接将眼睛看到的图画、耳朵听到的声音、鼻子嗅到的气味、舌头品到的口味、皮肤碰到的触觉这些感知形象记忆在头脑中的一种方法，用以提升大脑的思考效率、记忆能力和学习能力。

5. 些微采获：本人从一个对诗词十分陌生、从零起步，通过杨北辰老师等名师悉心施教、指点，和向大家互相学习、交流所取得的些许进步，如在填词方面，仅《沁园春》就有150余首，并正在着手出版一本《百节·沁园春》专著。

　　6. 花园八载：湖南新华书店集团旗下的东塘连锁经营平台——阅读花园店。自2015年5月起，玉壶诗座的成员就每月定期在此举行聚会、交流诗词创作，至今已有8个年头了。

78. 沁园春 · 世界邮政日

鸿雁传书，烽火戏侯，丹荔驰京。忆绿衣使者，儿时仰慕；走村串户，笑语温馨。报刊邮包，汇单函件，送达无差任雨晴。贴方寸，入圆筒寄托，夜梦晨萦。

红尘驿路关情，收发室来回日几程。喜如今通信，电波转瞬；键盘轻叩，万样功能。快递敲门，付银扫码，微信天涯聚一屏。互联网，接吾家北斗，法力超升。

纪念日简介

纪念日日期：每年 10 月 9 日。

世界邮政日：万国邮政联盟的世界性邮政纪念日，为每年的 10 月 9 日。为了广泛地宣传邮政在各国政治、经济、科技、教育、文化发展和人民生活中的作用，万国邮政联盟在 1969 年召开的第 16 届代表大会上通过决议，将每年 10 月 9 日定为"万国邮联日"。在 1984 年召开的 19 届代表大会上，又通过决议，将"万国邮联日"更名为"世界邮政日"，以使这一纪念日有更广泛的影响。

万国邮政联盟现有成员 192 个。中国于 1914 年加入万国邮政联盟。我国曾于 1999 年 8 月 23 日至 9 月 15 日成功举办了第 22 届万国邮政联盟大会。2004 年在第 23 届万国邮联大会上，中国政府推荐的候选人黄国忠当选为万国邮政联盟国际局副总局长。

邮政业务涉及千家万户，通达五湖四海。因此"情系万家，信达天下"已经成为各国政府和邮政运营企业共同追求的目标。

词文注释

1. 鸿雁传书：鸿雁是大型候鸟，每年秋季南迁，常常引起游子思乡怀亲之情和羁旅之感。也有以鸿雁来代书信，亦代称邮递员。

2. 烽火戏侯：烽火戏诸侯，指西周末年，周幽王为博褒姒一笑，点燃烽火台，戏弄了诸侯，褒姒看了果然哈哈大笑。后又多次点燃烽火，导致诸侯们都不相信烽火，也就渐渐不来了。后来犬戎攻破镐京，杀死周幽王。

3. 丹荔驰京：丹荔，荔枝。相传杨贵妃平生最喜食荔枝，有"一骑红尘妃子笑，无人知是荔枝来"的诗句为证。荔枝生于岭南，距京城长安有千里之遥，为了能让杨贵妃吃上色香味美的鲜荔枝，只得将刚摘下的荔枝，一个驿站一个驿站地换快马当日送到京城，因此当杨贵妃看到快马荡起的尘埃，知道是有人送她爱吃的荔枝来了，故喜形于色。

4. 绿衣使者：俗称邮递员。原指鹦鹉，相传唐李隆基时期，长安富翁杨崇义养了一只红嘴绿毛鹦鹉，十分聪明伶俐，很会学人说话，杨崇义被妻子刘氏与李俨通奸合谋杀死，万年县令根据鹦鹉提供的信息破案，唐玄宗封这只鹦鹉为绿衣使者。

5. 方寸：邮票，一般由主权国家发行。邮票的方寸空间，常体现一个国家的历史、科技、经济、文化、风土人情、自然风貌等特色，有国家明片之美誉，具有收藏价值。

6. 圆筒：绿色邮筒邮箱。常见于街道旁，是用来收集外寄信件的邮政设施。曾经路边的绿色邮筒让人觉得那么亲切，盛满着亲情与友情的回忆，每天在固定的时间里"开箱人"会提着一串钥匙准时出现，开箱取件。

7.吾家北斗：中国北斗卫星导航系统。它是我国自行研制的全球卫星导航系统，也是继美国、俄罗斯之后的第三个成熟的卫星导航系统。全球范围内已经有173个国家与北斗导航系统签下了合作协议。

79. 沁园春·辛亥革命纪念日

　　辛亥风雷，席卷神州，震憾清廷。忆武昌枪响，王朝寿尽；三民引路，创建同盟。北伐征袁，联俄联共，天下为公不为名。先行者，布人间博爱，积疾崩薨。

　　缅怀典祭英灵，赞吾党红船遗志承。历井冈星火，长征二万；释嫌合力，打败东瀛。太祖毛公，乾坤拨正，做主当家紫禁城，复兴路，盼同胞携手，两岸和平。

纪念日简介

纪念日日期：每年 10 月 10 日。

辛亥革命：指发生于中国农历辛亥年（清宣统三年），即公元 1911 年至 1912 年年初，旨在推翻清朝专制帝制、建立共和政体的全国性革命。这里的辛亥革命纪念日指的是 1911 年 10 月 10 日（农历八月十九）夜武昌起义爆发，至 1912 年元旦孙中山就职中华民国临时大总统前后这一段时间中国所发生的革命事件。

10 月 10 日晚，新军革命党人熊秉坤打响武昌起义的第一枪。汉阳、汉口的革命党人分别于 10 月 11 日夜、12 日攻占汉阳和汉口。起义军掌控武汉三镇后，湖北军政府成立，黎元洪被推举为都督，改国号为中华民国。武昌起义胜利后，短短两个月内，湖南、广东等15个省纷纷宣布脱离清政府独立。

1912年1月1日，中华民国南京临时政府举行了临时大总统就职典礼，孙中山正式就任中华民国大总统。

1912年2月12日，清帝发布退位诏书。辛亥革命成功地推翻了两千多年的君主封建制度，建立了中华民国，传播了民主共和理念，极大地推动了中华民族思想解放，以巨大的震撼力和影响力推动了中国社会变革和进步。

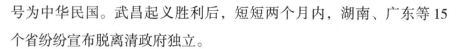

词文注释

1.清廷（1636—1912）：中国历史上最后一个封建王朝，共传十二帝。从努尔哈赤建立后金起共296年，从清兵入关建立起全国性政权算起268年。经平定三藩、统一台湾，康雍乾三朝走向鼎盛，综合国力全球第一。但鸦片战争后多次遭受列强入侵，签订了众多丧权辱国的不平等条约。后进行了洋务运动和戊戌变法等近代化的探索和改革。1912年2月12日，北洋袁世凯迫使宣统帝溥仪颁发了退位诏书，清朝灭亡。

2.三民：新三民主义——民族主义、民权主义和民生主义。三民主义是孙中山一系列挽救民族危亡，探索中国近代的思考与实践经验的总结，是中国人民的精神遗产，是激励中国人复兴中华的伟大力量。

3.同盟：中国同盟会，由兴中会、华兴会、光复会合并而成。是由孙中山领导的一个统一的全国性资产阶级革命政党，成立于1905年8月20日。

中国同盟会在推翻清政府、结束中国两千多年封建帝制的辛亥革命中起到重要作用，是亚洲和中国走向民主共和的开端，在近代中国历史中具有里程碑的意义。

4.北伐：泛指中国历史上由南向北的大规模战略攻击。这里特指1926年至1928年发生的北伐战争，由国民革命军北进讨伐北洋政府的战争，使得中国大陆地区统一在由中国国民党领导之中华民国国民政府旗下。

5.先行者：这里指的是中国近代民主革命的先行者——孙中山先生。

6.博爱："博爱"是孙中山政治学说的一个核心思想，他把"博爱""天下为公""世界大同"视为理想的最高境界和追求的最远目标。孙中山一生题词469件，其中"博爱"就有64件。

80. 沁园春·世界粮食日

菊月霜天，大地香飘，五谷丰收。忆灾荒年代，缺粮饿肚；糠糜野菜，难下咽喉。淌汗锄禾，背弓人瘦，如影贫穷不胜愁。国之幸，有隆平高产，温饱无忧。

欣逢盛世神州，望都市乡郊遍酒楼。款亲朋宴聚，挥金豪爽；果糕堆碟，满桌珍馐。鼓倡光盘，打包节俭，切莫铺张潲桶投。居安记，必端牢饭碗，社稷千秋。

纪念日简介

纪念日日期：每年 10 月 16 日。

世界粮食日：始于 1986 年 10 月 16 日，是世界各国政府每年在 10 月 16 日围绕发展粮食和农业生产举行纪念活动的日子。其宗旨在于唤起全世界对发展粮食和农业生产的高度重视。选定 10 月 16 日作为世界粮食日，是因粮农组织创建于 1945 年的这一天。

2022 年 10 月 16 日是第 42 个世界粮食日，活动主题是"不让任何人掉队。更好生产、更好营养、更好环境、更好生活"。我国粮食安全系列宣传活动主题是："保障粮食供给，端牢中国饭碗。"

"民以食为天"，粮食在整个国民经济中始终具有不可替代的基础地位。1972 年，连续两年气候异常造成的世界性粮食歉收，加上苏联大量抢购谷物，出现了世界性粮食危机。

1973 年，联合国粮农组织召开会议，以唤起世界特别是发展中国家注意粮食及农业生产问题，增加粮食生产，更合理地进行粮食分配，与饥饿和营养不良作斗争。

词文注释

1. 菊月：农历九月是菊花开放的时期，古称之为菊月。农历九月的别称还有授衣月、青女月、霜月、暮秋、晚秋、残秋、素秋等。这些都是书法中常用落款题词。

2. 五谷：平常俗称的稻、黍、稷、麦、菽。"谷"原来是指有壳的粮食，后泛指粮食类作物。

3. 如影贫穷：源自如影随形，即像影子跟着人体一样，比喻两个人或两个事物关系密切不可分离。这里指贫穷愁苦，像影子一样如影随形，摆脱不了。

4. 隆平：袁隆平（1930 年 9 月 7 日—2021 年 5 月 22 日），享誉海内外的著名农业科学家、中国杂交水稻的开创者和领导者、"共和国勋章"获得者、中国工程院院士，被誉为"杂交水稻之父"。

5. 鼓倡光盘：将盘子里的东西吃光。光盘行动旨在让人们培养节约习惯，养成珍惜粮食，反对浪费的习惯。对"舌尖上的浪费"说不，居安思危，牢记"盘中餐，粒粒皆辛苦"。

2020 年 8 月 11 日，习近平总书记指示强调：坚决制止餐饮浪费行为，切实培养节约习惯，在全社会营造浪费可耻、节约为荣的氛围。12 月 4 日，"光盘行动"入选 2020 年度十大流行语。

6. 潲桶：盛泔水的桶。潲水，指厨房内残剩下的米汤菜疏，洗完锅的剩水、泔水等称为潲水。

7.端牢饭碗：2018年2月1日，著名科学家袁隆平在《纪检心语》发文指出："把中国人的饭碗牢牢端在自己手中。"习近平总书记强调指出："决不能在吃饭这一基本生存问题上让别人卡住我们的脖子。"

8.社稷：土神和谷神的合称。社为土神，稷为谷神。社稷为土谷之神，土载育万物，谷养育民众，土、谷是人们首要的最基本的生活条件，因而也必然是古代中国的立国之本，立政之基。如此一来，土谷之神"社稷"也常常便被用来代指国家。

81. 沁园春·扶贫日

举国扶贫，不忘初心，亘古无先。赞英明决策，措施精准；助推特色，志智双援。高岭搬迁，华楼联片，上学求医里寨间。炊烟起，看门连路转，带舞翩跹。

而今幸福家园，十八洞攻坚改旧颜。遣吏才百万，别家行简；走村入户，笑脸亲攀。引进资金，广开项目，疲倦形单子夜眠。终圆梦，惠兆民伟业，功德无边。

扶贫日简介

扶贫日日期：每年 10 月 17 日。

扶贫日：2014 年 8 月 1 日，国务院决定将每年 10 月 17 日设立为"扶贫日"。国家"扶贫日"也是"国际消除贫困日"。

设立"扶贫日"充分体现了党中央、国务院对于扶贫开发的高度重视和对贫困地区、贫困群众的格外关心，也是广泛动员社会各方面力量参与扶贫开发的一项重要制度安排。

按国家标准，2013 年年底我国贫困人口还有 8200 多万，如果参照国际标准还有 2 亿多，同时，贫困程度还比较深。收入低，面临饮水、行路、用电、上学、就医等诸多困难。大多数贫困人口在生产生活条件差、自然灾害多、基础设施落后的连片特困地区，这些问题都是难啃的硬骨头。

创新反贫困机制：自力更生、地方为主、国家支持、社会捐赠、对口支援、市场驱动、国际援助。七个机制组成了政府主导、多元投资、相互补充、激励相容、广泛参与的具有中国特色的政府和社会资本合作模式。

扶贫成就：到 2020 年年底，8 年来，共近 1 亿人脱贫，832 个贫困县全部摘帽，12.8 万个贫困村全部出列。提前 10 年完成联合国 2030 年的减贫目标。中国脱贫攻坚的成功，无疑是人类减贫史上一大范本和壮举。

词文注释

1. 措施精准：2013 年 10 月，习近平总书记到湖南湘西考察，首次提出了"精准扶贫"概念，即"对象要精准、项目安排要精准、资金使用要精准、措施到位要精准、因村派人要精准、脱贫成效要精准"。就是要"对症下药，药到病除"，扶贫资金不能粗放"漫灌"，"天女散花"。

2. 助推特色：根植于农业农村特定资源环境，由当地农民主办，彰显地域特色，开发乡村价值、具有独特品质和小众类消费群体的产业，涵盖特色种养、特色加工、特色食品、特色制造和特色工业等产业。

3. 志智双援：扶贫先扶志，扶贫必扶智。只有把"志、智"都扶好了，才能更好地扶贫，人们才能过上更好生活。

4. 十八洞：湖南湘西花垣县十八洞村。因村里有 18 个天然溶洞而得名。

2013 年 11 月 3 日，习近平总书记到十八洞村考察，首次提出

"精准扶贫"的重要理念，作出了"实事求是、因地制宜、分类指导、精准扶贫"的指示。十八洞村的历史巨变，就此拉开序幕。

几年来，十八洞村牢记习近平总书记的殷殷嘱托，让"精准"二字落地生根，成功摘掉贫困帽，还蹚出了一条"旅游加产业的新路"。精准扶贫首倡地十八洞村发生翻天覆地的变化。

5. 吏才：为政的才能；指有为政才能的人。这里指扶贫开发，国家组织共派出 255 万个驻村工作队，近 300 万名干部到贫困县担任第一村书记或驻村干部，帮扶脱贫攻坚，使近 1 亿贫困人口实现脱贫，取得了令全世界刮目相看的重大胜利。

6. 终圆梦：2012 年 11 月，党的十八大召开，作出了全面建成小康社会战略部署。经过八年奋斗，到 2020 年年底，中国如期完成脱贫攻坚目标任务，兑现了党对人民的庄严承诺。

82. 沁园春·霜降

岁月循回，送爽迎寒，今日秋终。看山容消瘦，藤枝枯瘁；百花凋谢，故叶随风。独有黄花，依然炫目，招展芳姿香韵丰。秋声远，眺征鸿南去，云树连空。

时光浸染躯躬，遵节令养生收倍功。赞柿梨润肺，柚香理气；玉葱萝白，健胃舒胸。亥卧三焦，卯调筋骨，顺应阴阳血脉通。淡名利，乐砚田逸福，追寿巴翁。

节气简介

节气日期：2022 年农历九月二十八，公历为 10 月 23 日。

霜降：二十四节气中的第十个节气，秋季的最后一个节气。斗指戌，太阳黄经为 210 度，于每年公历 10 月 23—24 日交节。霜降，不是表示"降霜"，而是表示气温骤降、昼夜温差大。

霜降时节，万物毕成，毕入于戌，阳下入地，阴气始凝，天气渐寒始于霜降。

霜降三候：一候豺乃祭兽，此时豺类动物开始捕获猎物过冬。二候草木黄落，树叶都枯黄掉落。三候蛰虫咸俯，冬眠的动物也藏在洞中不动、不食，进入冬眠状态中。

传统习俗：霜降节气主要有赏菊、吃柿子、登高远眺、进补等风俗。

　　起居养生：起居，"早卧早起，与鸡俱兴"。睡眠的方向，古人提出"凡人卧，春夏向东，秋冬向西"，以合"春夏养阳，秋冬养阴"的原则。饮食，"寒露不算冷，霜降变了天"，应该注意防燥、防寒、防郁。民间有"一年补透透，不如补霜降"。饮食调养宜平补。注意健脾养胃，调补肝肾。"朝朝盐水，晚晚蜜汤。"这既是补充人体水分的好方法，又是秋季养生、抗拒衰老的饮食良方，还可防秋燥，一举三得。

词文注释

　　1.秋终：霜起，秋终暮，霜降是秋季的最后一个节气，也意味着冬天的开始。

　　2.山容消瘦：秋风萧瑟，树叶凋零，显得山的形象瘦生了。宋代张耒的《初见嵩山》："日暮北风吹雨去，数峰清瘦出云来。"杨万里："春山叶润秋山瘦，雨山黯黯晴山秀。"

　　3.黄花：

　　（1）开黄色花或黄花占优势菊科植物的任何一种。

　　（1）黄花菜的花，金针菜的通称。

　　（3）菊花。

　　（4）没有经过性行为的青年男女。

　　此词中指的是菊花。宋李清照《醉花阴·重阳》："莫道不销魂，帘卷西风，人比黄花瘦。"毛泽东:《采桑子·重阳》词："今又重阳，战地黄花分外香。"

　　4.亥卧：亥，亥时；卧，躺下。亥时，十二时辰之一，对应现代时间为 21 时至 23 时。此时正是夜阑人静之夕，故又称人定，即亥时人体要躺下休息。

十二时辰是古人根据一日太阳出没的自然规律、天色的变化以及日常的生产活动、生活习惯而归纳总结、独创于世的。十二时辰，表时独特、历史悠久，是中华民族对人类天文历法的一大杰出贡献。

5.三焦：中医的一个特有名词，即将躯干划分为3个部位，上焦包括心、肺等；中焦包括脾、胃、肝、胆等内脏；下焦包括肾、大肠、小肠、膀胱等。

亥卧三焦：在此时段，人体要休息，调养。

6.卯调筋骨：卯时，十二时辰之一，对应现代时间为5时至7时，又名日始、破晓、旭日、日出。此时辰为古时官署开始办公的时间，故又称点卯。而人们晨练常选择在卯时，太阳即将升起之时。

7.巴翁：巴金（1904年11月25日—2005年10月17日），中国当代作家，笔名巴金，本名李尧棠，文坛寿星，享年101岁。

83.沁园春·联合国日
暨我国恢复联合国席位五十周年纪念

贯耳雷鸣，国号联合，统管全球。赞国徽妙意，五洲覆盖；环包橄榄，人类方舟。调解争端，力求公正，维护和平化敌仇。叹无奈，遇霸权凌弱，少有良谋。

巨龙崛起神州，义勇曲铿锵震美欧。喜入常五秋，辉煌成就；脱贫抗疫，砥柱中流。反恐肩担，多边合作，引领东西丝路道。亚非拉，再同台携手，友谊长留。

纪念日简介

纪念日日期：2022 年 10 月 24 日。

发展历史：1945 年 6 月 26 日，由美、英、中、苏、法五国和来自 51 个国家 280 多名代表，在美国旧金山召开会议，起草了《联合国宪章》，中国代表团由 10 人组成，其中包括中国共产党代表董必武。与会代表在宪章上签字。按照大会商定程序，中国代表团董必武第一个签字。随后各国代表都签署了这个宪章，成为联合国的创始会员国。1945 年 10 月 24 日，中、法、英、苏、美和其他签字国递交批准书后，宪章开始生效，联合国正式成立。联合国现有会员国193个。

宗旨：维护国际和平与安全，发展国际间友好关系，促进经济、社会、文化及人类福利等方面的国际合作。

活动内容：举行一场国际音乐会。

联合国宪章第 23 条明确规定：安理会的五个常任理事国为：美、苏、中、英、法。宪章同时也规定了"大国一致"原则：安理会就非程序问题投票表决时，只要一个大国不同意，决议就不能通过。五大常任理事国的地位从此被正式确立。

词文注释

1. 国徽：联合国徽章是由一个从北极看去的世界地图和两条橄榄枝组成，徽章图案置于联合国旗帜之上。徽章也是希望的象征，代表着世界各国人民对和平与团结的梦想与渴望。

2. 方舟：诺亚方舟。《圣经》记载，此船是诺亚依据神的嘱托而建造的一艘巨大船只，建造的目的是为了让诺亚与他的家人，以及世界上的各种陆上生物能够躲避一场因神惩而造的洪灾，最后方舟实现了目的。

3. 霸权：所处的操纵或控制其他国家的地位，在国际上以实力、武力或其他手段操控弱小国家的强权。这里指的是以美国为首的西方国家，公然干涉他国内政的事，已屡见不鲜。

4. 义勇曲：《义勇军进行曲》，由田汉作词，聂耳作曲的歌曲，是电影《风云儿女》的主题歌。被称为中华民族解放的号角，对激励中国人民的爱国主义精神起了巨大的作用。2004 年 3 月 14 日，全国人大通过决议，正式规定《义勇军进行曲》为中华人民共和国国歌。

5. 入常五秩：秩，十年。五秩，五十年。1971 年 10 月 25 日，第

26 届联大，共有 23 个国家在联大会上提出"两阿提案"，要求驱逐台湾国民党政府、恢复中国在联合国中的席位。经过投票，"两阿提案"以压倒性多数超过三分之二的票数通过。特别是非洲共有 26 国投赞成票，被称为是非洲兄弟把中国抬进联合国的门槛。中国正式恢复在联合国包括常任理事国的合法席位。"五常"的地位代表了我国国力强盛，也代表了我国在国际上重要的位置。

6.*丝路*：丝绸之路。广义的丝绸之路又分陆上丝绸之路和海上丝绸之路。陆上丝绸之路，起源于西汉，汉武帝派张骞出使西域开辟连接地中海各国的陆上贸易通道。海上丝绸之路以南海为中心，是中国与外国交通贸易和文化交往的海上通道。

2013 年 9 月，习近平总书记首次提出建设"新丝绸之路经济带"的战略构想。

84. 沁园春·抗美援朝纪念日

立国开元，百废待兴，半岛危忧。赞伟人睿智，遣兵援助；横刀卧雪，浴血同仇。五役烟驱，三秋兽散，克氏犹言签字愁。一拳出，享和平七秩，刮目寰球。

峥嵘岁月云浮，舍生死英雄浩气留。忆岸英蹈火，继光扑堡；猎围北极，直毙熊头。单薄戎装，长津雕像，惊愕冤家军礼投。须铭记，反霸凌美帝，高筑金瓯。

纪念日简介

纪念日日期：每年 10 月 25 日。

抗美援朝：20 世纪 50 年代初爆发的朝鲜战争的一部分，仅指中国人民志愿军参战的阶段。1950 年 6 月 25 日，朝鲜人民军南进作战，朝鲜战争爆发。美国为维持其在亚洲的领导地位和利益，以"联合国军"的名义纠集 15 国派兵参战，于 7 月 5 日参加了第一场对朝鲜的战役，将战火燃烧到我国鸭绿江边境。

1950 年 7 月 10 日，"中国人民反对美国侵略台湾朝鲜运动委员会"成立，抗美援朝运动自此开始。中国人民为抗美援朝、保家卫国组成中国志愿军于 10 月 25 日赴朝参战。在抗美援朝战争中志愿军得到全国人民的大力支持，成为了"最可爱的人"，同时得到了以苏联为首的社会主义阵营的配合。经过五次大的战役，将以美国为首的"联合国军"打退到三八线以南地区。

1953年7月27日，双方签订《朝鲜停战协定》，从此抗美援朝战争胜利结束。1958年，志愿军全部撤回中国。10月25日为抗美援朝纪念日。

词文注释

1. 立国开元：1949年10月1日，中华人民共和国成立，中国从此开启了新纪元。

2. 半岛危忧：1950年6月爆发于朝鲜半岛的军事冲突。1950年10月，美军、南朝鲜军北上越过三八线，并推进至中朝边境，严重威胁中国的安全。

3. 伟人睿智：毛主席提出我们抗美援朝，就是保家卫国，中朝是唇齿之邦，"打得一拳开，免得百拳来"。历史证明，抗美援朝出兵决策是正确的，既稳定了朝鲜局势，也保护了我国大陆的安全，打出了新中国的军威、国威。赢得了中国和平建设发展的七十年。

4. 横刀：彭德怀为中国人民志愿军第一任司令员。毛主席曾写诗称赞："谁敢横刀立马，唯我彭大将军。"

5. 五役：抗美援朝五大战役，即从1950年10月25日到1951年6月10日志愿军对美军发起的五次主要战役，迫使美国不得不接受停战谈判。

6. 三秋：抗美援朝战争，从1950年10月25日至1953年7月27日双方签订《朝鲜停战协定》，历时三年。

7. 克氏：时任"联合国军"统帅克拉克。在签署《朝鲜停战协定》时说："我是第一个在没有胜利的停战协议签字的美国将军。"

8.岸英：毛岸英（1922年10月24日—1950年11月25日），毛主席长子。抗美援朝中遭美国空军空袭，壮烈牺牲。

9.继光：黄继光（1931年1月8日—1952年10月20日），在上甘岭战役中，他用胸膛堵住敌人的枪眼，英勇牺牲。

10.北极：美国陆军步兵7师31团。被美国总统授予"北极熊团"称号。该团在长津湖战役中，遭到志愿军毁灭性打击，团长被击毙，全团被歼灭，团旗被缴获。

11.长津雕像：长津湖战役中，我军129名战士被冻成"冰雕"，却依然紧握钢枪，保持作战姿态。美军指挥官见此肃然起敬，向冰雕遗体脱帽，庄严敬礼。

12.冤家：这里指美国。

85. 沁园春·立冬

　　廿四时纲，车毂循常，应节转轮。叹疏林落叶，枯荣更任；忧时虫鸟，遁影无闻。意马神驰，寒原素裹，洁净凡尘瑞雪纷。枝头淡，待暗香扑鼻，岁晚迎春。

　　三冬风怎卷门，今万物蛰居求保温。顺阴阳消长，兴衰半醒；储藏精气，名利烟云。息养筋骸，和调脏腑，补肾平肝固本真。待新岁，看腰肢敏捷，金鼠腾身。

节气简介

节气日期： 2020 年农历九月二十二，公历为 11 月 7 日。

立冬： 二十四节气之第十九个节气，也是冬季的起始。斗柄指向西北，太阳黄经达 225 度，于每年公历 11 月 7—8 日交节。

　　立冬，代表着冬季的开始，是中国民间非常重视的季节节点之一。春耕夏耘，秋收冬藏，冬季是享受丰收休息养生的季节。立冬在古代社会也是"四时八节"之一，是个非常重要的节日。

立冬三候： "一候水始冰；二候地始冻；三候雉入大水为蜃。"意思是此时水已经能结成冰；土地也开始冻结；雉入大水中，雉即指野鸡一类的大鸟，蜃为大蛤。

传统习俗：

（1）祭祖：在中国部分地区有祭祖、饮宴、卜岁等习俗，以时令佳品向祖灵祭祀，以尽为人子孙的义务和责任，祈求上天赐给来岁的丰年。

（2）补冬：立冬后，就意味着今年的冬季正式来临。草木凋零，蛰虫休眠，民间有立冬补冬的习俗，谚语"立冬补冬补嘴空"。立冬这天杀鸡宰羊，犒劳一家人的辛苦。北方有吃饺子习俗，南方有在立冬之日始酿黄酒风俗。

起居养生：早睡晚起，恬淡安静，神气内收，利于养藏。运动以静态运动为主，饮食宜温润厚重的食品，宜养心。

词文注释

1.廿四时纲：二十四节气。一岁四时，春夏秋冬各三个月，每月两个节气，每个节气均有其独特的含义。廿四节气准确地反映了自然节律变化。它不仅是指导农耕生产的时节体系，更是包含有丰富民俗事象的民俗体系。廿四节气始于立春，终于大寒。

2016 年 11 月 30 日，二十四节气被联合国列为非物质文化遗产。

2.车毂：车轮中心插轴部分，亦泛指车轮；梨的一种。《汉书·韩延寿传》："吏民数千人送至渭城，老少扶持车毂，争奏酒炙。"

3.意马神驰：比喻难以控制的心神，心猿意马。宋道潜《赠贤上人》诗："心猿意马就羁束，肯逐万境争驰驱。"

4.寒原素裹：寒原，冬天的原野，冷落寂静的原野；素裹，白色的妆束，原指妇女淡雅的服饰，这里指白雪覆盖着大地。毛泽东《沁园春·雪》："须晴日，看红装素裹，分外妖娆。"

5.三冬：这里指冬季的三个月——孟冬（阴历十月）、仲冬（阴历十一月）、季冬（阴历十二月）。

6.阴阳消长：阴阳学说术语。指阴阳对立双方处于不断消长变化之中，此盛彼衰，此消彼长，在绝对的消长中维持相对的平衡。如四季气候从寒冷转暖变热，即是阴消阳长的过程。

7.金鼠：这里指与十二地支相配，故称子鼠，雅称金鼠，即2020年的鼠年。与十二地支相配的十二种动物顺序为：鼠、牛、虎、兔、龙、蛇、马、羊、猴、鸡、狗、猪。

我们常常把应敬之人称为老者，什么老子、老总、老师、老前辈、老人家……那老鼠值得尊重吗？何以冠个"老"字？传说是因老鼠一降生就长着胡须，生就带着"老"相。更无可否认的是，老鼠在地球上已进化了几千万年了，的确比仅有区区几百万年历史的人类要古老得多。

86. 沁园春·中国记者节

无冕之王，道义肩担，握管劲道。记红尘百态，鞭笞时弊；庄严职责，操守存留。问底刨根，察微审细，雪雨饥餐真相求。尖尖笔，写峥嵘壮志，搏击风流。

长江韬奋歌讴，接力棒弘扬遍九洲。忆汶川地震，惊魂播报；聚焦民意，奔走街头。万里寻踪，狼窝探究，节假浓情少有休。续血脉，乐创新守正，甘作孺牛。

节日简介

节日日期：每年 11 月 8 日。

2000 年 8 月 1 日，国务院批准，将每年的 11 月 8 日定为中国记者节。

1931 年 11 月 7 日，新华社的前身红色中华通讯社在瑞金成立，1937 年 1 月在延安更名为新华社。1937 年 11 月 8 日，以范长江为首的左翼新闻工作者在上海成立了中国青年记者协会，这就是中国记协的前身。

中国传媒大学每年都会隆重举办中传学生记者节，业内精英、行业翘楚都将齐聚中国传媒大学，庆祝新闻工作者自己的节日。

新中国成立后，因当时没有确定具体日期，长期以来，一直未庆祝过记者节。

《记者赋》：2013年记者节前夕，江苏辞赋作家薛刚发表了七百字《记者赋》，预祝中国第十四个记者节。文章阐述孔子和左丘明是记者的鼻祖。记者对社会发展、文明传承起到至关重要的作用。维护记者合法权益，对社会意义重大。

词文注释

1. **无冕之王**：没有权威的名义而影响、作用极大的人，现多指新闻记者。

2. **握管**：执笔。素为执笔，援纸握管，会性通神。

3. **红尘百态**："红尘"，指人间俗世之意。后演变成了"繁闹尘世"，作"人世间"解释，并被佛家使用。

4. **鞭笞时弊**：鞭挞丑恶，对不好的东西进行批评抛弃。针砭时弊，对社会上各种丑陋的弊端进行评说，一般都牵扯到政治，针对政府。

5. **操守**：人的品德和气节，是为人处世的根本，在人们的社会生活中有着重要作用。职业操守是指公正有德，不为个人或小团体之利而损害企业或他人的利益，也就是平素的品行。

6. **长江**：范长江（1909年10月16日—1970年10月23日），中国著名新闻记者，是无产阶级新闻事业出色的领导者，是新中国新闻事业的开拓者，在中国现代新闻史上具有重要地位。曾先后担任新华社总编辑、新闻总署副署长、人民日报社社长职务。

7. **韬奋**：邹韬奋（1895年11月5日—1944年7月24日），近代中国著名记者和出版家。2009年被评为100位为新中国成立作出突出贡献的英雄模范。其儿子邹家华曾任国务院副总理。

以他名字命名的"中国韬奋出版奖"和"韬奋新闻奖"是中国新闻最高奖项。2005年与"范长江新闻奖"合并为"长江韬奋奖"。

8.狼窝：

（1）狼的巢穴。

（2）比喻险恶的处所或恶人聚居处。这里指的是新闻记者，不惧路途遥远，困难重重，冒着极大风险，想方设法打入其内部，探查事情原委，事物真相。

9.创新守正：习近平主席在第22个中国记者节向全国新闻工作者致信："庚续红色血脉，坚持守正创新"，积极反映人民心声，记录时代精神，传播中国声音，用心描绘时代画卷，为实现中国复兴梦，做出新的更大贡献。

87. 沁园春·全国消防日

身着蓝装,驾车匆匆,刺耳啸音。胜飞蛾秉性,丹心一颗;银枪紧握,逆焰冲淋。扑救秋山,急驰街巷,不惧楼高窗外临。塔台望,守星光百里,紧扣袍襟。

安全如顶悬针,切忌有偷安侥幸心。若祝融光顾,及时报警;逃生至上,莫恋珠金。穿越浓烟,弯腰捂鼻,升降梯危不可寻。要要救,护斯民神号,呼叫魔擒。

节日简介

节日日期:每年 11 月 9 日。

每年的 11 月 9 日是中国的全国消防日。在电话号码中"119"是火灾报警电话,与 11 月 9 日的月日数字恰好相同。而这一天前后,正值风干物燥、火灾多发之际,全国各地都在紧锣密鼓地开展冬季防火工作。为增加全民的消防安全意识,使"119"更加深入人心,易为人们所接受,于是公安部从 1992 年起把这一天定为"全国消防日"。

2021 年,应急管理部将消防救援日扩展为消防月,并邀请"共和国勋章"获得者、中国工程院院士钟南山担任"中国宣传公益使者"。

259

世界各国的火警号码都不一样，但每个国家都选取了让人们最容易记住的数字来组成火警号码。美国火警号码为"911"，欧洲一些国家如英国、意大利则把5月4日定为消防节。日本把每年的1月26日定为文物防火节。我国台湾于1970年也将火灾报警电话定为"119"。

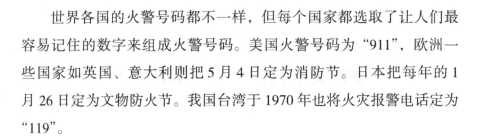

词文注释

1. 蓝装：消防队员的衣服颜色为火焰蓝色。特点是防火护身，醒目，易被寻找发现。

2. 刺耳啸音：消防车又称救火车，警报比较缓慢：低—高—低—高—低，消防车的警笛是三秒长声，间隔一秒，循环反复。

3. 飞蛾：一种与蝴蝶有亲近关系的昆虫总称，多在夜间活动。因为蛾类的趋光性，经常将灯光、火光误以为是月光并向其飞去，因此民谚有"飞蛾扑火自烧身"的说法。

4. 银枪：消防灭火高压喷水枪。

5. 秋山：一般指秋天里的山，古诗文中常用，如唐代诗人白居易的五言古诗《秋山》。与此类似的还有春山。

6. 塔台：瞭望塔。有用于交通或群众活动场所的"值勤"；有监狱民警的监塔；有边防哨卡的值勤防卫塔。这里指的是森林防火瞭望塔，建在山顶，可远眺周围数十百里。"森林防火瞭望台，守护青山千里眼。"

7. 祝融：号赤帝，我国古代神话中的火神、南方神、南岳神、夏神、灶神等。五行神之一。

文化特色：

（1）据《史记》记载，祝融是楚人的祖先。

（2）祝融峰：南岳衡山最高峰。传说祝融去世后葬在衡山，故用他的名字来命名衡山的最高峰。

（3）祝融号：国家航天局命名首辆火星车为"祝融号"。

8.升降梯：这里指电梯。火灾发生时不要、不可以乘坐电梯逃生。因为电梯随时可能断电而导致人员被困。

9.要要救：中国火警电话为119，选用119作为火警号码除日期外，还因为"1"在古时念作"幺"，它跟"要"谐音、同音，"119"就是"要要救"。

88. 沁园春·空军节

秋日蓝天，大鹏巡昊，家国安宁。忆凤雏翅嫩，首征半岛；犊迎美帝，西国神惊。王伟英雄，长空亮剑，斩获枭鸱犯境侦。卧薪胆，列前三横阵，扬我威名。

银燕穹碧轻盈，一体化空天织网绳。更攻防兼备，运输侦察；歼轰敌后，远征神鹰。空战明星，电驰呼啸，海陆相援共举惩。尧天庆，祐江山无恙，曼寿千龄。

节日简介

节日日期：每年 11 月 11 日。

中国人民解放军空军建军纪念日：每年的 11 月 11 日。2022 年是空军成立 73 周年。

节日由来：1949 年 10 月 25 日，中央军委任命刘亚楼为空军司令员、萧华为空军政委。1949 年 11 月 11 日，中央军委宣布：中国人民解放军空军司令部成立。这一天后来就成为人民空军成立的纪念日。1955 年 3 月 21 日，毛主席为空军英雄模范功臣代表大会题词："建立一支强大的人民空军，保卫祖国，准备战胜侵略者。"

空军军徽：空军军徽是在中国人民解放军"八一"红星军徽的基

础上配以雄鹰的双翼，标志着人民空军是中国人民解放军的一部分。

空军军旗：旗面上半部分保持中国人民解放军军旗的基本样式，下半部分为天蓝色，象征着辽阔的天空，表示人民空军是解放军的组成部分，为保卫祖国领空神圣不可侵犯而展翅翱翔。

中国空军现有39.8万兵力，下辖东部、西部、南部、北部、中部五大战区空军和一个空降兵军，承担起国土航空和对地支援作战任务，并对敌后实施空袭，进行空运和航空侦察。

词文注释

1. 秋日：秋天。汉刘桢《赠五官中郎将》诗之三："秋日多悲怀，感慨以长叹。"

2. 大鹏：大鹏鸟，中国神话传说中最大的一种鸟，是世界许多传说中奇大无比的神鸟，由鲲变化而成。

3. 凤雏：凤雏的意思是小凤凰。凤凰，为中国古代神话传说中的一对鸟类神兽组合，雄为"凤"，雌为"凰"，合称凤凰。代指年幼并将有作为之人，比喻贤隽的后辈。三国蜀汉庞统有"凤雏"之称。本词里指的是新中国刚组建的解放军空军。

4. 半岛：朝鲜半岛，是东北亚的一个半岛，与我国鸭绿江、图门江相接。在1950年爆发的朝鲜战争中，我国年轻的空军英勇迎战世界最强美国空军，并取得辉煌战绩，令世界刮目相看。

5. 犊：小牛。牛犊，初生之犊不怕虎。

6. 王伟：1968年4月6日—2001年4月1日，男，中国海军航空兵飞行员。2001年4月1日8时55分，美国海军侦察机，在我国海南岛东南70海里上空侦察，与王伟驾驶的战机发生碰撞，我机坠毁。王伟跳伞下落不明，后被确认牺牲。2019年9月25日入选"最美奋斗者"名单。

7. 枭鸱：猫头鹰。旧时以为恶鸟，因亦喻恶人。

8. 前三横阵：世界空军实力排名分别是美国、俄罗斯和中国。美国空军总兵力为51万，战机13200架，为世界第一；俄罗斯空军总兵力为43万，战机3800架，位居世界第二；中国空军有近40万兵力，战机数为3300架，只相当于美国数量的一个零头，位居世界第三。不过，中国空军已经开始进入三代机换装时代，而新的第五代隐形战斗机已经服役。国家实力正在逐步增强，未来可期。

9. 曼寿：长寿。《汉书·礼乐志》："德施大，世曼寿。"颜师古注："曼，延也。"

89. 沁园春·光棍节

关关雎鸠，都市欢游，胜古烁今。看帅男靓女，黄昏网约；街头人涌，好运来临。互有灵犀，火花碰撞，细语喃喃鸾凤吟。脱单日，结瑞莲并蒂，格外开心。

油盐柴米刀砧，从此后自由梦里寻。叹你争我吵，钟情根浅；山盟海誓，远掷云深。烦恼双幺，失迷理性，耗付天猫万几金。奇葩节，乃权当娱乐，难觅知音。

节日简介

节日日期：每年 11 月 11 日。

光棍节：11 月 11 日。源于这一天日期里有四个阿拉伯数字"1"，形似四根光滑的棍子。

光棍节的由来：光棍节起源于南京大学宿舍文化。1993 年，南京大学"名草无主"寝室四个大学生每晚举行"卧谈"，主题是讨论如何摆脱光棍状态，创想出了以即将到来的 11 月 11 日作为"光棍节"来组织活动。从此，光棍节逐渐发展成为南京高校以至各地大学里的一种校园趣味文化。

如今越来越多的人选在光棍节结婚。与此同时，也吸引了商家的注意力，各大商家以脱单为由，各种促销打折，宣传广告，也将这个小众活动，形成了社会化的节日。

光棍节既非"土节"又非"洋节"，据说《单身情歌》已成为这天的热门歌曲，人们借这首歌唱出"找一个最爱的深爱的想爱的亲爱的人来告别单身"，这唱词，其实也是年轻人的爱情宣言。光棍节的热闹聚会是都市年轻人渴望爱情的一种炽热表达。如今光棍节已经成为都市年轻人一个特别的日子。

词文注释

1. 关关雎鸠：出自《国风·周南·关雎》，《关雎》不仅是描写男子对女子爱情的追求，也可以被当作表现夫妇之德的典范。不是青年男女之间短暂的邂逅、一时的激情；它所描写的男女双方，乃是"君子"和"淑女"，是一种与美德相联系的结合。

2. 欢游：欢聚嬉游。清李调元《和松岑感怀韵》："放荡欢游荷盛时，尔来形德总支离。"

3. 黄昏网约：这里是借用北宋欧阳修的《生查子·元夕》"月上柳梢头，人约黄昏后"的名句来比喻现代青年男女约会的方式。

4. 脱单：网络新词，是脱离单身的意思，也就是男的找到女朋友，女的找到男朋友，开始恋爱，告别单身生活。

5. 瑞莲并蒂：瑞莲，象征吉祥之莲，多指双头或并蒂莲。并蒂莲一茎产生两花，花各有蒂，蒂在花茎上连在一起，也称并头莲、同心芙蓉、合欢莲、瑞莲。并蒂莲的出现率只有十几万分之一，属于花中珍品，素有"花中君子"之称，象征着百年好合、永结同心。

6. 油盐柴米：柴米油盐酱醋茶，是老百姓家庭中的必需品，是日常生活所需的七样东西，俗称开门七件事。现在也指与人民切身利益有关的"事情"。

7. 钟情：一见钟情，指男生或女生一见面就对对方产生了感情，一见面就喜欢上他（她）。反之于日久生情，区别在于喜欢上对方的速度。这里指男女双方没有长久、深入交往了解，感情基础不牢固。

8. 双幺：双"11"。"1"在我国古代念作"幺"。现在一般指双十一购物狂欢节，源于天猫举办网络促销活动的固定日期，即11月11日。

9. 奇葩节：双十一光棍节，既非土节，也非洋节，而是由大学宿舍卧谈文化逐渐发展起来的校园趣味文化节日。

90. 沁园春·国际宽容日

　　佛殿威严，弥勒舒颜，袒腹披襟。笑凡尘过客，烦愁恩怨；微名蝇利，细眼如针。问鼎长安，汉王纳谏，楚霸孤行垓下吟。胸宽广，纳百川入海，容大渊深。

　　修身立命仁心，但向善待人胜万金。赞包容良药，能医百病；尊亲孝悌，鸾凤鸣琴。量小周瑜，负荆廉颇，评说愚贤传古今。防肠断，莫牢骚太盛，快乐光临。

节日简介

节日日期： 每年 11 月 16 日。

国际宽容日： 1995 年，联合国大会决定将每年的 11 月 16 日设定为"国际宽容日"。

发展历史： 1945 年诞生的《联合国宪章》序言中说："力行容恕，彼此以善邻之道，和睦相处。"由于全球化、大量移民等因素的影响，对不同的文化缺乏宽容、不能容纳与自己不同的行为方式和不能与各种文化进行有益的交流，使世界面临诸多问题。如何制止仇恨，使不同民族、宗教和文化间加强理解、和谐共处，成为全球的严重争战。

活动内容： 宽容并不是简单的"容忍他人行为"，而是指承认他人的权利与自由，包容各国的理想与文化，不仅对自己负责，也要对他人负责。用关心取代冷漠与轻视，用了解取代盲目、无知和歧视。

宽容教育要从孩子抓起，父母尤其要注意自己的言行举止可能对孩子产生的影响。

人非圣贤，孰能无过。宽容自己，快乐地面对生活，享受生活；宽容朋友，把别人对你的好刻在石头上，时刻铭记，对你的坏，刻在沙滩上，随着涨潮而立即忘却；宽容你的敌人，不要轻易说恨，把你的精力都用来爱你爱的人。

词文注释

1. 佛殿：寺院供奉佛像的大殿。亦称"香室""金堂"，是寺院的主要建筑。有主殿和配殿，一殿多供一佛，亦有一殿供数佛者。

2. 弥勒：弥勒佛、弥勒菩萨，是世尊释迦牟尼佛的继任者，也叫"未来佛"。在一些汉传佛教寺院里，常见到袒胸露腹、笑容可掬的佛像，表示"量大福大"，提醒世人包容。"大肚能容，容天下难容之事；开口便笑，笑世间可笑之人"是劝世包容最经典的名联。

3. 汉王：汉高祖刘邦。汉朝开国皇帝，汉民族和汉文化伟大的开拓者之一、中国历史上杰出的政治家。对汉族的发展以及中国的统一和强大有突出贡献。他在楚汉相争之中，韬光养晦，虚怀若谷，采纳群臣建议，最后建都长安。

4. 楚霸：西楚霸王项羽。秦朝末年政治家、军事家。公元206年二月分封诸侯，以刘邦为汉王，自立为西楚霸王。定都彭城（今江苏徐州）。后楚汉之争爆发，项羽战略决策失宜，军事形式日益不利，终被围困垓下，夜闻楚歌四起，以为汉军已得楚地，遂突围至乌江，自刎而死。

5. 孝悌：孝，指报答父母的养育之恩；悌，指兄弟姐妹之间的友爱。孔子认为，孝悌是做人、做学问的根本。

6.鸾凤：比喻夫妇。元白朴《梧桐雨》："夜同寝，昼同行，恰似鸾凤和鸣。"

7.周瑜：东汉末年军事家、政治家。被誉为"世间豪杰英雄士，江左风流美丈夫"。相传，周瑜心胸狭隘，被诸葛亮活活气死。

8.廉颇：战国末期赵国名将。廉颇功高，蔺相如位在其上，不服。后蔺相如以国事为重，把私人恩怨抛弃一边，廉颇幡然悔悟，自责，便光着身子，背负荆杖，向蔺相如请罪。

9.防肠断：句出毛主席诗《七律·和柳亚子先生》："牢骚太盛防肠断，风物长宜放眼量。"

91. 沁园春·世界厕所日

　　粪涸檐间，窄矮门窗，闻味可寻。欲来行内急，躬身解带；握符屈膝，一泄开心。都市龌龊，农家宝贝，五谷轮回废变金。与方便，乃人人平等，君必亲临。

　　晨昏打卡情深，舒爽后任其百菌侵。赞近平关注，茅房革命；城乡新貌，户户冲淋。解带文明，羞颜不再，更配诗书伴雅音。新时代，以民生为本，超古冠今。

节日日期： 每年 11 月 19 日。

2013 年 7 月 24 日，第 67 届联大通过决议，将每年的 11 月 19 日设立为"世界厕所日"。来自芬兰、英国、美国、中国、印度、韩国、澳大利亚、日本和马来西亚等国的代表参加了第一届厕所峰会。

世界厕所日希望鼓励各国政府开展行动，改善环境卫生及建立卫生习惯，推动安全饮用水和基本卫生设施的建设，倡导人人享有清洁、舒适及卫生的环境。

据统计，人每天要上 6—8 次厕所，一年约 2500 次，一生约有三年时间在厕所里度过。

目前，我国的厕所革命取得明显成效，卫生厕所覆盖率由20年前的10%增加到今天的80%。农村和欠发达地区的厕所设施和卫生条件还比较落后，仍有24%人口没有卫生厕所。

厕所对联拾零：

最适低吟浅唱，不宜滥炸狂轰。横批：注意卫生。

大开方便之门，解决后股之忧。横批：众屎之地。

天下英雄豪杰到此俯首称臣，世间贞烈女子进来宽衣解带。横批：天地正气。

脚踏黄河两岸，手拿机密文件；前面机枪扫射，后面炮火连天。横批：爽。

词文注释

1. 粪溷檐间：厕所。

2. 躬身解带：躬身，自身，自己，亲自，亲身；解带，宽衣，脱掉衣服。

3. 握符屈膝：符，古代传达命令、征调兵将的凭证，如虎符、符节。相合，言行相符。道士画的驱使鬼神的图形或线条，如符咒、护身符。这里指如厕时俯首低头，手握厕纸状。屈膝，是膝关节向下运动，也就是下跪的意思，泛指没有气节、妥协、屈服的意思。这里指蹲下方便之姿势。

4. 龌龊：肮脏，污秽，不干净。

5. 方便：在中文里方便有诸多解释，这里指解手，排泄大、小便。如：你去那里方便吧，那里有个厕所。

6. 打卡：网络流行词，原指上下班时刷卡记录考勤。现衍生指到了某个地方或拥有某个事物（一般会向他人展示）。

7. 近平关注：党的十八大以来，习近平总书记对深入推进农村厕所革命作出重要指示强调："小厕所，大民生。"小康不小康，厕所是一桩。

厕所是一种全世界通用的"嗅觉语言"和"视觉语言"。它不仅能够反映一个国家和地区的文明程度，还直接影响当地人的身体健康和地区形象，是党的乡村振兴战略极为重要的任务。

8.冲淋：水冲式公厕，包括坐便式及蹲式。之前，我国广大农村及边远地区，大多为旱厕、连茅圈，又脏又臭。如今通过厕所革命，家家户户实现了水冲厕所和抽水马桶，农村人居环境得到明显改善。

9.诗书雅音："明星公厕"即智慧公厕，让"方便"更方便。外观像别墅，屋内设置了烘手机、自动感应冲水系统、母婴室、饮水机，还配有书报阅览、播放音乐等。

92. 沁园春·小雪

　　凛冽寒风，席卷洞庭，应节逢迎。望麓山疏影，湘江波涌；朱张会讲，屈贾怀鸣。学府弦歌，妙峰晚静，犹忆当年天问声。时光转，敢为人先者，唯楚才英。

　　美哉山水洲城，看今日变迁四海惊。喜磁悬高铁，天涯犹近；梅溪胜境，幸福宜生。栉比摩天，飞虹两岸，地铁风驰银燕轻。洲头愿，告毛公实现，更上楼层。

节日简介

节日日期：2022 年农历十月二十九，公历 11 月 22 日。

小雪：二十四节气中第二十个节气，冬季第二个节气，时间在每年公历的 11 月 22—23 日，太阳到达黄经 240 度。

　　这个节气之所以叫小雪，是因为"雪"是寒冷天气的产物，这个节气期间的气候寒冷并未深且降水不大，故用"小雪"来比喻这个节气期间的气候特征。节气的小雪与天气的"小雪"无必然联系，不是表示这个节气下很小量的雪。

小雪三候：一候虹藏不见；二候天气上升，地气下降；三候闭塞而成冬。

农事活动： 农谚道："小雪雪天，来年必丰收。"这里有三层意思，一是小雪落雪，来年雨水均匀，无大旱涝；二是下雪可冻死一些病菌和害虫；三是积雪有保暖作用。

传统习俗： 俗话说："小雪腌菜，大雪腌肉。"小雪节气的习俗包括腌咸菜、品尝糍粑、晒鱼干、吃刨汤、酿小雪酒等。

起居养生： 早睡晚起，脚部保暖，坚持用温热水泡脚，按摩刺激双脚穴位，以促进血液循环。饮食要多吃热量高，有健脑活血功能的食物，如羊肉、牛肉、乳类、鱼类。多食用一些黑色食物如黑木耳、黑芝麻等。

词文注释

1. **洞庭：** 洞庭湖。古称云梦。洞庭湖之名，始于春秋，因湖中洞庭山（今君山）而得名。

2. **麓山：** 岳麓山，因南北朝刘宋时《南岳记》"南岳周围八百里，回雁为首岳麓足"而得名。岳麓山位于湖南省长沙市岳麓区湘江西岸；橘子洲位于湘江中，由南至北，纵贯江心，西瞻麓山，东临古城。岳麓山是融中国文化精华的儒、释、道为一体的文化名山。有中国四大书院之一的岳麓书院。

3. **朱张会讲：** 又称"朱张岳麓会讲"。南宋乾道三年（1167）朱熹闻张栻得胡宏之学，专程从福建崇安去长沙访问岳麓、城南书院的张栻，就中庸之义的"未发""已发"等问题进行讲论，据称"三日夜而不能合"。由此开启湖湘学派与闽学的交流，对两派学术思想的形成和发展产生了重要影响。后人在湘江岸边建"朱张渡"作纪念。

4. **屈贾怀鸣：** 战国屈原与汉贾谊的并称。两人平生都忧谗畏讥，从容辞令，遭遇相似。

5. **妙峰：** 妙高峰，湖南长沙城南第一名胜。妙高峰有长沙著名老街妙高峰巷（城南旧事街）、一代伟人毛主席的母校、全国重点文物保护单位湖南第一师范学院、长沙火炬楼。

6.天问：毛主席《沁园春·长沙》词："怅寥廓，问苍茫大地，谁主沉浮？"面对着无边无际的宇宙，问：这苍茫大地的盛衰兴废，由谁来决定主宰呢？

7.山水洲城：山，指长沙的岳麓山；水，指湘江；洲，指橘子洲；城，指长沙古城（天心阁）。

8.梅溪胜境：梅溪湖，位于长沙市河西先导区，总面积32平方公里。属岳麓区桃花岭景区，是集防洪、生态产业、文化旅游、高档住宅开发于一体的绿色生态示范城区。

93. 沁园春·全国交通安全日

都市乡村，无论近远，道陌相衔。感时空距短，出行捷便；晨茶晚宴，千里程兼。驰骛分神，手机拨听，瞌睡虫驱横祸沾。昏迷醒，看亲人泪眼，苦痛噙含。

行车切莫心贪，存侥幸麻烦隐患潜。数祸灾之首，疲劳驾驶；交通陋习，好酒杯馋。斗胆三超，铤而走险，路遇行人少礼谦。幺二二，这救援神电，切莫传签。

交通安全日简介

交通安全日日期： 每年 12 月 2 日。

经国务院批准，自 2012 年起，将每年 12 月 2 日设立为"全国交通安全日"。

确定 12 月 2 日为"全国交通安全日"，主要考虑数字"122"作为我国道路交通事故报警电话，于 1994 年开始投入使用，群众对此认知高，方便记忆和宣传。同时考虑每年 12 月我国已进入冬季，是交通事故多发期，春运等道路交通出行和运输高峰也即将开始，在此时间节点组织开展全国范围的道路交通安全主题宣传活动，有利于预防道路交通事故，保证广大民众出行安全。

据统计，截至 2022 年 8 月，全国机动车保有量达 4.08 亿辆，机动车驾驶人 4.94 亿人。经过多年努力，我国道路交通事故实现了稳中有降，但总量仍然较大。2021 年机动车交通事故发生数量为 211074 起，死亡人数为 61703 人，受伤人数为 250723 人，并且 80% 以上的道路交通事故因交通违法导致，严重影响群众的安全感和幸福感。

2022 年全国交通安全日主题是"守法规知礼让，安全文明出行"。

词文注释

1. 都市：人类发展的聚居形态之一。通常有交通、资源、地形平坦等有利条件。都市以二三次产业人口为主要居民，代表了先进的生产力、文化、科技水准、生活方式。

2. 道陌相衔：道陌，道路；洪纤，大小、巨细。道陌洪纤，指连通各地的路网。

3. 时空：定义为除即生即亡的实体（蕴含能量，则为实体）外，其余实体的消减，都必须经历一定的过程——此历程即为时空。

4. 疲劳驾驶：驾驶人在长时间连续行车后，产生生理机能和心理机能的失调，而出现驾驶技能下降的现象。驾驶人睡眠质量差或不足，长时间驾驶车辆，容易出现疲劳。疲劳驾驶会影响到驾驶人的注意、感觉、知觉、思维、判断、意志、决定和运动等不安全因素，极易发生道路交通事故。因此疲劳后严禁驾驶车辆。

5. 交通陋习：在日常行驶中，有些司机的一些驾驶陋习会为安全驾驶埋下不小的隐患，主要表现有以下十大陋习：强行超车、随意并线；加塞抢行；不礼让斑马线；开车打手机；不系安全带；乱鸣笛；随意车窗抛物；发生轻微事故纠缠不挪车；闯红灯越线；行人过马路不走人行横道、乱穿乱行。

6. 三超：道路交通中严重超速、超员、超限超载，以危险方法危害公共安全的违法行为。

7.路遇行人：在街头路口，汽车在行驶过程中必须要礼让行人，一定要停下来，让行人先通过。因为人和汽车相比，人总是处于弱势地位，在道路上如果汽车和人发生碰撞，受到伤害的肯定是人。礼让行人不仅有利于彰显我国的传统美德，而且有利于避免减少交通事故的发生。

8.幺二二：交通事故报警电话122的谐音。122是公安交通指挥中心受理交通事故的全国统一报警电话，实行24小时免费拨打热线电话。

94. 沁园春·全国法制宣传日
（国家宪法日）

天导星辰，地旋春秋，律典世凡。似判官獬豸，是非明辨；包拯海瑞，铁面清廉。治国兴邦，公平正义，万法皆从宪法含。蹈规矩，但心存敬畏，高枕眠酣。

法堂明镜森严，莫学那貔貅不厌贪。叹青山子善，敛财命断；拍蝇打虎，革职蹲监。天网恢恢，忠奸神鉴，殿上金槌善恶勘。呼与鼓，创和谐社会，万众齐参。

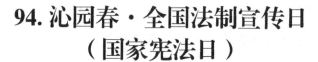 法制宣传日简介

法制宣传日日期： 每年 12 月 4 日。

2001 年 4 月 26 日，中共中央、国务院确定：将 12 月 4 日作为每年一次的全国法制宣传日。2014 年 11 月 1 日，全国人大通过决议，将现行宪法通过、公布、实施日期 12 月 4 日设立为国家宪法日。

宪法是国家的根本大法，它规定了国家的根本制度和根本任务，是国家统一、民族团结、社会稳定的基础，是公民权利的根本法律保障，是实现我国社会主义法制统一的基础，是依法治国的根本依据，

是治国安邦的总章程。

国家将在全社会普遍开展宪法宣传教育，进一步在广大干部群众中牢固树立宪法是国家根本大法的观念、国家一切权利属于人民的观念、公民权利和义务对等观念、依法治国的观念、法治与德治相结合的观念。

全国各族人民、一切国家机关和武装力量、各政党和各社会团体、各企业事业组织都必须以宪法为根本的活动准则，并且负有维护宪法尊严、保证宪法实施的职责。任何组织或个人都不得有超越宪法和法律的特权，一切违反宪法和法律的行为都必须予以追究。

词文注释

1. 獬豸：我国古代神话中的神兽。其额长一角，俗称独角兽，拥有很高的智慧，懂人言，知人性，能辨是非曲直，能识善恶忠奸。常被当成审计、监察和司法官员廉明正直、执法公正的象征。直到今天，在我国司法单位门口设立的代表法律护门神兽也是獬豸。

2. 包拯：北宋名臣。历权知开封府龙图阁直学士等职，故世称"包龙图"。包拯廉洁公正、立朝刚毅、不附权贵、铁面无私、英明决断，敢于替百姓申不平，后世将他奉为神明崇拜，认为他是奎星转世，由于民间传其黑面形象，亦被称为"包青天"。

3. 海瑞：明朝著名清官。历任州判官、两京左右通政、右佥都御史等职。他打击豪强，疏浚河道，力主严惩贪官污吏，禁止徇私受贿，推行一条鞭法，强令贪官污吏退田还民，遂有"海青天"之誉。海瑞去世后，关于他的传说故事如"海瑞罢官"等在民间广为流传。

4. 貔貅：中国古书记载和民间神话传说中的一种凶猛的瑞兽，与龙、凤、龟、麒麟并称为五大瑞兽。貔貅有嘴无肛，能吞万物而不泄，纳食四方，只进不出，可招财聚宝。这里指贪婪，只进不出，贪得无厌。

5. 青山子善：刘青山、张子善案件，是建国初期"三反"运动中查出的一起党的领导干部严重贪污盗窃国家资产案件。1952年2月10日，河北省人民政府举行公审大会并报请最高人民法院批准，判处刘青山、张子善死刑。

6. 拍蝇打虎："打虎拍蝇"，是"老虎苍蝇一起打"的简称。"老虎"喻指位居高层的腐败官员，"苍蝇"则指身处基层的腐败官员。

7. 金槌：法槌。法庭在开庭、闭庭或判决裁定后敲槌。早在春秋战国时期，中国就开始使用惊堂木，这可以被视为法槌的雏形。

95. 沁园春·大雪

冬月潇湘，胜景久驻，雪舞江天。听渔歌唱晚，庙神烛闪；古今名士，兴赋佳篇。十里洲延，孤帆影远，橘果金黄月满船。只惆怅，驾扁舟横浪，多少心悬。

昔年愁客长滩，喜今日化成仙境般。看飞虹直下，地龙连贯；古亭雅苑，树碧花鲜。焰火迷津，霓灯映岸，万众惊呼展笑颜。苍茫地，慰润之垂念，换了人间。

节气简介

节气日期： 2022 年农历十一月十四，公历为 12 月 7 日。

大雪： 二十四节气中的第二十一个节气，冬季的第三个节气。斗指壬，太阳到达黄经 225 度，交节时间为每年公历 12 月 6—8 日。大雪节气与小雪节气一样，是一个气候概念，是反映气温与降水变化趋势的节气。大雪节气的特点是气温显著下降、降水量增多。节气大雪与天气大雪意义不同。气象学上大雪定义：下雪时能见度很差，水平能见距离小于 500 米，地面积雪深度等于或大于 5 厘米，24 小时内降雪量大于 5.0—9.9 毫米的降雪量称为大雪。

在黄河中下游地区，全年下雪最大的季节，既不是"小雪""大雪"，更不是"小寒""大寒"，而是在春季"雨水"节气。

大雪三候：古人将大雪分为三候，一候鹖旦不鸣，是说此时天气寒冷，寒号鸟也不再鸣叫了；二候虎始交，即老虎开始有求偶行为；三候荔挺出，"荔"即马兰花草，也能感受到阳气的萌动而抽出新芽。

传统习俗：腌肉、打雪仗、赏雪景、进补都是大雪节气的民俗。

起居养生：晨练不宜过早，睡觉宜早睡晚起。饮食：大雪是"进补"的好时节，素有"冬天进补，开春打虎""三九补一冬，来年无病痛"的说法。

文学诗词：最著名的诗句要数唐柳宗元《江雪》：千山鸟飞绝，万径人踪灭。孤舟蓑笠翁，独钓寒江雪。

词文注释

1. 潇湘：

（1）湘江，潇有形容水深的意思故名。

（2）湘水与潇水的并称，今多借指湖南地区。

2. 雪舞江天：潇湘八景之一"江天暮雪"——长沙橘子洲。橘子洲自古为长沙名胜，东望古城，西瞻岳麓。当大雪纷飞，白雪江天浑然一色，世间万物寂寂无声，人的心情、思想随着雪花飘舞，那种清凉的悠闲也许最接近冬雪本质的悠闲。

3. 庙神：橘子洲头的江神庙。该庙始建于六朝梁代，距今已有1600多年，屡遭毁坏。2010年长沙市政府重修江神庙并对公众开放。市民冬天可登拱极楼观看"江天暮雪"景观。

4. 十里洲延：橘子洲，被誉为"中国第一洲"，是潇湘八景之一"江天暮雪"的所在地。橘子洲又名水陆洲，由南至北，横贯湘江中心，绵延十多里，狭处约40米，宽处约140米，形状是一个长岛。史载橘子洲生成于晋惠帝永兴二年（305），为激流回旋冲积、沙石堆积而成。

5. 橘果金黄：橘子洲古时以盛产美橘而得名。历史记载当时橘子洲的美丽景色："春来明潋滟，沙鸥点点；秋至，柚黄橘红，清香一片；深冬，凌寒剪冰，江风戏雪。"

6. 飞虹：长沙湘江橘子洲大桥。该桥横跨橘子洲，连接东西两岸，于1971年9月6日开工，仅用一年时间于1972年9月29日建成通车。长沙湘江大桥工程指挥部政治部编辑建设者的艰难与光辉事迹，由湖南人民出版社出版了一本名为《橘洲飞虹》的书。

7. 地龙：地铁。这里指的是长沙地铁2号线，穿越橘子洲并设橘子洲站，以方便游人参观游览橘子洲景区。

8. 焰火迷津：橘子洲的焰火（烟花）燃放晚会。原为每周六晚上燃放，一度成为长沙市的一张亮丽名片，后因疫情影响，燃放计划不定。

96. 沁园春·南京大屠杀国家公祭日

　　冷露萧光，祭告笛响，肃穆哀伤。忆昔年今日，倭奴横闯；同胞卅万，鱼肉刀枪。血染秦淮，骸堆街巷，烧杀奸淫甚虎狼。屠城恨，把寒碑拂拭，刻骨抽肠。

　　金陵劫难仇彰，涅槃凤腾飞慰国殇。望彩虹越堑，立交路网；莫愁欢笑，文庙繁昌。崇缅花台，扬旗故府，激荡风云多慨慷。东瀛辱，应千秋铭记，唯有图强。

纪念日简介

纪念日日期：每年 12 月 13 日。

2014 年 2 月 27 日，十二届全国人大第七次会议通过决定，以立法形式将 12 月 13 日设立为"南京大屠杀死难者国家公祭日"。

南京大屠杀是侵华日军从 1937 年 12 月 13 日攻战南京开始持续了 6 周，长达四十多天惨绝人寰的大屠杀。

据第二次世界大战结束后远东国际法庭判决和调查，在大屠杀中有 30 万以上中国平民和战俘被日军杀害，约 2 万中国妇女遭日军奸淫，南京城的三分之一被日军纵火烧毁，财产损失不计其数。

中国"国家公祭日"古已有之，在古代称为"国祀"，向来是先人们精神生活的大事，《左传》谓："国之大事，在祀与戎。"

为二战历史确定国家纪念日和公祭日，早已成为国际惯例，如：波兰奥斯维辛集中营大屠杀纪念馆、俄罗斯卫国战争纪念馆、美国珍珠港事件纪念馆等举行国家纪念与公祭活动。

中国的"国家公祭"小而言之是中国人对自己同胞的记忆、缅怀，是对国人应有历史价值观的培养；大而言之，是中国人在替世界保留的一份珍贵遗产，是中国人就此确立与国际社会相处的尊严方式。

2015 年，联合国教科文组织将南京大屠杀列为"世界记忆名录"。

词文注释

1. 昔年今日：1937 年 12 月 13 日。日军攻占南京，实行大规模、惨绝人寰的屠杀中国平民和被俘军人，奸淫妇女，放火，抢劫等血腥暴行。

2. 倭奴：我国史书对日本的古称。公元 57 年，日本首领"倭王"向汉朝遣使朝贡，光武帝赐其为"倭奴王"，并受赐"汉倭奴国王印"。

3. 秦淮：南京秦淮河区域，包括夫子庙、十里秦淮河、明城墙、大报恩寺等。乌衣巷、朱雀街、桃叶渡等处，都是高门大族所居。秦淮河两岸商市云集，经济繁荣，文化发达。

4. 金陵：南京的古称。公元前 333 年，楚威王于石头城筑金陵邑，金陵之名源于此。229 年，吴孙权在此建都，南京从此崛起，使中国的政治中心走出黄河文化板块格局，引领了长江流域及整个南方地区的发展。此后，东晋、南北朝的宋、齐、梁、陈相继在此建都，故南京有"六朝古都"之称。

5. 莫愁：南京莫愁湖，有"金陵第一名胜"美誉。

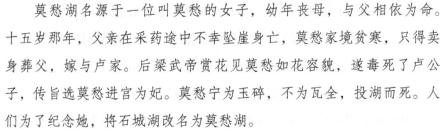

莫愁湖名源于一位叫莫愁的女子，幼年丧母，与父相依为命。十五岁那年，父亲在采药途中不幸坠崖身亡，莫愁家境贫寒，只得卖身葬父，嫁与卢家。后梁武帝赏花见莫愁如花容貌，遂毒死了卢公子，传旨选莫愁进宫为妃。莫愁宁为玉碎，不为瓦全，投湖而死。人们为了纪念她，将石城湖改名为莫愁湖。

6.文庙：南京夫子庙。为供奉祭祀孔子之地，是中国四大文庙之一。

7.花台：南京雨花台，位于南京中华门以南。雨花台是中国共产党人和爱国志仁最集中的殉难地，达10万之多。新中国成立后，党和政府在此兴建雨花台烈士陵园，并被列为全国红色教育基地和重点文物保护单位。

8.故府：南京总统府。自明初的归德侯府到清代的两江督署、太平天国定都天京、孙中山就任中华民国临时大总统及后来国民政府的总统府，至今已有600多年的历史。

97. 沁园春·澳门回归纪念日

七子之歌，呼唤凄酸，妈祖泪含。恨葡夷狡诈，骗居强占；清廷积弱，屈辱书签。护岛维权，斩除总督，氹仔英雄志亮男。大三巴，汇东西文化，栩栩雕嵌。

中华重获尊严，今告慰闻公异族戡。赞澳人治澳，五星照耀；归怀慈母，惠利同沾。珠港通连，伶仃桥跨，百里灯光暮夜衔。逢盛世，入湾区图卷，向海扬帆。

纪念日简介

纪念日日期：每年 12 月 20 日。

澳门回归纪念日：也称澳门回归节，是每年的 12 月 20 日。1999 年 12 月 20 日零时，中国和葡萄牙两国政府在澳门文化中心广场举行政权交接仪式，中国政府对澳门恢复行使主权，澳门回归祖国。这是中华民族在实现祖国统一中的又一盛事。澳门进入了新纪元，澳门的发展进入了新时代。依据澳门特别行政区基本法实行一国两制，高度自治。

澳门以前是个小渔村，盛产蚝（牡蛎），由于蚝壳内壁光亮如镜，故称"蚝镜"，后"蚝"雅化为"濠"遂称"濠镜"，从这个名称中又引申出濠江、海镜等一连串澳门的别称。

16 世纪中叶，第一批葡萄牙人抵澳时，询问居民当地名称，答称"妈阁"，葡人从其音而译成"MACAU"。

澳门自古以来就是中国的领土，原属广东省香山县（今珠海市），由澳门半岛、氹仔和路环两个离岛组成，总面积 32.9 平方公里，人口 68.32 万，是一个国际化都市。

词文注释

1. 七子之歌：《七子之歌》是诗人闻一多于 1925 年创作的组诗作品。用拟人化的手法把中国的澳门、香港、台湾、威海卫、广州湾、九龙岛、旅顺大连七个被割让、租借的地方，比作祖国母亲被夺走的七个孩子，让他们来倾诉"失养于祖国、受虐于异类"的悲哀之情。

2. 妈祖：亦称"天妃""天后"，是传说中掌管海上航运的女神。全世界共有妈祖宫庙近万座，澳门现有妈祖庙 10 座。

3. 斩除总督：澳门沈志亮等七人反抗、刺杀葡萄牙驻澳门总督的英雄壮举。1849 年 8 月 23 日 18 时许，澳门总督亚马留，在关闸一带游荡，沈志亮等七人身藏利器，假装喊冤告状接近，刺杀成功，并砍下其头颅和独臂。后清政府迫于葡压力，将其处死。今纪念碑犹在。

4. 大三巴：大三巴牌坊，前身为圣保禄大教堂，始建于明万历年间，清道光十五年（1835）被大火焚烧，仅余下大三巴牌坊。大三巴牌坊的雕刻和镶嵌极为精细，融合了东西方建筑艺术的精华。

2005 年，大三巴牌坊入选联合国世界文化遗产。

5. 珠港通连：港珠澳大桥。它是一座连接香港、珠海和澳门的桥隧工程，为珠江三角洲地区环线高速公路南环段。

大桥全长 55 公里，桥面为双向六车道高速公路。因其超大的建筑规模、空前的施工难度和顶尖的建造技术而闻名世界。

6. 湾区：粤港澳大湾区。包括港澳特别行政区、广州、深圳、珠海、东莞、中山等市。大湾区地理条件优越，"三面环山，三江汇聚"，具有漫长海岸线、良好港口群、广阔海域面。

粤港澳大湾区的建设，是以习近平同志为核心的党中央作出的重大决策，是推动国家战略，推动"一国两制"事业发展的新实践。

291

98. 沁园春·冬至

节令更新，昼短夜长，数九开端。望蒙蒙雾帐，飘飘叶落；手藏袖口，身护阳关。饺子汤圆，肥豚美醪，祭祖求神如大年。翁心畅，洗砚台把笔，吟赋新元。

四时似水循环，斗柄转盈亏日影翻。叹枯荣迭换，万生重演；恒晖洒播，公正无偏。百丈乔松，寸光争竞，傲雪凌霜何惧寒。待六九，看河边嫩柳，明媚春天。

节气简介

节气日期： 2022年农历十一月二十九，公历为12月22日。

冬至： 又称日南至、冬节、亚岁，兼具自然与人文两大内涵。既是二十四节气中的一个重要节气，也是中国民间的传统祭祖节日。冬至是二十四节气之第二十二个节气，斗指子，太阳黄经达270度。于每年公历12月21—23日交节。冬至这天太阳南行到了极至，冬至后，白昼则一天比一天长。太阳往返运动进入新的循环。

物候现象： 冬至三候："一候蚯蚓结；二候麋角解；三候水泉动。"意思是土中的蚯蚓仍然蜷缩着身体，麋感阴气退而解角，山中的泉水开始流动并且温热。

农事活动：冬至前后是兴修水利、大搞农田基本建设、积肥、造肥的大好时机。

传统习俗：冬至"画九"，指的是冬至起计算春暖日期的图。明代《帝京景物略》载："冬至日，画素梅一枝，为瓣八十有一。日染一瓣，瓣尽而九九出，则春深，曰九九消寒图。"

起居养生：冬至"三九天"，天气寒冷，体内阳气刚刚生发，比较弱小，养生要调节体内气血平衡，顺应自然。因此，冬至前后是进补的最好时机，如喝羊肉汤、吃姜饭等增暖习俗。

词文注释

1. 节令更新：冬至是四时八节之一，被视为冬季的大节日，在古代民间，有"冬至大如年"的讲法。在中国南方地区有冬至祭祖、宴饮、吃汤圆的习俗，在中国北方地区，冬至日有吃饺子的习俗。

2. 数九：冬至过后，我国各地气候进入最寒冷的阶段，也就是人们说的"进九"和"数九寒天"了。关于"数九"，民间流传的歌谣是："一九、二九不出手，三九、四九冰上走，五九、六九沿河看柳，七九河开，八九燕来，九九加一九，耕牛遍地走。"

3. 手藏袖口：民间有一九二九不出手，其意思是过了冬至后的前十八天内，天气快速降温，冷到手不能放到外面，蜷缩到袖口里面，形容天气寒冷的意思。

4. 阳关：这里指人体经穴名。在腰者称腰阳关穴，属督脉；在膝部者称膝阳关穴，属足少阳胆经。词中概指人体重要的关节、脏器部位，要保护好。

5. 四时：四时八节，四时指春、夏、秋、冬四季；八节指立春、春分、立夏、夏至、立秋、秋分、立冬、冬至八个节气。泛指一年四季中各个节气。唐杜甫《短歌行》诗："四时八节还拘礼，女拜弟妻男拜弟。"

6. 恒晖：春阳。唐岑参《送蒲秀才擢第归蜀》诗："向南风候暖，腊月见春晖。"

7. 乔松：松科，松属乔木，高达 70 米，胸径 1 米以上。分布于中国西藏、云南和缅甸、尼泊尔、印度等国。

乔松幼苗期生长缓慢，一般一年生苗高 15 厘米，二年生 25 厘米，五年后生长逐渐加快，20—25 年是速生期。喜潮湿、阳光。

8. 六九：数九歌里的"六九"，一般为公历 2 月 4 日至 2 月 13 日，即 2 月的中上旬。"六九"就是春天来了，此时天气转暖，杨柳返青，蝶舞蜂飞，一片生机。

99. 沁园春·圣诞节

　　圣诞来临，都市狂欢，时尚女男。似迎春守岁，自昏彻旦；绣绒锦帽，携伴呢喃。街巷霓虹，歌厅浪漫，洋酒干杯媚眼蓝。舶来节，效邯郸鹦舌，忘了神龛。

　　和平幸降黄炎，须铭记联军烧杀贪。忆颐和园劫，屠城野蛮；丧权条约，辛丑羞签。觉醒东方，毛公匡世，诞日神州万目瞻。吾民族，继中华文化，屹立云杉。

节日简介

节日日期：每年 12 月 25 日。

圣诞节：西方传统宗教节日，基督教纪念耶稣诞生的重要节日。耶稣诞生的日期《圣经》并尤记载。12 月 25 日原是罗马帝国规定的太阳神诞辰。公元 336 年，基督教徒认为耶稣就是正义、永恒的太阳，于是就选择这天庆祝圣诞。后逐渐成为教会重要的传统节日。

　　圣诞节习俗传播到亚洲是在 19 世纪中叶，日本、韩国等都受到圣诞文化的影响。圣诞节常互赠礼物，举行欢宴，并以圣诞老人、圣诞树等增添节日气氛，现已成为普遍习俗。圣诞节也成为西方世界以及其他很多地区的公共假日。

人物形象：圣诞老人其原型是生活在公元4世纪土耳其米拉城的主教圣·尼古拉斯。他的形象是一位身穿红袍、头戴红帽的白胡子老头。每年圣诞节他驾着驯鹿拉的雪橇从北方而来，由烟囱进入各家，把圣诞礼物装在袜里挂在孩子们的床头或火炉前。

　　节日装饰：圣诞袜、圣诞帽、圣诞树、圣诞节环、金色铃铛及红色缎带，上面写着：Merry Christmas（圣诞快乐）。

　　节日饮食：圣诞节饮食包括火鸡、树干蛋糕、杏仁布丁、姜饼、海鲜、Glogi 酒、沙滩宴和玉米粥等。

词文注释

　　1. 都市狂欢：圣诞节是西方的宗教性节日，照以前的风俗习惯来说中国人是不过圣诞节的。不过随着国家的开放，现在城市里的年轻人和商家都在开展庆祝活动。打折、聚会、狂欢便成了城里人买买买、玩玩玩的一个时尚节日。现在年轻人过圣诞节就像大年三十夜守岁一样，盼望着节日的来临。农村人很少过此洋节。

　　2. 绣绒锦帽：与圣诞树、圣诞袜一样，是圣诞节不可或缺的物品。它是一顶红色帽子，晚上睡觉戴上它会睡得安稳、暖和些，第二天你还会发现帽子里多了点心爱的人送的礼物。

　　3. 洋酒：Glogi（芬兰人爱喝的酒）、威士忌、白兰地等白种人爱喝的酒。

　　4. 邯郸鹦舌：邯郸，指邯郸学步，比喻一味模仿别人，不仅没学到本事，反而把原来的本事也丢了；鹦舌，鹦鹉学舌，指的是鹦鹉学人说话，人家怎么说，它也跟着怎么说，人云亦云，东施效颦。

　　5. 神龛：旧时中国民间放置道教神仙的塑像和祖宗灵牌的小阁。神龛大小规格不一，依祠庙厅堂宽狭和神的多少而定。祖宗龛无垂帘，有龛门。祖宗龛多为竖长方形。祠堂神龛为正本清源，追念故祖，维护血缘关系的重要地方场所。

6 联军：1900年英、美、德、法、俄、日、意、奥八个帝国主义国家组成的侵华联军。他们为了镇压义和团运动，瓜分中国，联合出兵进攻中国。沙俄还乘机单独出兵东北，在海兰泡和江东六十四屯屠杀中国人民，制造了骇人听闻的"海兰泡"惨案。次年，迫使清政府签订了丧权辱国的《辛丑条约》。

7.诞日：毛主席12月26日诞辰日，即圣诞节后的一天。北京毛主席纪念堂及全国各地的人们瞻仰、缅怀的激动场景。

8.中华文化：继承中华数千年的传统文化，把她比作一棵树，在世界各个民族组成的森林中，巍巍然屹立于世界民族之林。

9.云杉：常绿乔木，高达45米，胸径达1米，高大巍峨。

100. 沁园春·毛主席诞辰纪念日

舜赐韶山，毓圣钟灵，紫星降凡。感崇峦峻岭，路长僻远；祖遗秀出，壮志儿男。心忧黎元，播传马列，社稷匡扶国事担。如鸿愿，展红旗华夏，颙面朝南。

自由幸福增添，得解放人民日子甜。望一穷二白，宏图筹建；官清公正，廉政无贪。世界三分，指麾若定，书屋菊香君笑谈。承遗志，每诞辰怀念，胜却家严。

纪念日简介

纪念日日期：每年 12 月 26 日。

毛泽东，1893 年 12 月 26 日—1976 年 9 月 9 日，湖南韶山人。伟大的马克思主义者，中国共产党、中国人民解放军、中华人民共和国的缔造者和领导人。由于他担任过的主要职务几乎全部称为主席，所以也被人们尊称为"毛主席"。

毛主席被视为现代世界史上最重要的人物之一，《时代》杂志将他评为 20 世纪最具影响的 100 人之一。

历史性贡献：

一、毛主席带领中国人民经过长期的革命斗争，终于赢得了民族独立和人民解放，创建了新中国。

二、他带领中国人民走上了社会主义建设的道路。

三、开创了人民当家做主的新时代。

四、奠定了中国共产党的执政地位。

五、奠定了新中国在国际上的大国地位。

纪念日活动：每逢毛主席诞辰日，党和国家及有关部门，世界各地国际友好人士都会举行纪念活动。

在北京毛主席纪念堂，人们排队数小时、数公里瞻仰毛主席遗容。

在韶山，人们彻夜不眠，聚集在毛主席铜像广场前敬献花篮、吃长寿面、吟唱红歌。

在井冈山、延安、西柏坡等地人们都自发举行缅怀活动，表达对毛主席的崇敬、爱戴和怀念之情。场面壮观，令人感慨。

词文注释

1. 舜赐韶山：韶山，是伟大领袖毛主席的故乡。相传舜帝南巡时奏韶乐，引山鸣谷应，凤凰展翅，嘤嘤和鸣。山间胜景，人间盛会，亘古传诵，日久，人们便把舜帝赏韶乐的山岭叫韶山。

2. 紫星：紫微帝星，又名北极星。北斗七星围绕它四季旋转，我们把这种"被群星围绕"的人称作紫微星下凡。人间的皇帝自诩为天子："太平天子当中坐，清慎官员四海分。"皇帝居住的内城严禁百姓靠近，所以故宫又叫紫禁城。

3. 祖遗秀出：祖遗，祖先遗留；秀出，美好特出。《后汉书·卷八二》："而英姿挺特，奇伟秀出。"

4. 国事担：清叶方蔼《秋夜与骏孙话近事三首》其三："合棺终荷君恩厚，正笏谁将国是担。"

5.颟面：古代君臣上朝时，皆按朝仪于廷中各专一面。颟，通"专"；也专指上朝。《汉书·李寻传》："天官上相上将，皆颟面正朝，忧责甚重，要在得人。"

6.世界三分：1974年2月，毛主席提出了划分三个世界的战略思想。

第一世界：美国、苏联。第二世界：欧洲、日本、加拿大、澳洲。第三世界：亚洲（除日本）、非洲、拉丁美洲。

7.睡狮：把中国比为"东方睡狮"。传闻出自拿破仑之口。人们理解这个说法的意思是说，睡狮一旦苏醒，其作用和影响可了不得。

8.书屋：这里指菊香书屋。菊香书屋位于北京丰泽园内，建于清康熙年间。康熙题联"庭松不改青葱色，盆菊仍靠清净香"。毛主席从1949年入住，他的全部活动几乎就全在菊香书屋。中共中央政治局的常委们在这里讨论国家大事，决定重大问题。毛主席在这里接见过无数国家包括美国总统尼克松等领导人和国际友人。

9.家严：又称"家君""家尊"，是指在别人面前对自己父亲的谦称。另有"家母、家慈""家兄"。"家""舍"都可译成"我的"。

后 记

沁园春·缘

学海茫茫，诗路曲长，稚梦正圆。历春秋星月，孤灯更夜；凝思伏案，蹇步骚坛。国粹弘扬，拙文自荐，留与儿孙闲趣翻。明吾志，喜敲盘付梓，心豁神宽。

萦回才薄艰难，感师友倾情指教传。谢大家雅士，题词赐字；知名书社，中国文联。校审核查，谨严规范，敬业和亲誉满天。再合作，鄙新篇百疾①，庚续前缘。

注：①百疾，即余即将完成的《百疾·沁园春》。

拙著《百节·沁园春》即将付梓，对于本人而言，多年的辛苦终于结果了。尽管这颗果子还比较稚嫩、青涩，但心里还是感到无比的高兴和欣慰。

余素爱中华传统文化，尤喜爱诗词，少壮时无暇、无悟，亦无心专学，深感遗憾。

与诗词结缘是十年前的事。十年前经友人推荐进入省老干诗协学习。十年如一日，专心聆教，认真吟读，持之以恒。

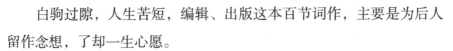

　　白驹过隙，人生苦短，编辑、出版这本百节词作，主要是为后人留作念想，了却一生心愿。

　　我作为一名诗词爱好者，自知诗词根底疏浅，文学熏陶不够，写作力欠缺。然诗为心声，拙作却凝聚着我十年来的心血，它是我一生最珍贵的财富。在写作、编辑、出版过程中，充实了我的精神生活，圆了我的人生之梦。

　　该书的出版得到了中国文联出版社的专家和老师们的鼎力支持和帮助，也是专家、老师们辛勤汗水的结晶。在此，表示由衷的感谢。

　　由于本人才疏学浅，水平有限，缺点和错误在所难免，还望读者不吝赐教，批评指正。

马昌发

2023 年 6 月于长沙